LES LECTRICES ONT AIMÉ !

« *Le Refrain de l'aube* fait partie de ces romans qui font oublier le monde autour de soi, qui donnent l'impression d'avoir vécu quelques semaines, quelques mois, quelques années avec les personnages.
Livia Meinzolt nous propose une palette de personnages délicieusement intéressants et uniques. Comment ne pas s'attacher à Riley et à Marianne ? Comment ne pas être ému face à leurs découvertes, leur périple, leurs rencontres ? »
Candice, de @madame.bovarysme

« J'ai été prise par cette histoire, par ces secrets de famille. L'écriture est fluide et très agréable à lire. On a du mal à poser le livre tant qu'il n'est pas fini et qu'on ne connaît pas toute l'histoire de Riley. Un livre qui fait voyager ! »
Magdalena, de @triple_l_de_mag

« J'ai beaucoup aimé l'ambiance un peu bohème, de voyage et de liberté. Entre Inde et Irlande, j'ai vraiment apprécié de voyager avec les personnages. »
Émilie, de @leslivresdemilie

« Ce livre nous emmène en Inde et en Irlande et j'ai passé un excellent moment à "voyager" entre ces deux pays ! Les descriptions sont sublimes, on a presque l'impression d'y être ! »
Ilinca, de @lectio.academias

« L'autrice nous emmène en Irlande, avec une ambiance celtique teintée de musique, de pub. Puis elle nous embarque en Inde, dans un rythme tantôt slow tantôt festif. »
Angélique, de @mme_chacha_lit

Pour en savoir plus sur les Lectrices Charleston, rendez-vous sur la page www.editionscharleston.fr/lectrices-charleston

Livia Meinzolt

LE REFRAIN DE L'AUBE

Roman

CHARLESTON

De la même autrice

Le Bruit des pages, Charleston, 2019 ; Pocket, 2020

10, place des Cinq-Martyrs-du-Lycée-Buffon
75015 Paris – France
www.editionscharleston.fr

ISBN : 978-2-36812-895-4

Maquette : Patrick Leleux PAO

Pour suivre notre actualité, rejoignez-nous sur Facebook (Éditions.Charleston), sur Twitter (@LillyCharleston) et sur Instagram (@LillyCharleston) !

Charleston s'engage pour une fabrication écoresponsable ! Amoureux des livres, nous sommes soucieux de l'impact de notre passion et choisissons nos imprimeurs avec la plus grande attention pour que nos ouvrages soient imprimés sur du papier issu de forêts gérées durablement.

Pour ma Paola,
À nous, et à l'Irlande.

Pour Goa, et sa magie.

PROLOGUE

Marianne

France, 1er janvier 2019.

LES TRAGÉDIES NE PRÉVIENNENT PAS. Une seconde leur suffit. Un instant d'inattention, un minuscule gravier sur la chaussée. Ce sont les conséquences qui durent, leur écho qui résonne dans les cœurs abîmés.

L'aube brumeuse et froide de la nouvelle année effleure tout juste la crête alors que je m'engage sur le chemin de la châtaigneraie. L'herbe givrée gémit sous les semelles de mes bottes. Une bise mordante agite les buissons d'épineux, cingle mon nez, mes oreilles et mes pommettes. Mis à part les bêlements de quelques moutons, au chaud sous leur toison et le toit protecteur de la bergerie, un silence religieux baigne les vallons alentour.

Quittant le sentier, je m'enfonce entre les troncs des châtaigniers qui dardent leurs doigts décharnés vers le ciel blafard de l'aurore. L'humus tendre des feuilles et des bogues décomposées parfume les sous-bois, à peine troublés par le chant d'un ruisseau et de quelques oiseaux.

Une eau claire bondit de pierre en pierre et diffuse autour d'elle une nuée de perles fraîches. Ici, le torrent s'élargit en une baignoire peu profonde, parfaite pour mon rituel annuel. Un à un, je retire mes vêtements, en commençant par mes grosses moufles doublées de laine.

Nue comme au jour de ma naissance, quarante-sept ans plus tôt, je m'avance. Ma chair diaphane frissonne. La berge boueuse, gorgée de feuilles mortes, s'enfonce entre mes orteils. Avec prudence, je pose un premier pied sur les pierres lisses et pénètre dans le flot glacé jusqu'à ce que le froid morde le haut de mes cuisses. D'une profonde inspiration, je remplis mes poumons de l'air sec de l'hiver et m'immerge jusqu'au cou, mouillant tout juste les pointes de mes cheveux. Le choc expulse l'oxygène de ma poitrine et une exclamation sourde s'échappe de ma gorge. Je remonte, puis recommence trois fois le même rituel.

Les mains en coupe, je bois quelques gorgées glacées avant de m'asperger le visage. À ce stade, je ne sens rien, pas même le froid sur ma peau, rien que le délicieux engourdissement de mes membres.

Je me relève lentement, dépliant la liane maigre de mon corps, et je rejette la tête en arrière. J'inspire tous mes regrets, mes tristesses, mes joies, mes victoires, et pousse un hurlement de louve dont l'écho résonne et se répercute dans la solitude hivernale de la forêt.

Je demeure dans l'étreinte glacée quelques minutes encore, nue, sauvage, libre, puis ressors sans me presser. Je frictionne ma peau laiteuse, rougie et tendue par le froid, mes côtes saillantes, mes jambes osseuses, ma poitrine menue. Je retrouve une température corporelle convenable.

Une fois enveloppée de la chaleur de mes vêtements, les pieds toujours nus, je sors un sachet en papier de ma poche où j'ai précautionneusement rangé la fleur d'un hellébore, aussi connu comme la rose d'hiver, aux reflets rouges et violets. Je remonte mon pantalon et avance de quelques pas dans le ruisseau en contrebas, là où la baignoire s'étrangle pour retourner vers un flot vif. Au cœur de la fleur, je dépose un doux baiser et, avec délicatesse, l'offre à l'onde. Sans hésiter, téméraire, la fleur bondit et se mêle à la célérité de l'eau, entamant son périple vers de nouveaux horizons.

— Bonne année, petite sœur…

Cela fait longtemps que je ne pleure plus. Pourtant, la peine est toujours là. Coincée quelque part entre ma gorge et mon plexus. Je reste recueillie bien après que la fleur a disparu, puis enfin reprends mon chemin d'un pas serein.

Le hameau où j'ai élevé ma fille s'étale sur plusieurs terrasses à flanc de colline, surplombé de pommiers et de châtaigniers, bordé par la route en contrebas. Les bâtisses en pierre s'enchevêtrent, ornées de lierre brun et de glycine, entrecoupées de granges, d'abris à bois et d'étroits chemins à l'herbe couchée par les passages réguliers. J'occupe la dernière maison sur la gauche, la plus petite, et jouis chaque jour d'une vue intemporelle sur les vallons cévenols.

La chaleur et l'arôme du feu de bois m'enlacent dès que je franchis la porte. Je retire mes bottes en cuir, ma veste, et enfile une paire de chaussettes en laine. Je foule les larges dalles en pierre lisses jusqu'à l'âtre et y rajoute de grosses bûches de chêne avant d'y réchauffer mes mains blanchies par le froid. Il me faudra réapprovisionner la réserve avant le soir, mais pour l'instant, c'est l'heure du bain.

La pièce carrelée de bleu et de blanc est située sous le tombant du toit. Impossible de se mettre debout autre part que devant le lavabo et son miroir. Sur de petites étagères, des plantes grasses se gorgent de l'humidité ambiante et une guirlande lumineuse baigne l'espace d'un or tamisé. Je dispose des bougies sur les rebords de la baignoire, agrémente l'eau d'un bouchon d'huile de coco, d'une louchée d'eau florale de rose et de quelques gouttes d'huile essentielle d'ylang-ylang.

Ne me reste plus qu'à faire réchauffer le chaï, délicieux thé noir au lait et aux épices préparé ce matin, et enclencher le vinyle qui berce chaque aube de mes nouvelles années. Vestige intemporel à la saveur si douce, si amère, qui ne sort de la poussière qu'une matinée par an. Il porte en lui tant de souvenirs. Et deux prénoms, surtout.

Avec délicatesse, je dépose *Songs of Leonard Cohen* sur la platine. Enfin, je me glisse dans l'eau fumante et ferme les yeux, bercée par ce poète à la voix de miel et d'or.

1.

Riley

Irlande, juillet 2019.

LE VOL A DURÉ À PEINE DEUX HEURES. Déjà trop pour Astrid dont les jointures ont blanchi sur les accoudoirs. Depuis nos retrouvailles avec la terre ferme, elle recommence doucement à respirer. Moi, je gigote, je trépigne pendant que l'avion effectue ses dernières manœuvres sur le tarmac, et je me retiens de râler face à cette lenteur de gastéropode. Ce n'est pas le fait d'avoir été enfermée dans une boîte en métal suspendue en l'air qui me rend si impatiente d'en sortir. Non, c'est l'idée que je vais découvrir le pays de mes origines. Avec ma crinière rousse et mon armée de taches de rousseur, je vais enfin me fondre dans le paysage.

— Si tu te colles encore plus au hublot, tu vas passer à travers.

Je glousse. Ma meilleure amie me contemple d'un œil amusé, attendri, son petit nez en trompette rougi d'avoir été trop mouché. Une bouffée de rage m'enveloppe, comme à chaque fois que je repense à Justin. Si je recroise cet enfoiré qui a osé la tromper et la larguer comme une vieille chaussette après trois ans de relation, je lui brise le nez. D'un coup sec, avant de lui broyer les couilles. Astrid n'est pas, et ne sera jamais, une chaussette. Le prochain qui lui fait ce coup-là, je le balance dans une benne à ordures.

Astrid me sourit. Depuis notre rencontre, je lui trouve une ressemblance frappante avec l'héroïne de notre enfance, j'ai nommé Buffy. Peut-être est-ce cette similarité qui m'a poussée à m'asseoir à côté d'elle plutôt qu'une autre, ce morne jour de septembre où je faisais ma rentrée au collège. Toujours est-il que notre amitié a été mon premier coup de foudre. Une heure plus tard, nous étions inséparables, et huit ans après, ça n'a pas changé. Astrid est une pierre fondatrice de ma vie, une sœur, et je ne voudrais partager cette expérience irlandaise avec personne d'autre.

— Je suis tellement heureuse ! J'en peux plus, je suis comme une dingue !

Je l'enlace, ou plutôt l'écrase entre mes bras dans un sursaut d'excitation, avant de reprendre aussi vite ma posture de départ, le nez rivé au hublot. L'avion est sur le point de s'immobiliser. Une dizaine d'appareils s'alignent devant l'aéroport, certains reliés au terminal par de longs boyaux blancs, tous estampillés aux armes de la compagnie nationale du pays, Aer Lingus, et de son trèfle emblématique. L'Irlande. Éire, l'île d'émeraude, la seule, l'unique, l'authentique et envoûtante Irlande. Mon cœur va exploser. J'y suis.

Je voudrais battre des mains et sautiller partout comme une gamine, mais je n'ai pas la place. Alors je le fais à l'intérieur. Mes cellules se trémoussent, mes neurones s'entrechoquent, c'est la teuf dans mon cerveau. Et dans mon oreille, l'écouteur se joint à la fête en déversant les accords si bien à propos de « *The Boys Are Back in Town* ». Que demander de mieux qu'une chanson fétiche, d'un de mes groupes irlandais fétiches, pour m'accueillir au pays ? Me retenir de danser debout sur les sièges devient difficile. Je fourre l'écouteur dans l'oreille d'Astrid qui réprime un petit cri et commence à gigoter à son tour.

Ce n'est pas pour trouver la trace de ma famille paternelle que je suis venue. Sans aucune piste ni indice, je sais que c'est inespéré, mais je suis là avec ma meilleure amie, sur cette terre que mes ancêtres ont pétrie de leurs mains, et j'ai bien l'intention d'en profiter.

Mon impatience s'envole vers les sommets lorsque se lever devient possible, mais que chaque foutue personne devant moi décide de prendre son temps. Une veste à enfiler, une valise à sortir, un magazine oublié. Des images de meurtre fleurissent dans mon esprit. Lui, je pourrais l'étouffer avec son gobelet. Elle, l'étrangler avec son immonde carré de soie qui pue le Chanel.

Je tripote d'un doigt nerveux mon septum, ou mon piercing de vache, comme aime à l'appeler ma mère, parce qu'il ressemble aux anneaux que l'on accroche au nez des taureaux. Ça me rend dingue quand elle dit ça. Je souffle pour tenter de calmer mon exaspération. Repousser la tentation de crier à tous ces mollusques que, moi, je suis vraiment très pressée. J'ai un pays à rencontrer, vous comprenez, des origines à rejoindre, et surtout une bonne bière à déguster dans le premier pub qui me tombera sous les yeux. Je me contiens, je bouillonne. Soutenue par les sourires compréhensifs d'Astrid, petit pas après petit pas, j'émerge enfin de la carlingue. Je remercie la providence qui a voulu que la sortie se fasse par un escalier directement sur le tarmac. Ainsi je peux humer, dès ma sortie, le parfum de l'Irlande.

Je m'attendais, résignée, à la douceur chimique du kérosène. Sauf que c'est un fumet de terre mouillée et de fumier qui m'envahit les narines. La main sur la calotte en feutre brun de mon chapeau fédora d'amour, au cas où une bourrasque traîtresse voudrait l'emporter, je commence à descendre d'un pas lent – à mon tour de ralentir tout le monde – en goûtant ce surprenant mélange.

— Incroyable, je lâche en posant un pied précautionneux sur les marches trempées. Incroyable...

— Quoi, qu'est-ce qu'il y a ? interroge Astrid, dans mon dos.

— Tu sens pas cette odeur de ferme, de crottin, d'herbe coupée ?

— Si, si... Et alors ?

— Eh ben, c'est super rare de sentir une odeur pareille dans un aéroport. C'est vraiment un pays rural pour qu'on sente le fumier même au milieu des avions...

— Ouais, un pays de bouseux, pouffe Astrid, moqueuse.

— Hé ho, je te permets pas !

Pour la punir, la bruine se transforme en cordes épaisses et douche le brouillard langoureux qui s'enroulait autour de l'aéroport. Tous se hâtent, nous y compris, vers l'intérieur du terminal.

— Je corrige, un pays de bouseux trempés ! gémit Astrid en essorant sa tresse blonde. Mais quelle idée de vivre dans un pays où il pleut autant, sérieusement ! On est en août !

— Ah, petite chose fragile. On voit que tu as grandi dans le Sud !

— Je te signale que toi aussi, ricane-t-elle.

— Oui, sauf que moi, je n'ai jamais aimé ça. Dès qu'il pleut, je suis joie. J'ai l'impression d'être une grenouille irlandaise perdue en pleine garrigue depuis ma naissance.

Nous nous engageons avec les autres passagers à travers les couloirs jusqu'aux tapis à bagages. Prière silencieuse à l'univers en attendant que nos sacs montrent le bout de leurs sangles, puis direction les comptoirs de sécurité et, enfin, la sortie.

C'est notre premier voyage, notre baptême du monde. Si on oublie notre échange scolaire à Norwich quand nous étions au lycée. Là, nous volons de nos propres ailes. Passer ces portes vitrées ouvertes sur l'inconnu, c'est descendre les marches du bal des débutantes. Je fais enfin mes premiers pas dans la *vraie* vie. Celle qui tourbillonne, qui emporte, qui vibre dans les veines.

Face à ça, comment regretter ma décision d'abandonner la fac ? Et ce n'est que le début. En novembre, c'est l'Inde qui m'ouvrira les bras. La merveilleuse, l'incroyable. *India.* Là où tout a commencé pour moi, petit embryon insignifiant flottant dans le ventre de ma mère. Cette année, je marche sur les traces de mon passé, en quête de mon avenir.

Si mon grand-père savait que grâce à lui, grâce à sa mort et le petit pécule qu'il m'a laissé en héritage, je m'envole à tire-d'aile vers les dangers de ce monde de fous. Vers ce pays qu'il a toujours maudit. S'il savait, il en mourrait une seconde fois. Tu es trop comme ta mère, il me dirait. Pour ne pas dire que je ressemble trop à sa fille, l'autre. Celle qu'il a perdue dans l'une de ces tragédies qui rythment l'existence. Celle qui s'est envolée pour toujours sur une route bordée de cocotiers.

Le parvis grisâtre nous accueille à l'abri de l'épais rideau de pluie. Parfait pour une cigarette salvatrice en attendant de sauter dans le bus à impériale qui patiente, moteur éteint, de l'autre côté du déluge. Dans le genre comité d'accueil irlandais, ça se pose là.

La première bouffée de nicotine a un goût de paradis. Je pousse un soupir d'extase. Notre dose absorbée, nous plongeons sous la douche pour en ressortir comme il se doit : trempées. Enfin, surtout moi.

— Rappelle-moi pourquoi je porte pas un long imperméable comme toi, déjà ? je demande.

— Parce que tu as une passion invétérée pour les blousons en cuir, et que tu ne m'écoutes jamais.

J'esquisse un sourire mutin et envoie un petit baiser provocateur à Astrid. Mes jambes nues dégoulinent de pluie sous mon short noir, et le cuir de mon blouson colle à ma peau, qui se couvre de chair de poule.

— Au moins, toi, tu as tes Doc Martens, remarque Astrid. Moi je patauge dans mes jolies spartiates. Niveau chaussures, je me suis loupée.

Je baisse les yeux sur mes chaussures en cuir fétiches, icônes de la mode anglaise des années 1960 qui confèrent à mon look cette touche grunge que j'aime tant. Je les traîne depuis mon adolescence et rechigne à porter quoi que ce soit d'autre, même en été. Ce qui n'est pas forcément une bonne chose.

— Ou pas. Quand il fera beau, t'auras les pieds à l'air libre, pendant que moi, je baignerai dans ma propre sueur puante…

— Arf, t'as pas tort.

J'aurais quand même pu penser à prendre une autre paire de chaussures. Mon obsession pour ce voyage en Irlande ne m'aura pas aidée à bien me préparer, au contraire. Enfin, au moins, parler anglais ne sera pas un problème pour nous, entraînées que nous sommes par la quantité astronomique de films et de séries que nous regardons en version originale. L'accent irlandais qui s'enroule autour des mots du conducteur, en revanche, nous laisse perplexes. Nous hochons poliment la tête avant de grimper à l'étage. Joie, deux sièges au premier rang, face à la grande baie vitrée, nous attendent sagement.

Quelques minutes et le bus démarre, direction Dublin. L'expérience de la conduite à gauche pendant notre échange à Norwich ne nous empêche pas de serrer les dents, et les fesses, lorsque l'autocar s'élance dans le bouillon de la circulation. La vue plongeante sur la route est aussi grisante que flippante ; nous passons la majorité du trajet à glousser comme des collégiennes.

Tapant du pied au rythme du rock qui nous vrille délicieusement les oreilles, nous dévorons le paysage urbain. Je me gorge des différences, même infimes, que je note avec cette France dont je suis bien trop lasse. Les flancs d'Astrid reçoivent des coups pour chaque devanture de pub et leurs inscriptions à l'ancienne, chaque maison un tantinet originale, sans parler des panneaux en irlandais qui fleurissent un peu partout. Oui, nous sommes l'incarnation vivante du cliché des touristes surexcitées, et nous nous en fichons comme de notre première chaussette. Une première fois, ça se savoure, ça se fête !

Cinq jours, c'est tout ce que nous avons à disposition pour vivre à fond cette expérience. Et c'est déjà une chance qu'Astrid ait pu être dispensée de la contrainte de son job d'été. Le patron du restaurant est un ami de sa famille. Cette semaine, c'est son cadeau d'anniversaire à lui. Le mien a été d'avoir l'idée, et de lui payer le billet. Quant à ses parents, ils lui ont offert le logement et la vie sur place. J'ai cru qu'elle allait s'évanouir de bonheur dans mes bras.

Le jour exact de son anniversaire est demain, le 1er août. Pour l'instant, le programme se résume à boire des pintes sur fond de musique irlandaise. Mais pas dans n'importe quel pub. En tant que fans qui se respectent du film *P.S.: I Love You*, c'était tout trouvé : le mythique Whelan's. Un pèlerinage des lieux de tournage près de la capitale est aussi prévu, en particulier l'époustouflant Wicklow Mountains National Park.

Le reste, c'est freestyle. Un plan trop précis briderait la spontanéité du moment et des rencontres. Une liste d'endroits que nous tenons à visiter a quand même été dressée, au cas où. La question majeure est de savoir si nous restons à Dublin et ses environs pour la totalité du séjour, ou si nous décidons de nous aventurer un peu plus loin. L'idéal aurait été de louer une voiture pour faire un *road trip* sur les routes d'Irlande, comme mes parents avaient rêvé de le faire il y a bien longtemps, mais le temps n'est pas notre ami sur ce coup-là. Et puis, conduire à gauche, même si j'ai mon permis depuis un an, ne me rassure pas. Bien sûr, je le ferai si l'occasion se présente. Tête brûlée un jour, tête brûlée toujours. Ce qui ne m'empêcherait pas d'être terrorisée.

Nous descendons à la gare routière Busáras et, smartphone en main, pistons notre hostel situé dans une étroite ruelle à quelques centaines de mètres. Il a de la gueule, avec sa façade en brique ancienne, ses portes et fenêtres peintes en rouge vif surmontées d'arches en pierre et encadrées de lanternes et de pots de fleurs. Astrid émet un sifflement d'admiration.

— Waouh, j'adore. Tu avais raison de choisir cet endroit, c'est trop joli.

Les salles du rez-de-chaussée, dont l'accueil, sont voûtées de briques apparentes. Encastré dans un mur, un petit poêle attend la fraîcheur automnale pour réchauffer les cœurs. Nous récupérons nos badges auprès d'un réceptionniste à l'accent compréhensible et montons nous installer dans notre dortoir au troisième étage. Les escaliers en bois, recouverts d'une moquette bleue élimée, grincent délicieusement sous nos pas. J'ai opté pour une chambre de six lits réservée aux femmes, et l'effluve nauséabond de chaussettes sales et de sueur aigre qui s'échappe du dortoir mixte jouxtant le nôtre me conforte dans mon choix. Moins de mecs potentiellement mignons à draguer, mais un confort sensoriel fort appréciable. Les ronflements gras, très peu pour moi.

— Je ne sais pas comment tu fais pour être aussi bordélique, franchement.

Sourcils froncés, bouche pincée, j'observe Astrid se débattre pour extraire sa trousse de toilette de son sac à dos. Plier ses vêtements ? À quoi bon. Elle a simplement tout fourré en vrac, en tassant et priant pour que ça rentre.

— C'est un art, tu sais, le bordélisme. Peu de gens sont capables d'atteindre un niveau de maîtrise aussi pointu que le mien.

Pour mieux appuyer sa déclaration, elle renverse son sac, tête en bas, sur le plancher. Avec un « ha-ha ! » victorieux, elle brandit sa trousse et sa serviette de bain. D'un bond, elle se relève, aussi fière qu'une gosse de quatre ans qui aurait découvert comment mettre son pantalon à l'endroit.

— On peut y aller !

Je désigne du menton le paysage vallonné de vêtements qui s'étend à côté du sac béant. La tornade Astrid a frappé, encore une fois.

— Un peu de compassion pour nos colocataires, peut-être ?

Je dis cela d'un air détaché, sans aucune forme de reproche dans la voix. Pour cause, c'est un combat perdu d'avance que j'ai abandonné il y a déjà longtemps. Notre chambre d'internat, au lycée, semblait héberger Docteur Jekyll et Mister Hyde. Un côté rempli d'un bordel monstrueux, l'autre parfaitement rangé. Toute la beauté de l'amitié ne se situe-t-elle pas justement dans les contrastes, autant que dans les similitudes ?

Astrid attrape ses affaires à bras-le-corps et les pose en tas sur son lit.

— Voilà, ça gênera personne ici !

Aussi organisée qu'elle est bordélique, j'ai prévu le coup et rangé mes affaires de toilette sur le dessus du sac.

Trente minutes plus tard, nous sortons de l'hostel aiguillonnées par les hurlements de nos estomacs. Guidées autant par nos yeux que par nos oreilles, nous dénichons la petite perle de nos rêves à quelques centaines de mètres, sur Talbot Street.

— J'ai lu le nom de ce pub dans un article sur les meilleurs de Dublin, déclare Astrid. Ça s'écrit The Celt, mais on prononce « Kelt ». Moins touristique que d'autres, avec beaucoup de clients locaux. Je pensais qu'il serait plus loin de l'hostel, mais c'est nickel ! Si je me souviens bien, il est réputé pour ses concerts de musique traditionnelle.

Pour appuyer ses dires, la chanson « *The Irish Rover* » s'en échappe, fringante et gaillarde. Mes fesses se dandinent déjà. La version des musiciens est, sans surprise, d'un niveau bien moindre que celle des Dubliners. Pas de quoi se vexer, cependant : le groupe emblématique est tout bonnement inégalable. Les musiciens enchaînent avec « *Seven Drunken Nights* » et je n'ai plus de doute : je suis au paradis.

Dans cette atmosphère aux parfums de bois ciré et de houblon, je suis comme un pèlerin en terre consacrée. Avec dévotion, j'admire le décor authentique et boisé qui s'étire en longueur vers le fond du pub. Les larges dalles patinées par les ans et les accidents de boisson me collent délicieusement aux semelles. Objets rustiques, photographies et coupures de journaux encadrées couvrent les murs à demi lambrissés. À ma gauche, des étagères à casiers comme dans une vieille épicerie, chargées d'antiquités, de bouteilles de whisky et d'alcool en tous genres, achèvent de me transporter quelque part entre la Grande Famine et la Guerre d'Indépendance.

— Je dois être morte, et c'est à ça que ressemble le paradis. Je pourrais vivre pour l'éternité dans ce pub, je te jure. Il est trop beau.

— Après seulement une heure de voyage, commence Astrid d'une voix de présentatrice télé, la jeune Riley, une Française de dix-huit ans, fut aspirée par le premier pub sur sa route pour ne jamais en ressortir. Une belle existence l'attendait, bercée par la musique et la bière coulant à flots. Moi, Astrid, envoyée spéciale, me suis rendue sur place pour la rencontrer. Riley, dites-moi, comment vivez-vous l'absence de douche ? Les clients se plaignent-ils de votre odeur ? Depuis combien d'années n'avez-vous pas dormi dans un vrai lit ? Vous sentez-vous à l'aise avec le sexe sauvage, debout dans les toilettes ?

J'explose de rire et c'est uniquement par respect pour les musiciens que je refrène mon hilarité, main plaquée sur la bouche. Une table providentielle se libère à gauche du bar, où nous pouvons voir les musiciens tout en profitant du moelleux d'une banquette.

Le groupe installé devant la cheminée endormie se compose d'un flûtiste à l'embonpoint notable, d'un guitariste à la mine patibulaire et d'un violoniste aux airs de hobbit. Ils prennent leur pause au moment où nous nous asseyons et les pintes de Guinness que le serveur dépose devant eux m'arrachent un couinement de désir qui me fait bondir comme un ressort vers le comptoir.

— Mais j'ai pas encore choisi ce que je veux manger ! me lance Astrid.

— Peut-être, mais on sait ce qu'on veut boire !

— Bon, attends, je sais, je veux un *fish and chips.*

Je lui commande son plat, et pour moi un ragoût de bœuf à la Guinness. Accompagné, évidemment, de deux pintes que le serveur prépare dans les règles de l'art. Tout d'abord, bien pencher le verre à l'angle parfait. Puis laisser reposer pour que les bulles remontent tendrement jusqu'à former la mousse idéale, bien ferme sur le dessus.

Ce n'est pas ma première Guinness pression, loin de là. Il y a des pubs irlandais partout dans le monde, Montpellier ne fait pas exception. Mais celle-là, je compte la déguster avec autant de piété que si elle était servie dans le Saint Graal.

— Dire que presque chaque village en Irlande a sa propre brasserie, voire plusieurs… Ah, ce pays est vraiment fait pour moi !

— C'est ça, pouffe Astrid, t'as raison, vive l'alcoolisme ! Allez, à notre aventure !

Nous trinquons, les yeux dans les yeux, et mon cœur se gonfle d'un élan d'amour pour cette sœur qui rend ma vie plus belle chaque jour.

— Tu sais que je t'aime, hein ? Mais genre, vraiment, vraiment beaucoup.

— C'est pas un peu tôt pour les déclarations d'amour ? Attends d'avoir bu une ou deux pintes, quand même.

— Pff, t'es con.

Je fais claquer ma langue sur mon palais, libérant l'arôme amer de houblon grillé qui n'est pas sans rappeler le café, et qui donne au breuvage cette robe brune si particulière.

Nos plats arrivent sur ces entrefaites, fumant d'un parfum divin. Pile dans les temps, et pour mon plus grand bonheur, la pause des musiciens s'achève. Mon pied se cale dans le rythme et je dévore mon ragoût en cadence. Repues, nous couronnons notre festin par une cigarette à l'arrière du pub où est ménagé un espace fumeurs. Sans oublier une nouvelle pinte bien fraîche, rousse cette fois-ci.

Un jeune gars à l'air débonnaire, bien beurré au vu de ses yeux vitreux, les joues rondes et rouges et les cheveux encore plus roux que les miens, s'assoit, ou plutôt s'effondre, aux côtés d'Astrid. Il se penche vers elle avec un sourire niais et une haleine chargée d'alcool qui lui arrache une grimace.

— *Y'u cho chexy, y'know.*

— *What?*

Entre son accent de bouseux et sa prononciation alcoolisée, impossible de comprendre un mot. Il répète :

— *Y'u cho chexy.*

— Je crois qu'il essaye de dire que t'es sexy.

— Oh, *thanks.*

Espérer qu'il abandonne là-dessus est utopique. Bien au contraire, il renchérit. Toujours aussi incompréhensible.

— *Could ya breek mi noss?*

Je réprime un fou rire devant la tronche que tire Astrid.

— Putain, je comprends que dalle. *What?*

Il détache bien les syllabes cette fois. Ce qui ne change absolument rien.

— *Could ya breek mi noss?*

— Nope, toujours pas.

Mais moi, j'ai compris, et cette fois je ne peux pas retenir le rire de bossu qui me sort des tripes. Entre deux hoquets, je traduis pour Astrid :

— Il veut que tu lui pètes le nez !

— Quoi ?

— *You want her to break your nose, right?*

Il hoche vigoureusement la tête avec un sourire de grand dadais, ravi d'avoir été compris, déclenchant une nouvelle salve d'hilarité. Mon ventre douloureux me force au calme et j'essuie les larmes qui perlent à mes yeux.

— *Dude,* sérieusement ? Mais pourquoi ?

Dans un borborygme incompréhensible, il tente de nous expliquer. Tout ce qu'il récolte sont nos deux paires d'yeux ronds qui le dévisagent.

— Bon, dis-je, je comprends rien à ce qu'il raconte, mais s'il a vraiment envie que quelqu'un lui pète le nez, moi je suis partante, hein. Ce sera pas mon premier, je peux faire ça proprement.

— Ah bah bravo, me lance Astrid, ça a une licence de boxe thaïlandaise et ça bafoue ses principes dès son premier jour en Irlande en frappant un pauvre teubé.

— Mais non, c'est lui qui demande ! Je peux le lui casser proprement, je suis sérieuse.

Je rigole, mais sur ce point, j'ai raison. Après presque neuf ans de boxe thaïlandaise et française, je sais ce que je fais. C'est le moment que choisit son pote pour s'installer à côté de moi. Aussi brun que l'autre est roux, aussi maigre et boutonneux que l'autre est lisse et poupon. Par contre, pour ce qui est de l'haleine et de l'accent, même combat.

Au moins, ils ont l'avantage de nous faire rire. Rien que pour ça, je les aime bien. Le brun a un sourire espiègle et un humour provocateur qui pourrait presque me charmer malgré son physique franchement peu engageant. Il parvient à raisonner son ami et à me décourager de lui péter le nez, même proprement, et nous offre sa tournée. Ils viennent d'Irlande du Nord tous les deux, d'un petit village pas loin de la frontière, et je saisis mieux pourquoi leur accent est aussi difficile à comprendre.

Après quelques bières et un joli lot de fous rires, nous rentrons à l'hostel fourbues et bienheureuses. Nous nous écroulons comme des masses dans nos lits respectifs en tâchant de faire le moins de bruit possible, ce qui n'est pas une mince affaire avec autant d'alcool dans le sang, dans un dortoir plongé dans le noir. Je n'ai même pas le temps de penser, de faire le point sur cette première journée de voyage, que je m'endors d'un sommeil lourd et sans rêves.

2.

Marianne

Inde, novembre 1999.

En descendant à la gare routière grouillante de Mapusa, après plusieurs jours à bringuebaler sur les rails et les routes défoncées de l'Inde depuis le Rajasthan, je sais que mon cou et mon dos vont me le faire payer. À peine mon pied posé hors du bus, sans surprise, je suis assaillie par une horde de rabatteurs de tous poils obnubilés par une seule idée : me convaincre. De louer une moto, de monter dans leur taxi, de prendre une chambre dans leur hôtel, et j'en passe, arguant à grand renfort de gestes insistants que c'est de la *good quality, yes yes,* et que nulle part ailleurs je ne trouverai mieux. Ce qui, bien entendu, est complètement faux. S'il y a bien une chose que j'ai apprise en voyageant en Inde, c'est que pour trouver une bonne affaire, il vaut mieux s'adresser à celui qui, justement, ne vient pas vous chercher en premier. Celui qui reste en retrait et observe. Lui, il vous attend avec l'offre que vous recherchez et le prix correspondant. Enfin, la plupart du temps. Car il y a une autre chose que j'ai bien comprise après deux mois dans ce pays : rien n'est certain. Parfois, le plus insistant des rabatteurs pourra se révéler le plus arrangeant. La seule règle est finalement de toujours suivre son intuition, car il n'y a bien souvent rien d'autre à quoi se fier. Surtout quand on est une jeune femme seule.

La matinée commence à peine, mais le soleil me brûle déjà la nuque et une moiteur poussiéreuse me colle à la peau alors que je m'éloigne tant bien que mal du magma grouillant des rabatteurs et autres vendeurs à la sauvette. Mon ventre gargouille, et le délicieux fumet épicé des gargotes alentour n'arrange rien. Après tout, il est tôt, j'ai le temps de manger un bout avant d'embarquer dans le bus qui me mènera à ma destination finale : le petit village de Chapora. Et puis, de toute façon, il me faut un chaï, chaud et sucré, pour me remettre du dernier trajet qui m'a particulièrement épuisée, à devoir toujours garder un œil sur les mains baladeuses de mon voisin pendant que j'essayais de dormir. Jusqu'à maintenant, je n'ai pas trop souffert de la lubricité des Indiens, mais celui-ci était franchement collant et malsain.

L'étui de ma guitare en main, j'ajuste les bretelles de mon sac à dos et ne peux retenir une grimace de douleur. Mon épaule droite a particulièrement souffert de ce voyage tordu et inconfortable. J'ai bien fait des escales à Ahmedabad et Bombay, mais c'était l'affaire de quelques heures seulement, le temps de changer de bus ou de train, de manger un morceau à la va-vite et de me débarbouiller dans des toilettes pas trop crades. Et encore, j'ai eu de la chance, car à trois jours près j'aurais eu mes règles en plein pendant ce périple.

Avant de chercher un endroit où manger, je juge préférable de m'assurer des horaires – approximatifs, cela va sans dire – des prochains bus pour Chapora. L'homme bedonnant et moustachu qui me renseigne arbore un débardeur blanc crasseux qui a depuis longtemps oublié ce que le mot lessive signifie. Étonnant, d'ailleurs, car les Indiens ont tendance, même les plus pauvres, à être plutôt assez propres sur eux. On pourra voir des hommes et des femmes sortant d'un bidonville, chemise et sari vieux ou abîmés, pourtant impeccablement nettoyés, voire repassés. Ce pays grouillant de contrastes et de contradictions, depuis que je l'arpente, ne cesse de me fasciner. Comment une seule culture peut-elle réunir autant de beauté et d'horreur, les faire cohabiter en cette entité aussi folle et sublime qu'est l'Inde ?

Le moustachu, qui trône sur sa chaise en plastique au milieu du capharnaüm de la gare routière, m'informe que des bus partent environ toutes les quinze minutes pour Chapora, et ce jusqu'à la tombée de la nuit, vers dix-huit heures. C'est donc l'esprit tranquille que je me mets en quête d'une échoppe où m'asseoir et savourer un repas bien mérité. C'est la première fois que je descends aussi bas au sud, et je salive déjà à l'idée de nouvelles saveurs à découvrir. La cuisine à base de noix de coco, par exemple, est plus rare dans le Nord.

Sans aller très loin, je trouve mon bonheur dans l'enfilade de petites gargotes en bordure de l'esplanade en terre battue. Faisant fi des nuages de poussière et d'essence, je me concentre sur les effluves épicés qu'exhale une échoppe à la cuisine ouverte et je nous installe, ma guitare et moi, à une table presque propre. De là, je peux observer le ballet incessant des bus, motos et passants, accompagnés du chaotique orchestre de klaxons, de moteurs ronflants et soufflants, et des cris des conducteurs et vendeurs de tous poils.

J'aime l'Inde. Sa folie et sa beauté cruelle me fascinent. *Incredible India.* Les agences de voyages et les tours opérateurs ont raison, il n'y a pas d'autres manières de la décrire. Et ces saveurs... Mon ventre, et je le remercie tous les jours pour ce cadeau inestimable, semble supporter autant les épices que les conditions sanitaires plus que douteuses du pays. Je ne suis encore pas une seule fois tombée malade. Contrairement à la plupart des touristes et voyageurs, je n'ai fait que grossir depuis que je suis ici. Peu m'importe, la délicieuse nourriture en vaut largement la peine. Je pense ne pas me tromper en disant que c'est l'activité principale de mon voyage : manger. Et boire du chaï, évidemment. Comment oublier cette boisson divine à base de thé noir, de lait et d'épices, préparée dans toute l'Inde, depuis le plus luxueux hôtel jusqu'au plus modeste des stands de rue avec pour seuls équipements une casserole, un petit feu ou un réchaud ?

Pav bhaji, masala dosa, sanna, porotta, idli, fish thali, pakora... Le menu est peint en anglais sur un pan de mur, ce qui est déjà plus que dans certains bouis-bouis où rien n'est traduit, mais je ne connais pas la majorité des plats proposés et je dois me résoudre à choisir à l'aveuglette. Certainement des spécialités du coin que j'ai de toute façon l'intention de goûter, toutes sans exception.

Je demande un chaï, pour bien commencer, et interroge le jeune serveur dégingandé sur ce qui se mange à Goa pour le petit déjeuner. Ravi que son avis soit sollicité, il me gratifie d'un sourire aux dents bien trop pourries pour son âge et me conseille, à grand renfort de dodelinements de la tête, ce qu'il appelle avec fierté *the best goan breakfast,* le *vatanyachi bhaji and poi bread.* N'ayant presque rien compris à son accent, mais docile, je hoche la tête. Il se retourne pour crier la commande à la cuisine et me lâche un autre grand sourire ainsi que quelques dodelinements supplémentaires avant de s'éloigner en traînant savate pour reprendre son poste sur le tabouret devant l'échoppe.

Quand mon plat arrive, la salive me coule presque de la bouche. Heureusement pour moi, j'ai toujours préféré les petits déjeuners salés, et c'est voracement que je me jette sur des petits pois baignant dans une délicieuse sauce épaisse parfumée d'une myriade d'épices. Un morceau de gingembre m'explose dans la bouche et je gémis de plaisir. Le piment et les pickles m'enflamment le palais et la gorge, et j'adore ça. Le pain me surprend, sorte de brioche ronde et moelleuse, comme je n'en avais encore jamais vu en Inde, et le garçon m'explique en me dévorant des yeux que c'est une spécialité de Goa. Mon plat terminé, j'ai encore faim et je commande un autre chaï, accompagné cette fois d'une *parotta,* sorte de galette proche du *naan,* mais feuilletée et encore plus délicieuse, et d'un *chana dal,* curry de pois chiches. Autrement dit, je suis prête à monter au paradis.

Je fume une *bidî* en espérant qu'elle m'aidera à digérer mon repas gargantuesque, mais c'est le ventre lourd et tendu, même si j'ai les papilles en extase, que je me dirige vers le bus. Après avoir coincé mon – trop – gros sac entre deux banquettes étroites, je prends place à côté d'une quadragénaire aux formes généreuses sous son sari jaune poussin, qui me salue d'un dodelinement et d'un sourire bienveillant. Je pose ma guitare adorée droite sur mes genoux et me félicite encore une fois d'avoir opté pour une taille enfant pour ce voyage, car le manque de place dans les transports rend chaque déplacement d'autant plus compliqué avec un instrument.

Le bus s'ébranle et la vibration de la carcasse de fer me donne la sensation d'être assise sur une machine à laver diabolique. Le moteur sans âge ronfle, souffle et gronde, et déjà je suis ballottée comme une vulgaire poupée de chiffon alors que le véhicule s'extirpe à peine du parking. En grimaçant, je me masse le cou et prie pour que le trajet passe vite.

La ville laisse rapidement place à une nature luxuriante où les cocotiers sont rois. Cela me change des paysages du nord, et j'oublie mon inconfort pour savourer la beauté. J'aperçois deux superbes églises à l'architecture surprenante, peintes d'un blanc éclatant, et y reconnais l'influence portugaise qui a régné pendant presque cinq cents ans sur Goa, faisant d'elle sa capitale orientale et un port de commerce majeur. Les temples, pour autant, ne sont pas oubliés, et j'en vois plusieurs dispersés le long de la route, arborant d'éclatantes couleurs, leurs grilles ornées de couronnes de fleurs orange et jaune.

Je descends du bus à un étroit carrefour qui semble être le cœur du village, où trône un vieux banian avec son autel garni de statuettes et de bâtons d'encens qui diffusent dans l'atmosphère un parfum entêtant. Les maisons, comme celles aperçues sur la route, affichent pour la plupart des façades aux couleurs criardes. J'en ai presque mal aux yeux.

Une famille de vaches mâchouille des détritus et un groupe de jeunes appuyés sur leurs motos lève la tête à mon arrivée. Je m'attends à ce qu'ils m'abordent, mais ils se désintéressent vite de moi et reprennent leur conversation. Motos, scooters et rickshaws se croisent, et je remarque aussitôt que le nombre d'étrangers est vraiment élevé par rapport à d'autres endroits que j'ai pu visiter, même à Rishikesh ou dans la Parvati Valley.

Cheveux longs, barbes touffues, pieds nus, chemises ouvertes et grigris dans les cheveux, il n'y a pas de doute possible : je viens d'arriver au paradis des hippies. Le sourire aux lèvres, à l'aise parmi mes congénères marginaux, je me dirige sans hésiter vers le *juice center* et contemple, ébahie, la vertigineuse liste de fruits frais. Je me décide pour un jus de mangue et de papaye. Une fois désaltérée, je sors de mon sac les instructions données par Patricia et Stéphane, le couple de Français rencontré à Varanasi, qui m'ont vivement conseillé ce lieu pour mon arrivée à Goa. J'ai atteint sans encombre l'avant-dernière étape de l'itinéraire, le bar à jus joliment nommé Scarlet Cold Drinks, et il ne me reste plus qu'à trouver la Shanti Om en interrogeant les conducteurs de rickshaws présents alentour.

Patricia m'a assurée que ce ne serait pas difficile, et elle avait raison. Le premier que je sollicite acquiesce et grimpe au volant. Je négocie le prix avant qu'il ne démarre en pétaradant, évitant de justesse un chien maigre un peu trop téméraire.

Il emprunte la route qui longe la plage caillouteuse, à cheval entre l'embouchure du fleuve Chapora et l'océan, et roule une dizaine de minutes avant de tourner à droite dans un chemin de terre qui traverse un petit bout de jungle et débouche sur une maison à la façade turquoise délavée, délabrée même, dans le plus pur style colonial. D'une taille impressionnante, pourvue d'un vaste rez-de-chaussée et d'un premier étage plus petit, elle est cintrée d'un large porche qui la protège des pluies diluviennes de la mousson.

Je paye le conducteur et, au moment où je charge mon sac sur l'épaule, j'aperçois deux hippies aux vêtements bariolés qui sortent de la maison pour venir à ma rencontre. Leurs sourires avenants me mettent aussitôt à l'aise, et je pousse le portail en les saluant.

— *Welcome to the one and only Shanti Om!* me lance la première, une grande blonde avec un fort accent germanique.

Elle m'ouvre les bras et m'enlace. Elle sent le haschisch, le patchouli et la transpiration, et sa peau colle de la même moiteur que la mienne depuis que j'ai mis les pieds dans cette région. Le beau gars qui l'accompagne, grand et brun, la poitrine velue sous sa chemise ouverte, a tout l'air d'être turc, ou peut-être israélien, et me salue d'un *namaste* en joignant les mains à hauteur de poitrine.

— Tu viens pour loger, *sister* ?

J'acquiesce, et l'homme aussitôt attrape mon sac pour le charger sur son dos tandis que la fille m'entraîne à sa suite, toute guillerette.

— La synchronicité est avec toi ! Une fille vient de partir ce matin et a libéré un des matelas du salon ! Au fait, moi c'est Marieke, et lui c'est Adir.

— Marianne, enchantée.

— Tu es française ?

— Oui...

Déjà démasquée. L'accent français est décidément beaucoup trop reconnaissable.

— Je viens des Pays-Bas, et Adir est israélien. Il y a deux Français qui logent aussi à la maison, je te les présenterai.

— C'est vous deux qui gérez le lieu ?

— Quoi ? Non, non, on le gère tous, c'est une communauté, il n'y a pas de chef ici !

Marieke, dont rien ne semble pouvoir entamer la bonne humeur, m'explique rapidement les quelques règles qui subsistent malgré l'anarchie dominante.

— Chaque semaine, on fait tourner un chapeau et chacun donne ce qu'il peut pour payer le loyer et les courses communes comme le riz, le sucre, le café, ce genre de choses. S'il n'y a pas assez, on refait tourner le chapeau jusqu'à obtenir suffisamment. Si quelqu'un ne peut vraiment pas payer, alors il donne un coup de main supplémentaire pour le ménage, la cuisine, ce genre de choses. La plupart d'entre nous mangent à l'extérieur, mais on essaye d'avoir toujours du riz, du lait, des épices et quelques cocos pour pouvoir faire un chaï et un peu à manger. Pour ce qui est du ménage, chacun se responsabilise et doit nettoyer après lui, et de temps en temps on se motive tous pour faire un grand nettoyage. Si quelqu'un en ressent le besoin, il peut demander à faire une réunion de maison, pour aborder des soucis soit personnels, soit collectifs. Pour les disputes et autres démonstrations d'animosité, nous demandons qu'elles soient faites dehors ou ailleurs, et chacun essaye au mieux de conserver une atmosphère joviale et conviviale. Les *good vibes,* ici, c'est la base. Cette maison ne s'appelle pas *Shanti* pour rien ! Ça te va jusque-là ?

— Parfait !

Nous pénétrons dans le vaste salon à peine meublé, certainement pour laisser les matelas envahir l'espace la nuit. Au cœur d'un épais nuage de fumée, un groupe installé en cercle sur des coussins fait tourner des shiloms* et joue de la musique. Certains grattouillent des guitares, mordillent des guimbardes ou chatouillent des tablas et autres percussions dont j'ignore le nom.

---

* Shilom, ou chillum : long tube en terre cuite traditionnellement utilisé par les sâdhus, puis repris par les hippies et les rastafaris, pour la consommation du haschich.

Ils m'adressent des sourires chaleureux à travers les rideaux de leurs cheveux et m'invitent à me joindre à eux. Je n'ai quasiment pas fumé depuis que j'ai quitté Manali, enclave hippie dans les montagnes himalayennes, et je frétille de plaisir devant ce si bel accueil. Je fais rapidement connaissance avec le groupe, et même si je crains de manquer d'intimité dans ce lieu où tous vivent les uns sur les autres, je suis plus que ravie de l'endroit où j'ai atterri.

J'avise le jeune gars qui ronfle et bave bouche ouverte au fond de la pièce. Il a dû passer une bonne nuit blanche, voire plusieurs. Ce ne sera pas la première fois que je partage une pièce avec une bande de hippies ronflants, je m'en remettrai. Et si besoin, je trouverai un autre lieu où loger une fois que je connaîtrai mieux le coin. J'ai prévu de poser mes valises à Goa pour environ deux mois, au moins jusqu'au nouvel an, et d'en profiter pour sillonner les environs, donc j'ai amplement le temps de trouver un logement qui me convient. Ici au moins, ça ne me coûtera presque rien.

Après tout ce temps dans le Nord, je me languis de plonger mes orteils dans le sable fin et savourer la caresse des vagues. Je pense rester à Chapora une semaine ou deux, le temps de prendre mes marques et rencontrer quelques personnes sympa, puis je me trouverai un petit cocon paisible, une hutte de bambou quelque part en bord de plage.

J'accueille une nouvelle tournée de shilom dans mes poumons et la fatigue du voyage m'enveloppe d'une chape de plomb. Le charas utilisé pour les shiloms est un véritable délice que je soupçonne fraîchement arrivé des confins de la Parvati Valley, secrètement réputée pour sa culture massive de cannabis.

Un peu plus tard, alors que l'épuisement m'engourdit les sens, Marieke me fait visiter le reste de la maison.

Elle me montre les chambres occupées par les résidents quasi permanents et m'explique :

— En fait, vu qu'on est pas mal à rester pendant longtemps, certains toute l'année, même pendant la mousson, on tire chaque mois au sort pour savoir qui aura droit à une chambre. Ceux qui en ont eu une le mois précédent ne peuvent pas participer au tirage. Comme ça, il y a quand même un roulement. Ce mois-ci, j'ai été tirée au sort, mais je n'ai pas eu la meilleure chambre. Ce sera pour la prochaine fois !

Je comprends vite pourquoi les chambres de l'étage sont aussi prisées. Ancienne demeure de colons, les appartements du haut étaient ceux des maîtres. La plupart des meubles ont sûrement été retirés ou vendus, mais le peu qui reste est d'une qualité incroyable malgré les années. Armoire et lit à baldaquin en teck, sculptés de magnifiques motifs, commode en rotin, nattes de joncs tressés et balcons privés, je voudrais bien y loger aussi. Le contraste avec les chambres du bas est saisissant.

Le jardin, entretenu par un jardinier de la famille des propriétaires, est luxuriant. Les hamacs accrochés un peu partout appellent à la sieste, et c'est dans l'un d'eux que je décide d'écourter la visite pour m'écrouler enfin. Je m'endors rapidement, bercée par les bruits de la jungle, les rires et la musique qui s'échappent du salon. Ce séjour à Goa promet d'être enchanteur, et me réserve, je le sens, bien des surprises.

3.

Riley

Irlande, août 2019.

Le lendemain, la bouche plâtreuse, j'ouvre un œil outré au son d'une des filles du dortoir partie en exploration dans les tréfonds de sa valise. Bonjour la délicatesse. Je grogne, mais il est déjà dix heures et nous ne sommes pas venues en Irlande pour faire la grasse matinée. Et puis, aujourd'hui, ma meilleure amie a dix-neuf ans. Ça se fête.

— On se réveille, belle endormie, c'est ton anniversaiiire !

Tête en bas, penchée par-dessus la barrière du lit superposé, je gratifie Astrid d'un grand sourire alors qu'elle lève un regard brumeux vers moi.

— Joyeux aaanniversaaaiire !

Je chante, pas trop fort quand même, mais sans trop me préoccuper des deux filles encore couchées. Le mal est déjà fait, de toute façon. Je descends du lit pendant qu'Astrid grogne et rabat le drap sur sa tête. Le matin n'a jamais été son truc. Elle est plutôt du genre grasse matinée jusqu'à quatorze heures, surtout le jour de son anniversaire.

— Allez la marmotte, hop hop, c'est qu'on a un programme, nous, madame !

Elle grogne à nouveau, mais se décide à émerger tandis que je me prépare pour la douche. Elle m'emboîte le pas, les yeux bouffis et le pied traînant.

En ressortant de la cabine dans la vapeur ambiante, je retrouve mon amie bien réveillée, en train de se brosser les dents devant le miroir. Je m'approche l'air de rien, l'enlace par-derrière et la broie entre mes bras. Elle mime l'étouffement en riant et je relâche mon emprise. Imitant une reporter, je braque devant elle ma brosse à dents, transformée en micro pour l'occasion :

— Alors, Astrid, dites-nous, que ressentez-vous en ce jour mémorable ? Avoir dix-neuf ans est-il aussi bouleversant qu'on le dit ?

Nous nous esclaffons et continuons notre toilette en blaguant.

Une fois propre, j'enfile mon short en jean noir élégamment déchiré et mon T-shirt fétiche de Nirvana, avec son smiley à la bouche tordue que je traîne depuis si longtemps qu'il pendouille sur mes épaules. Fan inconditionnelle du style grunge, je l'ai adopté dès les prémisses de mon adolescence et ne l'ai jamais quitté depuis, au grand dam de ma mère. C'est sûr, elle aurait préféré que je penche vers la vague hippie, comme elle. Désolée, maman. J'ai quand même hérité de son amour pour la guitare et la musique folk, c'est déjà ça. Autrement, je suis dévouée corps, cœur et âme au rock, pour toujours. À ma tenue, il ne manque qu'un détail, pourtant incontournable : mon cher fédora brun que je pose sur mon crâne avec le flegme d'une rock star.

Notre quête d'un lieu où prendre notre petit déjeuner s'achève en moins de deux minutes, à l'angle de la ruelle. La devanture en bois qui encadre l'entrée a été rajeunie par une peinture rouge vif, avec le nom du café calligraphié en lettres blanches.

— Le Art Café. Ça a l'air parfait, qu'est-ce que t'en dis ?

Il fait bon, et même si nous ne voyons pas le ciel, masqué par un vieux pont en acier massif et bas, nous optons pour une table sur la petite terrasse. Le train qui passe à l'instant où nous nous asseyons fait trembler et chanter la ferraille au-dessus de nos têtes, ce qui n'est pas pour nous rassurer.

— J'ai l'impression d'être à New York ou un lieu dans le genre, commente Astrid en levant des yeux mi-émerveillés mi-inquiets. Tu sais, avec les vieux ponts en métal sur lesquels passe le métro.

— Grave, moi aussi, j'adore ce genre de constructions, le style urbain à l'ancienne. Mais pas besoin d'aller jusqu'à New York pour ça. Il y en a aussi à Paris, des lignes aériennes, pas mal même, genre la ligne 2. Elles circulent toutes sur des passerelles comme ça.

— Oui, c'est vrai… mais ici, ça me fait un autre effet. Plus industriel, je sais pas.

— En tout cas, c'est toujours mieux que ces gratte-ciel horribles qui poussent comme des champignons.

Le ventre gargouillant, nous commandons notre premier authentique *irish breakfast* et une théière de thé noir du même nom. Je n'en ai pas bu depuis la veille, avant le départ, et j'ai l'impression d'être une droguée en manque. L'assiette ventrue que la serveuse dépose devant nous m'arrache un gémissement. Trois saucisses, un œuf au plat, un petit bol rempli à ras bord de haricots blancs à la tomate, plusieurs lamelles de bacon grillé à point, deux tranches de *black pudding*, du boudin noir préparé à l'irlandaise, et trois délicieuses *hash browns*, des galettes de pommes de terre grillées. Je jubile. Ma mère m'a élevée ainsi, à coups de petits déjeuners riches et copieux pour bien commencer la journée, et j'en ai toujours raffolé. Elle m'a légué sa gloutonnerie, mais pas son corps élancé. Je mesure un petit mètre soixante-cinq, les jambes courtes et arquées, les épaules solides, et une poitrine inexistante. Ce qui est plutôt pratique pour les combats. Disons que mon amour du sport me sauve de l'embonpoint, et que ma silhouette musclée et tonique compense mon manque de formes dites féminines.

Pour cette première journée, nous avons décidé de ne rien faire de plus que flâner et découvrir la ville au rythme de nos envies. Nous quittons donc l'hostel sans destination précise, le nez en l'air et le pied heureux. Dévorant des yeux le paysage, nous longeons la Liffey, le fleuve noir et épais qui fend la ville en deux, jusqu'à atteindre un adorable petit pont piéton en fer forgé blanc, que nous traversons pour rejoindre l'autre rive et le célèbre quartier de Temple Bar. Il est, comme son nom l'indique, truffé de pubs aux allures plus typiques et rétro les uns que les autres. Pour autant, nous n'avons aucune intention de nous y arrêter, car l'endroit est devenu un tel repaire à touristes qu'aucun Dublinois n'y met plus les pieds.

Au détour d'une des rues pavées, nous tombons sur une immense façade d'un rouge éclatant, percée de fenêtres qui n'en sont pas vraiment, car les vitres sont en réalité des portraits d'artistes.

— Oh, c'est le Irish Music Wall of Fame ! Trop bien qu'on soit tombées dessus, j'y pensais justement !

Et là-bas, ça doit être l'entrée de l'Irish Rock 'N' Roll Museum !

— Tu veux qu'on y aille ? me demande Astrid.

Par-dessous les larges bords de mon fédora, je jette un regard sans équivoque à ma meilleure amie qui accepte en riant. Malgré la pluie fine qui commence à tomber, nous prenons encore quelques minutes pour contempler les portraits des plus grands musiciens de la scène irlandaise et je commente, doigt en l'air :

— Là, le gars roux avec de la barbe, c'est Luke Kelly. Il a une voix incroyable. Et là, avec les cheveux longs c'est Rory Gallagher, un vrai génie de la guitare. Même Hendrix était fan de ce gars, qu'il considérait comme meilleur que lui, si je me trompe pas. En haut à droite, c'est Sinead O'Connor, mais elle, tu la connais. Oh, et là, c'est Bob Geldof, que tu connais sûrement aussi, non ? J'adore ce qu'il fait...

— Et là, complète Astrid, ce ne serait pas le chanteur des Pogues ? Comment il s'appelle, déjà... Shane Mac quelque chose.

— Ah oui, je sais plus son nom, mais il est géant, lui aussi. Sa manière de chanter, c'est juste inoubliable... Et ça, c'est les Thin Lizzy ! Je reconnais la touffe du chanteur. Tu sais, c'est ceux qui chantent « *The Boys Are Back in Town* » qu'on écoutait dans l'avion. Ah, je les aime tellement !

— Grave, ils sont géniaux ! En grand, là, ce serait pas U2 ?

— Ouais, je marmonne. Les mascottes du pays... Je ne suis pas trop fan. J'aime bien certaines de leurs chansons, mais je comprends pas trop pourquoi on fait autant un flan de ce groupe... Bref. J'ai hâte de voir l'intérieur ! Tu sais qu'il y a même un studio d'enregistrement en activité ? Je crois qu'on peut le visiter pendant le tour du musée.

Une dernière photo accroche mon regard et je sursaute, surprise de ne pas avoir identifié plus tôt le musicien qui a bercé mon enfance et mon amour de la folk.

— Hé ! En bas, c'est Van Morrison tout jeune ! C'est dingue, je l'avais pas reconnu !

— Celui dont ta mère et toi êtes fan, c'est ça ?

— Ouaip.

— La chanson de lui que tu chantes tout le temps et que j'adore, comment elle s'appelle, déjà ?

— « *These Are The Days* », je réponds, soudain pensive. C'est une de celles que mon père jouait à ma mère quand ils se sont rencontrés… Je n'aime pas tous ses albums, mais certains sont vraiment géniaux. De tous les artistes irlandais, je pense qu'il reste mon préféré. Enfin, c'est sûrement parce que j'ai une attache sentimentale à sa musique, je suis pas impartiale.

Nous quittons le *Wall of Fame* en direction du musée. Le fait de parler de mon père a étendu un léger brouillard mélancolique sur mon cœur, et je m'ébroue pour tenter de retrouver ma légèreté. L'émotion qui me prend à la gorge n'a rien de surprenant, surtout ici. Il était musicien, et irlandais par-dessus le marché : pas étonnant que ce séjour me ramène sans cesse à lui. Sauf qu'il a rendu son dernier souffle avant même que je ne prenne le premier des miens, et il est parfaitement inutile de m'émouvoir pour un homme que je n'ai jamais connu. Tout ce que je souhaite aujourd'hui, c'est profiter de cette belle journée avec ma meilleure amie, dans la joie et la bonne humeur.

Le musée ne se parcourt qu'avec une visite guidée, et par chance, nous arrivons pile au moment où un tour débute. Nous nous joignons au petit groupe et tendons l'oreille aux explications du guide, plutôt mignon, brun et barbu, qui attire aussitôt l'intérêt d'Astrid. Pour ma part, je m'intéresse plutôt à l'histoire du lieu et aux multiples anecdotes dont il nous abreuve. Je détaille chacune des affiches et des photographies encadrées aux murs, en noir et blanc et dédicacées pour la plupart, représentant les musiciens et les groupes emblématiques de l'histoire de la scène irlandaise.

Nous arpentons des couloirs dans les tons rouge et noir, comme les coulisses d'une salle de concert où l'on pourrait s'attendre à croiser quelques rock stars en pantalons de cuir moulants, grosses bottes cloutées et cheveux ébouriffés. Nous passons par les studios, et je me prends à rêver de pouvoir un jour, moi aussi, vivre une expérience similaire. Avec du travail et de la persévérance, je pourrais y arriver. Il suffit d'y croire, et de beaucoup s'impliquer. Je commence déjà à avoir un joli succès sur Instagram et Tik Tok : qui sait, je pourrais finir par me faire remarquer. J'essaye de ne pas me bercer de trop d'illusions, mais le fait est que si ce n'était pas dans l'optique de percer dans la musique, je n'aurais pas mis un orteil sur ces plateformes. Devoir m'afficher avec régularité me met vraiment mal à l'aise.

La salle d'exposition des guitares ayant appartenu aux plus grands artistes irlandais me laisse sans voix, rêveuse, envieuse, et frustrée. Depuis que j'ai reçu ma part de l'héritage de mon grand-père, je sais que je vais m'offrir une guitare. J'arpente le Net et les magazines spécialisés en quête de la perle rare, sauf qu'il n'y en a pas qu'une, loin de là. Et puis, il me faut une électrique, évidemment, mais aussi une folk, une classique, une douze cordes… Bref, si je me lance, on ne pourra plus m'arrêter.

Après avoir bavé devant l'exposition d'instruments, nous visionnons un documentaire dans une petite salle tamisée. Je suis ravie d'en apprendre davantage sur l'histoire de la musique irlandaise et ses principaux acteurs, mais aussi sur celle du rock en général et le fonctionnement de son industrie, sans parler de toutes les petites anecdotes disséminées ici et là par le guide durant la visite dont je garderai un excellent souvenir.

Nous ressortons à l'air libre avec une dizaine d'airs de rock qui nous trottent dans les oreilles. L'air humide est chargé de pluie et nous déployons nos parapluies avant de reprendre, en fredonnant, notre balade à travers les rues de Dublin.

La faim et la soif se faisant sentir, nous décidons de nous arrêter dans un pub non loin du Trinity College et son architecture gothique.

— Tu crois que des gens de ta famille ont déjà étudié ici ?

— Mon père n'a pas fait d'études. Enfin, pas que je sache. Ma mère n'a jamais vraiment connu les détails de son histoire, mais vu qu'il a grandi sur la route dans une communauté de *travellers*... Sans tomber dans les préjugés, il y a peu de chances pour que cette partie-là de la famille soit allée à l'université.

— Mmm, pas faux... Ça me rappelle ce film que tu regardais tout le temps quand on était au collège, *Le Cheval venu de la mer*. Comment il s'appelle, déjà, l'acteur, le papa gitan ? Quand t'étais petite, tu disais que c'était ton père parce qu'il s'appelait Papa Riley ?

Je ricane à ce souvenir.

— Gabriel Byrne... J'étais tellement amoureuse de lui. Enfin, dans un sens... Ils se ressemblent un peu, d'ailleurs.

— Avec ton père ? Non, carrément pas. Ou alors vraiment vite fait. Il ressemble plutôt à Johnny Depp, ton paternel, du moins sur les photos que j'ai vues de lui. Et franchement, c'est bien mieux.

— Mmm, je sais pas, j'avoue que j'ai un faible pour Gabriel Byrne, même s'il est moins beau et plus vieux. Lui, au moins, il est irlandais. Et puis, il s'appelle Papa Riley. Quand on s'appelle Riley avec un père sans nom, on prend ce qu'on peut !

— C'est pas faux…

Nous nous partageons une plantureuse *shepherd's pie,* sorte de tourte à la viande avec une croûte de purée à la place de la pâte, et rinçons le tout avec une bière rousse délicieusement parfumée. Le ventre gonflé, en pleine digestion, je regarde plus attentivement autour de moi, détaillant la beauté du bar et de son décor en bois verni. L'architecture et l'atmosphère des pubs ne cessent de m'émerveiller. Nous en avons visité quelques-uns au fil de notre balade, juste comme ça, pour le plaisir, et certains sont vraiment surprenants. Petits au premier abord, ils se révèlent être de véritables labyrinthes pittoresques, souvent décorés avec beaucoup de goût et d'authenticité. L'époque pourrait presque se faire oublier devant ces murs et ces couloirs intemporels. Dans celui que nous avons choisi pour notre pause, une estrade basse contre le mur du fond attend son prochain groupe de musique.

— Je crois que je n'ai jamais autant pensé à mon père que depuis mon arrivée dans ce pays… À chaque rue qu'on traverse, je me demande s'il a déjà marché sur ce même trottoir. À chaque pub que je vois, je me demande s'il y a déjà joué…

Astrid se tourne vers moi et boit une gorgée de bière avant de répondre.

— Et c'est normal. Je pense que je serais pareille, à ta place. C'est dur de ne rien savoir de lui, même pas son nom…

J'acquiesce d'un air grave. Ignorer jusqu'à son nom a été difficile à vivre et à accepter, surtout quand j'étais petite et qu'on me demandait qui était mon père. L'ironie grinçante de l'histoire, c'est que la seule réponse possible à cette question était justement l'unique semblant de nom que ma mère a pu me fournir : Personne.

— *Nobody*... souffle Astrid. Franchement, c'est dingue que ta mère soit tombée sur le seul gars qui avait l'idée farfelue de se faire appeler Personne ! C'est pas un nom, ni même un surnom ! Ça me fait toujours halluciner à chaque fois que j'y pense.

— Mon père avait promis à ma mère de lui expliquer son histoire en détail quand elle le rejoindrait en Irlande, et puis, bon, la vie s'en est mêlée...

— Va savoir, un jour, peut-être, tu découvriras la vérité sur son histoire.

— Ça m'étonnerait. Et je préfère ne pas me bercer de ce genre d'illusions... Tu te rappelles, à une époque, je m'étais dit que j'irais à Goa pour mener l'enquête, essayer de trouver quelqu'un qui l'aurait connu, une piste à remonter. Mais j'ai abandonné l'idée depuis. Enfin, pas l'idée d'aller à Goa, mais l'espoir d'en savoir plus sur lui. C'est trop douloureux d'espérer quelque chose qui n'arrivera de toute façon jamais...

Elle acquiesce, et un silence morose s'étend entre nous.

— Bon, lance Astrid. On va changer de sujet, hein, parce qu'on n'est pas venues pour pleurer ! Sinon, moi, je commence à parler de l'autre enfoiré qui m'a larguée comme une merde, et on n'a pas fini !

Je hoche la tête et chasse mes sombres pensées. Le reste de la journée se déroule dans la bonne humeur, au gré des rues et quartiers de Dublin. C'est les pieds en compote que nous échouons enfin à notre destination finale, le Whelan's pub, où une soirée musicale nous attend. L'endroit est bondé, moite de sueur et d'alcool, ça danse, ça tape du pied au rythme du rock qui baigne l'atmosphère, et je me sens plus que joyeuse.

— Alors, on fait quoi ce week-end ? Une envie ? C'est toi qui décides. Vu que le billet était ton cadeau, tant qu'on n'est pas rentrées en France, c'est toujours ton anniversaire.

Astrid boit une gorgée de bière en réfléchissant, puis son regard s'éclaire soudain.

— Je veux voir des falaises !

Et nous voilà plongées, l'une dans le guide du Routard, l'autre dans les méandres de Google, à la recherche du meilleur endroit où nous rendre.

— Bon, apparemment, commence Astrid, les plus spectaculaires, à part certaines paumées je ne sais où dans le Nord, ce sont les falaises de Moher. Sauf que c'est loin, et j'ai aucune envie de faire une excursion à la journée avec un de ces bus merdiques bourrés de touristes.

Nous sursautons lorsque l'une des deux filles à côté s'adresse à nous dans un anglais teinté d'accent nordique :

— Hey, je vous ai entendues parler des falaises de Moher, *right?* Si vous n'y êtes pas allées, franchement, n'hésitez pas. C'est un peu touristique, mais c'est vraiment superbe. On y était hier, justement.

— Oh, et vous y êtes allées comment ? C'est quand même loin de Dublin.

La fille, Sarah, nous explique que l'aller-retour peut se faire dans la journée avec les transports publics, à condition que rentrer dans la soirée ne nous dérange pas. Deux minutes plus tard, nous dégainons nos smartphones pour étudier les horaires des bus. Hors de question d'y aller demain, nos pieds ont besoin de repos et de tranquillité ; de plus, la soirée ne fait que commencer et s'annonce bien arrosée, avec en prime une dégustation de gin irlandais. Ce sera grasse matinée. Nous prévoyons notre excursion pour samedi et scellons notre décision par une nouvelle tournée.

Alors que je me rends au bar pour commander, ma vessie m'oblige à faire un détour par les toilettes. Je gémis en constatant que la file d'attente s'allonge jusqu'en haut des escaliers, débordant dans la salle, mais je n'ai pas le choix. Je tente de me changer les idées en observant les photographies sur le mur, retraçant vraisemblablement les artistes s'étant produits ici.

Que ressentirais-je à monter sur une scène comme celle-ci ? Les bars et salles de concert, c'est une ambiance que je connais depuis l'enfance, grâce à ma musicienne de mère et son groupe de musique. Mais serai-je capable un jour de faire pareil ? J'en rêve, c'est certain. La musique est toute ma vie, plus encore que le sport, et ce depuis que je sais tenir sur mes deux jambes, et même avant. Déjà, embryon dans la chaleur du ventre de ma mère, je ne doute pas que je les écoutais, mes parents, jouant et composant ensemble. Lorsque je chante, gratte ma guitare, ou même juste quand j'écoute mes artistes favoris, tout mon être vibre de bonheur. Rien au monde ne peut me faire ressentir autant d'émotions que la musique. Pas même l'amour.

Parfois, je me demande à quel point je suis influencée par ma mère, et le souvenir mystique d'un père inconnu. Elle ne m'a jamais poussée, pourtant. J'aurais pu ne pas apprendre la guitare, ni le piano, c'était mon choix de suivre ses traces. *Leurs* traces. Mais vouloir faire exactement la même chose que mes parents me dérange. Ça manque un peu de rébellion, tout ça. Enfin, puisque c'est ma passion…

Ni mes pensées, ni le fait de me dandiner d'une jambe sur l'autre ne m'aident à oublier que ma vessie est au bord du cataclysme. J'inspire une fois, deux fois, me penche pour regarder la file qui a, heureusement, bien avancé, et je reporte mon attention sur les photographies au mur. L'une d'elles, soudain, m'accroche le regard. Elle m'aimante si bien que j'oublie tout, jusqu'à mon envie pressante.

— Pardon, excusez-moi, pardon, il faut que je regarde cette photo. Pardon, je suis vraiment désolée.

Bousculant les personnes assises sur la banquette en cuir rouge, n'obéissant qu'à mon instinct, je décroche le cadre et y colle presque le nez pour être bien sûre que je ne suis pas en train d'halluciner complètement. Ce visage, cette allure reconnaissable entre toutes. Cette manière de tenir la guitare et de pincer les cordes. Il n'y a aucun doute possible. Cet homme en costume élimé, avec son chapeau et sa cravate à moitié défaite, complètement absorbé dans sa musique. Cet homme, c'est mon père.

Somnambule, le cadre dans ma main tremblante, les yeux fixes, j'entre dans les toilettes enfin libres, et ressors quelques minutes plus tard sans avoir décroché mon regard du cliché. Je retourne à la table et, muette, je pose le cadre devant Astrid. Après quelques instants de perplexité, elle pousse un juron étouffé.

J'attrape ce qui reste de ma pinte et l'engloutis sans en laisser une goutte avant de la reposer avec un bruit sourd sur la table. J'ai les oreilles qui bourdonnent, le cœur qui bat la chamade. C'est absurde. C'est rien de plus qu'une photo, sauf qu'elle représente tellement. L'existence de mon père, que je ne connais qu'à travers les photos prises par ma mère à Goa et la cassette qu'ils ont enregistrée ensemble, devient soudain palpable. Réel, vivant, mon père a une consistance propre, et plus seulement à travers le prisme des souvenirs de ma mère.

— Il a l'air différent, tu ne trouves pas ?

— Euh, peut-être, oui… Par rapport aux photos de ta chambre, il a l'air… je sais pas… plus vieux ? Non ?

Je hoche la tête, absorbée par mes pensées.

— J'aimerais bien savoir de quand elle date, par curiosité. Savoir quel âge il avait. Je suppose dans les vingt-huit ans, puisqu'il en avait trente quand il a rencontré ma mère.

— Enlève le cadre et regarde derrière, il y a peut-être la date.

— Bonne idée.

Je m'exécute et fronce les sourcils, perplexe.

— Le 15 juillet 2010, c'est pas possible. Ce serait dix ans après sa mort.

— C'est la date à laquelle ils ont développé le négatif. Il a pu rester dans une boîte pendant vingt ans, on n'en sait rien.

— Oui, ça doit être ça…

Je jette un œil dans le fond de mon verre vide.

— Je crois qu'il me faut quelque chose de plus fort… Un gin, ça te dit ? Je vais en profiter pour me renseigner sur la photo. J'aimerais bien la garder…

Je me dirige vers le bar, le ventre noué, même s'il n'y a aucune raison d'être anxieuse. Je m'accoude au bout du comptoir où s'activent deux serveurs d'une vingtaine d'années, un garçon et une fille. Impossible qu'ils aient connu mon père. Le concert qu'il a fait ici date d'il y a au moins vingt ans. Mais peut-être que le patron est dans le coin. Après avoir servi une bande d'Américaines bruyantes, le gars se dirige vers moi.

— *Hi*, je voudrais savoir si c'est possible d'avoir quelques renseignements sur le musicien qui est sur cette photo ?

— Vous l'avez décrochée du mur ?

— Euh, oui, je bafouille, soudain consciente de mon erreur. Je suis désolée, c'est parce que... enfin, c'est compliqué, mais disons que l'homme sur cette photo a beaucoup d'importance pour moi, pour ma vie...

Je me racle la gorge, gênée.

— J'aimerais vraiment en apprendre plus, si c'est possible. Et aussi savoir si je pourrais avoir une copie de la photo... ou vous l'acheter, même ?

Le serveur est perplexe. Il me contemple, sourcils froncés.

— Je ne peux pas vous aider, il faudrait que vous demandiez ça à Willy. C'est son pub, ses photos. Moi, je bosse ici que depuis six mois, et Laura n'est là que pour l'été, ajoute-t-il avec un geste vers la fille.

— Et ce serait possible de lui parler quand, à Willy ?

— *Well*, il est absent tout le week-end, mais si vous revenez lundi en début d'après-midi, normalement, vous pourrez le voir. Vers 14 heures. Par contre, je vais devoir vous demander de laisser la photo ici. Sans sa permission, je ne peux pas vous la vendre, ni même la photocopier.

— Ah... oui, bien sûr, je comprends. Je peux quand même la photographier avec mon smartphone ?

— Euh, oui, allez-y, ça, je ne peux pas vous en empêcher...

Le serveur me dévisage avec un drôle d'air, mais n'ajoute rien. Le rendu est un peu sombre, mais suffisant pour que ma mère le reconnaisse aussitôt en le voyant. Sauf que je ne sais pas si c'est une bonne idée de le lui montrer. Cela fait des années, mais elle est toujours sensible et émue dès que le sujet est évoqué. Aussi, et surtout, parce qu'elle ne peut s'empêcher de penser au décès tragique de sa sœur par la même occasion. J'aurais tellement aimé connaître cette tante rebelle et déjantée qui fréquentait les milieux punk-rock londoniens. Mais non, à la place d'un père et d'une tante, je n'ai eu à mes côtés pour grandir qu'une mère endeuillée, un grand-père aigri et deux fantômes bienveillants.

À contrecœur, je repose le cadre sur le comptoir. Je remercie le serveur, commande deux verres de gin et m'en retourne vers notre table.

— Alors ?

Je soupire, dépitée.

— Il faut que je revienne lundi en début d'après-midi si je veux poser des questions au patron, un certain Willy. Le serveur ne bosse ici que depuis six mois, il sait rien... Et j'ai dû lui rendre la photo. Du coup j'ai juste une version un peu pourrie sur mon smartphone.

— Mince... Bon, tu auras le temps de revenir avant qu'on prenne l'avion, c'est déjà ça.

— Oui, vivement lundi. Ce serait vraiment incroyable que je puisse en apprendre plus sur lui. Peut-être quelques anecdotes, l'endroit où il vivait à l'époque, ou même, je sais pas, le nom d'un de ses amis...

— Je te le souhaite vraiment, ce serait la cerise sur le gâteau de ce voyage.

Espérant sûrement détendre l'atmosphère, Astrid me tend son téléphone où s'affiche une image de Johnny Depp, cheveux longs et guitare sur les genoux.

— Franchement, tu vas pas dire le contraire, ils se ressemblent de ouf.

— C'est son rôle de gitan dans *Chocolat*, ça, non ?

— Oui, mais il me fait aussi penser à ton père dans *Dead Man*. Ils ont un peu le même chapeau et cette allure marginale, décalée, nonchalante. Dans *Arizona Dream*, *Benny and Joon*, *Gilbert Grape*... Bref, dans plus ou moins tous les films qu'il a faits dans sa trentaine, où il a les cheveux longs, avant que sa carrière ne parte complètement en sucette.

— C'est clair… Je l'aimais tellement avant, c'était vraiment un bon acteur. À mon avis, c'est le succès planétaire de *Pirates des Caraïbes* qui l'a détruit.

Je suis ravie de voir que la conversation dévie habilement vers des sujets plus triviaux, allant du cinéma aux acteurs préférés de notre jeunesse. Ma frustration et mon malaise s'évaporent au rythme de la musique qui bat son plein sur l'estrade et des verres de gin qui défilent sur la table. Demain, c'est grasse matinée, tour de quelques librairies en quête d'ouvrages sur les *travellers* irlandais et autres pépites, et lecture farniente dans un parc. En espérant que la pluie nous octroie encore une autre journée de répit avant de s'abattre sur nous.

4.

Marianne

Inde, novembre 1999.

Les journées ici filent sans me laisser le temps de les voir passer. Malgré mon intimité qui me manque un peu, je me régale à vivre dans cette maison du bonheur. L'ambiance est chaleureuse, bon enfant, et surtout très musicale. Pour l'instant, je n'ai fait que me reposer, fumer, et jouer de la musique avec les autres résidents et visiteurs de passage, alternant entre le salon et les hamacs confortables du jardin, savourant le plaisir simple de ne rien faire d'autre que profiter de la douceur de vivre.

Mes seules sorties ont été à Chapora pour boire un jus, manger une salade de fruits ou encore déguster de délicieux *momos* tibétains et quelques merveilles de la cuisine indienne. Comme je n'ai pas de véhicule pour l'instant, je profite des déplacements des autres résidents de la maison, notamment d'Adir, l'Israélien qui m'a accueillie à mon arrivée, et de sa femme Shani.

J'apprécie tout particulièrement leur compagnie : cela fait même plusieurs nuits que je partage l'intimité érotique de leur lit dans l'une des chambres les plus luxueuses de l'étage. Mon attirance, en réalité, est surtout pour Shani, qui est aussi belle que sympathique, avec ses grands yeux noirs, ses longs cheveux d'ébène, sa peau cuivrée et son rire franc. Mais la présence d'Adir me plaît aussi. Il est d'une grande sensualité, doublée de beaucoup de douceur, et l'amour profond qu'il partage avec sa femme est un bonheur à contempler.

Ils ont la trentaine, comme moi, et se sont mariés il y a un peu plus de dix ans, juste après leur majorité. J'admire le couple qu'ils forment, à la fois libre et profondément uni. Être avec eux m'apaise et me rassure, comme de vieux amis que j'aurais retrouvés. Nous passons des nuits entières à fumer et faire l'amour, lentement, amoureusement, mais aussi à discuter de la vie, de la spiritualité, de l'univers, de ce monde de fous dans lequel nous vivons, le tout sur fond de LSD et de musique. Nous nous endormons souvent à l'aube, enlacés tous les trois comme des enfants innocents et bienheureux.

Parfois, en me réveillant, je me retiens de glousser en imaginant la tête de mes parents, enfin de mon père surtout, s'il savait. Je pense que ma mère, où qu'elle soit à présent, au ciel ou ailleurs, ne doit pas s'en offusquer outre mesure si elle me voit, au contraire. La vraie hippie de la famille, c'était elle, et son absence est une douleur que je porte en moi chaque jour qui passe. Parfois, lorsque la peine est trop forte, je lui écris de longues lettres où je lui parle comme si elle était juste là, à mes côtés. D'une certaine manière, ma petite sœur Suzanne, Suzie, comme elle préfère, a eu encore plus de mal à vivre l'absence soudaine de notre mère. Elle n'avait que six ans au moment de son décès, quand j'en avais déjà quinze. C'est sûrement pour cette raison, même si elle ne l'avouera jamais, qu'en ce moment elle brûle la vie par les deux bouts dans la capitale britannique, sur les traces de notre mère, londonienne d'origine et contestatrice de l'ordre établi jusqu'au bout des ongles.

Je me demande souvent ce qu'elle a pu trouver à mon père à l'époque, à part son exotisme de Français vivant dans sa petite mansarde d'artiste à Montmartre. C'est un peintre doué et un très bon musicien, mais là où lui était sombre et râleur, artistiquement torturé, ma mère était une bulle de champagne, toujours virevoltante, exubérante, prête à rire et faire des folies. Leur force devait justement être dans leur complémentarité.

Suzie me manque, et je ne peux m'empêcher de me faire du souci. Contrairement à moi qui ai suivi la voie *peace and love* tracée par les Beatles, ma petite sœur s'est engouffrée tête la première dans la vague punk et électro, avec les excès qui l'accompagnent. À vingt ans à peine, elle a déjà salué la mort de près avec une overdose d'opium, ce qui ne l'a pas arrêtée pour autant, ni même ralentie. Il est prévu qu'elle me rejoigne ici, à Goa, après Noël, pour fêter le réveillon de l'an 2000, et je ne sais pas ce que je redoute le plus. Que ma sœur annule son séjour, ou bien qu'elle vienne et se laisse tenter par toutes les drogues qui passent, chose facile dans ce paradis psychédélique. Ici, elle ne détonnera pas dans le cadre. Quoique, à Londres aussi, elle se fond parfaitement dans le décor, avec ses blousons en cuir et ses cheveux platine coupés court, aux pointes rose fluo.

Ce qui m'inquiète, c'est la façon dont Suzie compte se procurer les sous pour payer son billet. Quand je le lui ai demandé, elle m'a répondu de la manière la plus vague possible, arguant qu'elle allait se débrouiller, que je ne devais pas me faire de souci pour ça. Sauf que je sais parfaitement ce que « je vais me débrouiller » signifie. Cela se traduit par « je vais vendre un peu plus de drogue que d'habitude avec mon dealer de petit ami ». Pourquoi fallait-il que Suzie plonge droit dans le cliché du punk qui se drogue à outrance ? N'est-il pas possible d'être à la fois grunge et sobre ? Peut-être pas, après tout. Même moi, je ne me considère pas comme un exemple à suivre. Je bois peu, mais je fume de l'herbe presque tous les jours et ne dis jamais non à du bon LSD. D'ailleurs, il me tarde d'en prendre pour ma première *rave party* sur la plage, sous les étoiles et les cocotiers. La différence avec Suzie, c'est que je sais me contrôler…

Adir et Shani me sortent de la torpeur où je baigne depuis une heure, bercée dans l'un des hamacs à l'ombre du manguier. Ils m'invitent à les accompagner à Chapora boire un jus, et c'est une proposition que je ne refuse jamais. À trois sur la moto, nous nous engageons sur le chemin de terre qui mène à la route principale. Je glisse malicieusement mes mains sous le T-shirt de Shani, qui glousse et se colle davantage contre moi, rejetant la tête en arrière pour la poser sur mon épaule. Elle attise en moi un délicieux désir comme j'en ai peu connu auparavant. Ce n'est pas ma première expérience avec une femme, loin de là. J'ai toujours eu de l'attirance pour les deux sexes, avec toutefois une préférence pour les hommes, mais Shani est différente. Je pourrais passer des nuits entières à caresser sa peau caramel, douce et lisse, et d'ailleurs je ne m'en prive pas.

Dès que nous sommes assis, le ballet des rencontres et retrouvailles s'enclenche. Le couple connaît beaucoup de monde ici, depuis quatre ans qu'ils viennent à chaque saison d'hiver, et bientôt la table accueille de nouvelles têtes dont j'ai du mal à retenir les noms et les nationalités. Je m'attendais à voir de nombreux étrangers à Goa, évidemment, mais pas à ce point. Dehors, une moto sur deux, voire plus, est conduite par un *western*, un Occidental, comme ils nous appellent, et tous ou presque arborent des styles capillaires et vestimentaires dignes de Woodstock.

À l'extérieur du *juice center*, juste devant le banian, un gars qui vient de garer sa moto capte mon attention. Est-ce la guitare qu'il porte sur le dos qui m'attire vers lui, ou sa beauté à la fois douce et sauvage, je ne saurais le dire. Ses cheveux mi-longs, châtains, sont coiffés d'un fédora brun qui lui confère une certaine classe. Sa chemise en coton, d'un vert sombre, est ouverte sur un torse bronzé et bien fait, et sa démarche est aussi nonchalante qu'assurée. Je le suis du regard et constate avec surprise qu'il se dirige droit vers notre table.

Il salue d'une accolade chaleureuse l'un des gars assis en face de moi, un grand roux à la voix caverneuse et à la barbe presque aussi longue que ses cheveux. Le bel inconnu parle anglais avec l'aisance d'un natif, mais son accent, particulièrement séduisant, m'interpelle. Je soupçonne des origines irlandaises, écossaises peut-être.

Pour la énième fois de ma vie, je remercie silencieusement ma mère de nous avoir parlé anglais dès le berceau, et j'écoute discrètement la conversation. Pardessus le brouhaha ambiant je ne parviens à saisir que quelques mots, dont *sunset, little Vagator* et *party*, ce qui suffit à me mettre la puce à l'oreille.

Dans les rayons du soleil, sa barbe se teinte de roux. Son rire est délicat, une mélodie familière. Son sourire a le goût d'un après-midi à l'ombre de l'été. Dans le coin de ses yeux, il y a une malice qui fait voler quelques papillons au creux de mon ventre.

Il repart aussi vite qu'il est arrivé, sans un regard vers moi, et enfourche sa moto pour se perdre dans la jungle en direction d'Anjuna. Innocemment, j'interroge la fille à ma droite :

— Est-ce qu'il y a une *party* de prévue à Vagator ce soir ?

Elle hausse les épaules avec un sourire malicieux et me réplique qu'il y a toujours une fête de prévue à Vagator.

— Ah, tu sais, je ne connais pas encore bien, je suis arrivée il y a une dizaine de jours seulement.

— Oh, une nouvelle venue !

Et la voilà partie dans une explication longue et détaillée des différents lieux de *rave* à Goa, leur fréquence et les choses les plus importantes à savoir.

— Par exemple, ne laisse rien de valeur dans le coffre de ton scooter. Ils ont une technique pour l'ouvrir, tu peux être sûre qu'un jour ou l'autre tu te feras voler quelque chose si tu ne fais pas attention. Ce soir, je crois qu'il y a une soirée à la *Disco Valley*, c'est un endroit génial, sous les cocotiers juste à côté de la plage, avec une vue magnifique sur le coucher de soleil. Pour une première *rave,* c'est parfait, tu devrais y aller !

— Je n'ai pas encore de véhicule, mais je devrais trouver une solution.

— Oui, ne t'inquiète pas pour ça, il y a plein de gens qui vont y aller. Si tu te pointes ici un peu avant le coucher du soleil, tu croiseras forcément quelqu'un qui pourra t'emmener. Tout le monde passe plus ou moins par ici avant d'aller faire la fête. En fin de journée, sous le banian, il y a toujours des gens qui fument et qui jouent de la musique, tu trouveras sans problème si tu n'es pas trop timide pour demander.

— Et toi, tu n'y vas pas ?

— Non, j'ai eu ma dose de *rave* cette semaine. Je retourne dans ma petite hutte à Arambol, au nord de Goa. Tu en as entendu parler ?

J'acquiesce. Arambol est ma prochaine destination, quand l'atmosphère fébrile d'Anjuna et de ses fêtes interminables m'aura suffisamment épuisée. J'ai l'intention de me trouver une jolie petite hutte en bord de plage là-bas et d'y vivre quelques semaines les pieds dans l'eau avant l'arrivée de Suzie et de son énergie débordante.

— Si tu aimes le calme et la simplicité, ça ne pourra que te plaire. Au coucher du soleil, les gens se retrouvent sur la plage pour chanter, jouer de la guitare, des percussions. L'ambiance est vraiment super, bien différente d'ici, plus authentique je trouve… Tu restes longtemps à Goa ?

— Oui, plutôt, au moins jusqu'au nouvel an.

— Super, c'est parfait pour bien t'imprégner et prendre le temps de découvrir. Impossible de s'ennuyer ici ! Au fait, moi c'est Diana. Et toi ?

— Marianne.

— Oh, j'adore ce prénom, comme la Marianne de Leonard Cohen ! Bon, alors on se recroisera peut-être à Arambol ! D'ici là éclate-toi bien. *Bye* tout le monde !

Un au revoir collectif répond au sien et elle s'éloigne dans sa robe à franges multicolores, qui contraste élégamment avec le cuivre de sa peau bronzée et ses cheveux blondis de soleil. En la voyant aussi jolie et stylée, je me dis qu'un peu de shopping ne me ferait pas de mal non plus. En France, j'arbore un style bohème bien affirmé, à coups de grandes jupes aériennes aux couleurs chatoyantes et de chemisiers en lin brodés. Mais pour le voyage, surtout en Inde, j'ai préféré opter pour des vêtements simples et pratiques de touriste routarde, laissant de côté les préoccupations de la mode. Sauf que ma coquetterie commence à me manquer, et j'ai le pressentiment que Marieke sera ravie de m'accompagner pour une virée shopping avant d'aller faire la fête.

Je ne m'étais pas trompée. Pétillante d'énergie, comme à son habitude, la jeune femme saute aussitôt sur l'occasion :

— Oh mais oui, c'est parfait. En plus, on est mercredi, le jour du *flea market,* le marché aux puces d'Anjuna ! Allez, hop, en route !

Soudain, une idée qui me travaille depuis quelques jours franchit mes lèvres sans que j'aie le temps de la retenir.

— Est-ce que tu crois que tu pourrais m'aider à trouver un scooter à louer ?

— Oui, bien sûr, on s'arrêtera voir Rama au passage, c'est notre loueur attitré. Il a le double avantage d'être sympathique et de faire des réductions puisque la maison lui ramène régulièrement de nouveaux clients.

— Ah oui, Shani m'en a parlé...

J'omets de préciser que je n'ai jamais conduit un scooter. Après tout, ça ne doit pas être bien compliqué une fois dessus. C'est un peu comme le vélo, mais sans les pédales, non ?

La route jusqu'à Anjuna passe en un éclair, tout absorbée que je suis par la beauté de cette végétation luxuriante, des rizières miroitantes sous le soleil, des banians majestueux, des cocoteraies à perte de vue, sans oublier les vaches ruminantes qui peuplent autant les champs que la route. Dans ce décor idyllique, pourtant, impossible d'oublier l'humain qui y a déposé sa marque indélébile à coups de plastique et d'ordures. Entre les merveilles de la nature se nichent des décharges à ciel ouvert, véritable buffet à volonté où se pressent corbeaux, chiens errants, vaches et cochons. Ce contraste, encore une fois, est représentatif de l'Inde dans toute sa splendeur.

La maison de Rama est typiquement goanaise, s'étendant sur un seul niveau, blanchie à la chaux avec son toit de tuiles brunes et son porche couvert. Des dizaines de scooters et de motos dans tous les états possibles, allant de la pièce détachée à presque neuf, encombrent ce qui aurait pu être un joli jardin. Une construction de tôle et de parpaing sert visiblement d'atelier et d'entrepôt. À notre arrivée, Rama en sort vêtu d'un longhi bleu à carreaux relevé au-dessus des genoux, taché de cambouis, et d'un marcel sûrement blanc dans une autre vie, duquel déborde un ventre bien dodu.

Il se frotte la moustache et salue Marieke d'un sourire dodelinant. Il a les dents pourries et écarlates de ceux qui chiquent à outrance la noix de bétel, et en crache d'ailleurs un jet écœurant avant de nous montrer les trois scooters qui sont disponibles à la location. Je lorgne les belles motos, mais je sais que c'est inutile d'y penser. Déjà, apprendre à conduire un petit deux-roues, ensuite on verra.

Je choisis l'un des plus cabossés et rayés, en espérant que si je tombe et l'abîme, la différence ne sera pas trop flagrante. Je laisse Marieke négocier le prix, davantage connaisseuse que moi sur la question. Une fois mis d'accord, il est temps de passer l'épreuve que je redoute le plus : la conduite. Enfin, déjà, le démarrage. J'ai quand même glissé à Marieke que je n'avais jamais conduit avant, et elle m'explique donc les différents boutons et les quelques règles de base.

En grimpant sur l'engin, je serre les dents autant que les fesses. Le démarrage n'est pas difficile, mais le dosage de l'accélérateur l'est davantage. Au premier essai, le scooter tente de prendre la tangente sans moi, et un cri effrayé m'échappe. La première frayeur passée, je parviens à faire une première dizaine de mètres, les yeux exorbités et la bouche tordue par une grimace de peur, mais la trajectoire impeccable.

Et c'est parti pour le baptême du feu sur la route, derrière une Marieke qui roule doucement et me jette régulièrement des regards mi-inquiets mi-amusés. Après dix minutes à serrer le guidon, les mains moites et le souffle court, je commence à m'y faire. La partie où j'ai encore des difficultés, c'est les klaxons. Ici, tout le monde klaxonne, tout le temps, pour tout et rien. Enfin, surtout pour prévenir au moment de doubler, puisque presque personne dans ce pays de fous n'utilise les rétroviseurs ou les clignotants, pour ceux qui en ont en état de marche.

Au fond, ce n'est pas vraiment difficile, si on oublie les bus et les imposants camions qui crachent des fumées noires et foncent à toute allure en soulevant d'énormes nuages de poussière sur leur passage. À chaque fois que j'en croise un de face, lui à droite, moi à gauche, je n'ai qu'une envie : fermer les yeux et hurler.

Même si je tremble encore en arrivant enfin aux abords du *flea market* d'Anjuna, je suis fière d'avoir réussi cette première épreuve. Après nous être garées au cœur d'un véritable océan de deux-roues, où je prie pour ne pas renverser la rangée entière, nous nous enfonçons dans le dédale des échoppes. Elles sont construites pour la plupart de bric et de broc, avec des bouts de bois et de bambous, les toits et les allées couverts de bâches ou de feuilles de cocotier tressées, les marchandises disposées sur des tables de fortune ou à même le sol. La terre ocre, malgré les efforts des marchands qui mouillent régulièrement les allées, recouvre toutes les marchandises d'une fine pellicule orangée. Après dix jours seulement à Goa, mes vêtements en portent déjà l'empreinte quasi indélébile.

On nous interpelle de tous les côtés, mais c'est une chose à laquelle je suis déjà habituée. Ici, il y a de tout, des étals de cassettes audio à ceux des statuettes de divinités en tous genres, en passant par les encens, les poudres ayurvédiques, les tentures et autres tissus bariolés de mille couleurs. Je n'avais jamais vu une telle diversité de produits, sauf dans le quartier de Paharganj à New Delhi, tous dédiés à un public bien précis : le routard marginal. Du paréo aux motifs psychédéliques jusqu'aux shiloms par dizaine, c'est le paradis de tout hippie qui se respecte, et je ne fais pas exception. Marieke m'observe avec un sourire en coin.

— J'étais comme toi la première fois. Je n'ai même pas réussi à acheter quelque chose, parce que j'avais juste envie de *tout* prendre !

— Mais oui, c'est exactement ce que je ressens ! C'est impossible de choisir !

Si j'étais riche, j'aurais déjà dévalisé la moitié des échoppes devant lesquelles nous sommes passées. Sauf que je ne le suis pas. Il faut que je me recentre sur la raison principale de ma venue, autrement dit quelques vêtements et une jolie paire de chaussures.

Deux heures plus tard, nous ressortons de ce labyrinthe de la consommation les bras chargés d'achats. Après un bon chaï accompagné de délicieux *momos*, je me sens prête à reprendre la route.

En rentrant, nous nous arrêtons à Chapora pour boire un jus et je me surprends à guetter l'inconnu du matin. Et il est là, assis en tailleur sur la plateforme qui entoure le banian face au *juice center*. Sa guitare sur les genoux, il tire sur un shilom et recrache un nuage de fumée si épais qu'il masque un instant son visage, avant de se dissiper dans l'air épais et chaud de la fin d'après-midi.

5.

Riley

Irlande, août 2019.

L'HEURE AVANCE BEAUCOUP TROP VITE et nous sommes forcées de nous rendre à l'évidence : pour le bus de 8 h 30 vers Galway, c'est fichu. Heureusement, un autre part à 9 h 30 et notre billet est valable pour la journée. Nous avons donc le temps de nous préparer et d'avaler un rapide petit déjeuner avant de partir. Cela fait deux matins consécutifs que nous émergeons avec une belle gueule de bois et nous nous promettons, tout en avalant nos cachets d'aspirine, d'être sages et de nous abstenir ce soir en rentrant de notre escapade à Galway.

La veille, après avoir dormi presque toute la matinée, nous avons englouti un copieux *irish breakfast* et sommes allées faire un tour dans quelques-unes des jolies librairies du centre-ville. J'en suis ressortie avec un recueil des plus beaux poèmes irlandais, un ouvrage sur les *travellers* et un autre sur l'histoire de la musique irlandaise. Astrid a craqué pour plusieurs ouvrages de son auteur favori, Charles Bukowski, et un recueil de contes traditionnels du pays. Après un repas léger, nous avons passé l'après-midi à bouquiner sur les vertes et romantiques pelouses du parc St Stephen's Green. En nous y rendant, j'ai constaté que les musiciens de rue étaient vraiment nombreux à Dublin, en particulier dans la très commerçante Grafton Street. J'ai envié leur audace de jouer ainsi devant des inconnus qui, pour certains, ne prennent même pas la peine de les écouter. J'ai pensé plusieurs fois à m'y essayer, à Montpellier. En profiter pour m'entraîner à jouer devant un public en évitant le stress de la scène. Mais je n'ai jamais franchi le pas. Un jour, peut-être. Mon père, lui, n'avait certainement pas ma retenue. Je suis presque sûre qu'à son époque, il a joué dans cette même rue.

Le soir venu, nous nous sommes installées au Celt, le pub à côté de notre hostel, pensant y boire seulement quelques bières et nous coucher, mais la musique était tellement géniale que l'heure et les verres ont tourné sans que nous nous en rendions compte.

C'est donc après un premier bus raté que nous arrivons à la gare routière, pile dans les temps pour fumer une cigarette avant le départ. Une fois installées, Astrid m'assène un coup de coude dans les flancs et me désigne un spécimen irlandais particulièrement séduisant à quelques sièges de nous.

— Je commençais à croire qu'ils les avaient tous réquisitionnés pour le cinéma, bougonne-t-elle. T'imagines qu'en deux jours, c'est le premier beau mec qu'on croise ! Ils te vendent du rêve avec du Cillian Murphy, du Michael Fassbender et j'en passe, et puis une fois sur place, grosse arnaque, il n'y a que des rugbymen avec des cous de taureau ou des ersatz de leprechauns. Franchement, où est Gerard Butler ?

— Gerard est écossais, je te rappelle.

— Justement ! Et ils le mettent dans *P.S.: I Love You* comme si c'était un Irlandais pure souche. Des menteurs, je te dis !

J'éclate de rire, mais ne peux qu'approuver. C'est vrai qu'on espérait avoir quelques aventures croustillantes pendant notre séjour, surtout Astrid qui a plus que besoin de se changer les idées après sa rupture, mais jusqu'à maintenant nous n'avons croisé que des mecs passables, et encore. Pour ce qui est des femmes, par contre, j'en ai croisé plusieurs avec qui j'aurais bien aimé faire plus longuement connaissance, de préférence nues dans un lit. Mais bon, la priorité, c'est Astrid. C'est elle qui a besoin de se divertir, pas moi. À Montpellier, ce ne sont pas les distractions qui me manquent. Il y a Nico, déjà, que je peux appeler presque à toute heure du jour ou de la nuit pour un petit *quickie* sans lendemain fort agréable. Il y a Laura, un des meilleurs coups que j'aie jamais eus, et puis le beau Romain, avec son mètre quatre-vingt-dix et les muscles qui vont avec, que j'ai rencontré à la salle et qui me fait baver de désir rien qu'à le regarder suer. Faire l'amour avec lui, c'est aussi grisant qu'un combat sur le ring, la douleur en moins. D'ailleurs, rien qu'à y penser…

Je chasse le désir qui me picote le bas-ventre et je reporte mon attention sur le paysage, même s'il n'y a pas grand-chose à voir. Quand ce n'est pas les bords boisés de l'autoroute, c'est des champs et des vaches, sans rien de plus intéressant. Pour le dépaysement, c'est raté, il faudra attendre de sortir des axes majeurs pour découvrir les facettes plus sauvages et authentiques de l'Irlande.

Je reporte mon attention sur mon obsession des derniers jours, à savoir : la photo de mon père capturée sur mon smartphone.

— Tu vas l'user à force de la regarder.

Je hausse les épaules, trop absorbée par mes pensées pour relever la taquinerie d'Astrid.

Au bout de deux heures de trajet, alors que le GPS du téléphone d'Astrid indique que nous sommes encore à bonne distance de Galway et qu'il est déjà midi, nous comprenons avec douleur que le car est un omnibus, et non un express comme celui que nous avons raté ce matin. Autrement dit, il passe par tous les arrêts au lieu de filer droit sur l'autoroute. Et ce n'est pas la plus mauvaise nouvelle. Une fois arrivées à la gare routière de Galway, nous apprenons que pour nous rendre auxdites falaises, il nous faudra encore une heure et demie de trajet, ce qui ne nous laisse qu'une heure de visite sur place avant que le dernier car de la journée ne reparte. Sans parler du retour à Dublin après ça.

— C'est du délire, ça nous ferait un peu plus de dix heures de trajet dans la même journée. Je vais mourir, moi !

J'acquiesce, les bras ballants, aussi dépitée que mon amie. Soudain, elle se met à pouffer, puis à rire franchement, sous l'œil surpris du guichetier.

— Mais quel échec, ricane-t-elle. Sérieux, on est vraiment trop nulles ! Faire toutes ces heures de bus pour se balader une heure et voir une belle falaise, quelle journée palpitante !

L'hilarité d'Astrid me contamine et nous sortons sur le parvis en riant comme des baleines.

— Encore un autre de nos plans foireux, ça devient une spécialité !

Ce n'est pas la première fois, ni la dernière, que nous faisons un flop pareil, mais il faut croire que, si ni l'une ni l'autre n'apprenons de nos erreurs, au moins nous savons en rire. Une fois notre crise calmée, nous nous installons sur un banc pour faire le point.

— Si on reste à Galway pour l'après-midi et la nuit, on peut aller voir les falaises demain et repartir en fin de journée pour Dublin…

L'idée nous plaît, mais le prix des auberges de jeunesse, un peu moins.

— Vingt euros la nuit pour un lit dans un dortoir de douze personnes, c'est du délire ! Ils se prennent pour qui dans cette ville, sérieux ? Enfin bon, on n'a pas trop le choix…

Décidées, nous prenons le chemin de l'hostel élu pour son emplacement à deux pas de la gare routière. L'auberge se situe dans une maison haute et étroite, où les escaliers couverts de moquette semblent aussi nombreux que les chambres. Une jeune femme d'une trentaine d'années, au fort accent des pays de l'Est, nous accueille et nous montre les lits et les commodités. Par curiosité, Astrid demande si les prix sont toujours aussi élevés à Galway, et la réponse a de quoi nous plaire.

— Non, c'est cette semaine qui est particulière, pour les courses hippiques. C'est l'un des plus gros événement de l'année à Galway. Et aujourd'hui en particulier, la veille du dernier jour, le 3 août, c'est le *Ladies Day*, et la fête est prévue partout en ville. Tout le monde se met sur son trente et un, les pubs vont sortir des comptoirs dehors et tout le centre-ville sera piéton. Presque tout le monde à Galway en ce moment est là exprès pour ça, je pensais que vous aussi…

C'est ce qui s'appelle avoir de la chance dans son malheur. Ragaillardies par ce retournement de situation et la perspective de faire la fête, nous décidons de ressortir pour nous balader et flairer l'ambiance de la ville.

— N'empêche, je suis blasée, se plaint Astrid. C'est pas avec ces chaussures de marche moches et mon vieux jean que je vais pécho, moi. J'avais prévu d'aller faire une rando aujourd'hui, pas d'écumer les bars alors que tout le monde est hyper sapé…

C'est vrai que pour ma part, fête ou rando, je m'habille plus ou moins toujours pareil, avec mes jeans noirs, mes bottes en cuir, mon blouson ou mes grandes chemises de bûcheron. J'aime bien les robes, mais j'en trouve rarement qui me plaisent assez pour les porter.

— T'inquiète, ma poulette, il y a des magasins de fringues dans le centre, on devrait pouvoir trouver ton bonheur !

Nous faisons ainsi nos premiers pas dans le centre-ville de Galway et tombons aussitôt sous le charme de ses petites rues pavées et de ses bâtiments bas et colorés. Le contraste avec Dublin est saisissant. Un peu partout, des artistes de rue, musiciens et autres, se donnent en spectacle devant une foule bon public.

— C'est ici qu'on aurait dû se poser pour cinq jours, pas à Dublin !

Dans une vitrine resplendit une jolie robe rouge à pois blancs, exactement dans le style d'Astrid. Voilà qui est parfait. Sans surprise, la robe lui va à merveille et s'accorde même avec son pull. Reste plus qu'à oublier qu'elle a des chaussures de randonnée aux pieds.

Quelques mètres plus loin, c'est à mon tour de pousser un petit cri surexcité et de presser le pas. La devanture du magasin ne laissait planer aucun mystère sur son contenu : de la laine à perte de vue, sous toutes ses formes possibles. Bonnets, pulls, vestes, écharpes, ponchos, c'est le paradis pour une amoureuse de la laine telle que moi, et je sens mon porte-monnaie qui serre les dents. Je dévalise la boutique sous les yeux amusés d'Astrid et en ressort les bras chargés de paquets, un sourire radieux collé au visage.

— Tu es consciente que tu n'auras jamais la place de mettre tout ça dans ton sac sans dépasser la limite de poids des bagages ?

— Tss, peu importe, je paierai un supplément ! Oh, tu sens un peu cette odeur de mouton sur la laine ? Je suis tellement fan ! On peut dire que c'est vraiment de la bonne qualité, ça.

— J'aime ton côté grunge en mode grand-mère de quatre-vingts ans avec des pulls tricotés, pouffe Astrid. C'est vraiment unique…

— Pff, c'est ça, moque-toi !

La pluie choisit ce moment pour crever les nuages et nous hâtons le pas pour nous abriter dans le premier magasin venu. Les articles de sport et de randonnée s'alignent le long des murs et nous repérons au même moment les plus jolis des cirés, kaki pour moi et jaune pour Astrid. Bien taillés, assez longs pour couvrir les cuisses, en moins de deux minutes ils sont essayés et validés. Voyant Astrid grimacer devant le prix, je lui prends le sien des mains avec un clin d'œil et me dirige vers la caisse sans lui laisser le temps de répliquer.

Je me force à rester neutre, mais le gars qui nous sert derrière le comptoir est d'une beauté à couper le souffle – chose plutôt rare, il faut bien l'avouer, pour mes congénères masculins aux cheveux roux. Son sourire aussi sympathique que sublime me fait fondre et je me retiens pour ne pas glousser comme une collégienne.

À peine sommes-nous sorties du magasin que nous nous tournons l'une vers l'autre, bouche ouverte dans un cri silencieux.

— Ce sourire ! J'ai cru mourir sur place !

— M'en parle pas, limite je tremblais !

Encore tout émoustillées par cette belle rencontre, nous filons entre les gouttes jusqu'à l'hostel pour nous changer. À mon grand dam, les températures bien que fraîches de l'Irlande ne me permettent pas de porter la laine épaisse de mes achats. Et même si j'en meurs d'envie, je me refuse à échanger le fédora de mon père contre le sublime béret en tweed que je viens de m'offrir.

— Tu sais, je ne pense pas qu'il risque grand-chose ici…

Je fronce le nez et secoue vigoureusement la tête.

— Non, je ne peux pas prendre le risque. Rien ne pourrait le remplacer si quelqu'un me le volait. Ma mère ne me le pardonnerait jamais, et moi non plus.

Résignée, je laisse mes emplettes sur le lit et me passe un simple coup d'eye-liner sur les yeux. Habillée comme une rockeuse bûcheronne, je me sens au summum de l'élégance et de la classe.

Fin prêtes, nous sortons dans le crépuscule humide qui couvre la ville. La pluie s'est arrêtée mais les nuages menacent toujours au-dessus de nos têtes, et nous nous félicitons d'avoir acheté les deux beaux cirés qui ornent nos épaules.

— J'aurais dû tenter une approche avec le gars du magasin, se lamente Astrid. Il était vraiment trop beau pour le laisser passer comme ça !

— On peut y retourner, mais je pense que c'est fermé.

— Bah, laisse tomber, allons plutôt manger. Je vais prier, avec un peu de chance il a prévu de faire la fête ce soir !

Les rues sont bondées de jeunes hommes et femmes tous plus élégants les uns que les autres. Ils n'y sont pas allés de main morte côté style : nous avons l'impression d'avoir fait un bond dans le passé. Les hommes, même les plus jeunes, sont coiffés de bérets, tous fiers dans leurs costumes trois-pièces, en tweed pour la plupart, agrémentés de cravates, nœuds papillons ou bretelles. Les femmes, quant à elles, maquillées, coiffées et vêtues de robes de soirée, arborent des chapeaux plus excentriques les uns que les autres.

— On se croirait dans une *garden-party* des années 1950. En plein centre de Galway… c'est complètement dingue.

— Grave, ou dans *Peaky Blinders* ! D'ailleurs, y a pas à dire, un mec sapé comme ça a tellement plus la classe…

La soirée s'engage dans la bonne humeur une fois nos estomacs remplis et nos gorges bien désaltérées. De pub en pub, de pinte en pinte, jusqu'à ce que je sois assez pompette pour faire abstraction de la musique pop qui fait souffrir mes tympans et accepte de me déhancher sur la piste de danse. J'oublie même de me demander si mon père, ici aussi, a déjà joué, chanté, respiré.

Miracle, alors que la soirée est déjà bien avancée, les prières d'Astrid sont exaucées et le beau vendeur de la boutique apparaît non loin de nous sur la piste, sans aucune cavalière à l'horizon. Lui aussi ressemble à un jeune dandy anglais dans son costume satiné. Poussée par les ailes que seul l'alcool sait donner, Astrid se rapproche de lui à travers la foule, doucement mais sûrement. Cinq minutes plus tard, ils dansent tous les deux, collés serrés, et je sens un sourire béat s'étaler sur mon visage. Que c'est bon de voir sa meilleure amie profiter à nouveau de la vie et de ses plaisirs.

Je m'éclipse pour fumer une cigarette, vite rattrapée par Astrid, son nouveau cavalier et ce qui semble être un ami à lui. Ses traits à la fois charnus et anguleux me séduisent aussitôt, sans parler de son style proche de la perfection. Avec son costume trois-pièces, son crâne rasé sous un béret en tweed, ses Doc Martens et sa clope au bec, il a une dégaine d'enfer. Lui a vraiment l'air tout droit sorti du gang de Tommy Shelby. Enfin, si on oublie les piercings à ses oreilles, les tatouages qui dépassent du col de sa chemise et les bagues et la chevalière qui sertissent ses doigts. En fait, c'est un parfait mélange entre un skinhead et un élégant voyou des années 1930. Le rêve, en somme. Reste à espérer qu'il soit assez sympa pour une aventure d'un soir. Je serais vraiment déçue de réaliser que c'est un gros con.

Je me retiens tant bien que mal de le dévisager, quoique, pour sa part, il ne se gêne pas, et je me concentre sur Astrid et son grand et beau rouquin, qui se prénomme Aaron.

C'est à peu près tout ce que j'ai le temps d'apprendre avant que les deux ne s'enflamment sous des baisers de moins en moins timides, sans plus faire attention à ce qui les entoure. Ne reste plus que Rory, comme il se présente, pour me tenir compagnie, et je ne risque pas de m'en plaindre. Avec l'accent le plus furieusement sexy que j'aie pu entendre de ma vie, il m'explique qu'il est arrivé d'Irlande du Nord, de Belfast plus précisément, il y a quelques mois et travaille à Dublin. J'ignore pourquoi, je m'attends à ce qu'il me sorte un boulot glamour, genre barman professionnel ou même mannequin, et je masque difficilement ma surprise quand il dit être menuisier-charpentier sur des chantiers. Ça explique sa belle carrure.

Malgré mes efforts et mon amour pour son accent pur jus hérité des cités ouvrières de Belfast, je peine à comprendre plus d'un mot sur deux de ce qu'il me raconte. Et lorsqu'au fil de la conversation il s'emballe dans un débat houleux avec le quinquagénaire à côté de nous sur la place des langues irlandaise et anglaise au sein du pays et de la culture, j'abandonne l'espoir de comprendre plus que le minimum, à part que Rory déteste royalement le gouvernement anglais. Apparemment, il soutient avec ferveur que l'irlandais, cousin de l'écossais, est *la* langue que tous devraient parler, au nord comme au sud, remisant l'anglais là où est sa place, en seconde position.

— Nous utiliser comme main-d'œuvre jetable pendant des siècles, bouffer nos récoltes au point de nous faire crever de faim et couper notre pays en deux ne leur a pas suffi, à ces enfoirés de mes deux. Il fallait qu'en plus ils nous amputent de la langue qui fait notre identité ! Et je parle même pas du putain de Brexit.

Le vieux en face sent la ferveur de Rory et préfère battre en retraite. Moi, par contre, je n'ai qu'une envie : me rapprocher davantage. J'ai toujours aimé les rebelles un peu cramés sur les bords, surtout quand ils sont intelligents et cultivés.

Quelque temps plus tard, les deux garçons insistent pour nous emmener dans un autre pub, beaucoup plus authentique, d'après eux, que la brochette qui occupe les rues bondées du centre. Bien éméché, au moins autant que moi, Rory passe un bras sur mes épaules alors que nous cheminons vers le pub, mais se retient manifestement de m'embrasser. Il a peur de se prendre un vent, ou bien c'est simplement du respect. Je fais preuve de moins de retenue. Après avoir échangé un long regard avec lui, c'est moi qui fais le premier pas et m'empare de sa bouche en contrôlant difficilement le désir qui me grimpe dans le ventre. Vu sa réaction, une chose est sûre : l'attirance est réciproque.

— Hé, vous venez ?

Gloussant, enlacés et bien beurrés, Aaron et Astrid nous contemplent, l'air faussement réprobateur.

— Ouais, ouais, je lance. On vous rejoint au pub !

Hochant la tête avec un sourire à Astrid, j'agrippe la chemise de Rory et l'entraîne vers une petite ruelle, là où le renfoncement se fait plus sombre et intime. Pour la première fois de la soirée, je regrette vraiment de ne pas porter de robe.

D'un regard interrogateur, deux doigts passés dans la ceinture de mon short, Rory me demande s'il peut aller plus loin. Ma réponse est plus directe. Je glisse une main brûlante contre son entrejambe et me cambre contre lui en l'embrassant. Lorsqu'il me soulève, dos contre le mur, mes jambes enroulées autour de ses hanches, je me dis que se louper dans l'horaire des bus n'était vraiment pas une si mauvaise idée.

Nous rejoignons Aaron et Astrid dans une certaine euphorie, shootés par l'endorphine qui se répand dans nos veines, et trinquons avec un regard coquin et une seule envie, recommencer. Du moins pour ma part. Je file tout de même discrètement aux toilettes pour me nettoyer un peu. Je sais que ce n'est pas sérieux d'avoir fait ça sans capote, même si je prends la pilule. Je me gronde intérieurement, mais suis bien incapable de regretter. Je peux désormais rayer *faire l'amour sauvagement contre un mur* de ma liste de fantasmes.

Quand le pub ferme ses portes, Aaron et Rory, comme d'autres habitués du lieu, ainsi que les membres du petit groupe de musique, restent pour continuer la soirée dans une ambiance aussi enjouée qu'intimiste. Le patron, un grand gars d'une cinquantaine d'années au crâne dégarni, entame une performance bluffante, armé de deux cuillères à soupe qu'il tient dos contre dos et frappe sur sa cuisse, rejoint ensuite par les musiciens et Rory qui sort un harmonica de sa poche. Moi qui ne pensais pas pouvoir le kiffer davantage, voilà qui est fait.

Les habitués se joignent aux musiciens à tour de rôle, parfois en solo ou en canon, poussant la chansonnette même *a capella.*

— À croire que tout le monde dans ce pays chante juste, grogne Astrid. Vas-y, toi, avec tes cheveux roux et ta belle voix, ils vont te prendre pour une des leurs.

— Je crois que tu oublies un détail très important : mon accent. Il y a marqué « elle est française » sur mon front à chaque fois que j'ouvre la bouche.

— Mais carrément pas, meuf, à force de chanter tout le temps en anglais, ton accent est parfait. Oh, allez, fais-le pour moi, pour le souvenir ! Pour mon anniversaire !

Astrid me lance un regard digne du Chat Botté, et je grogne. Épaulée par Rory et Aaron, elle parvient à me faire craquer.

L'air de rien, je commence à accompagner le chœur qui entonne avec les musiciens les paroles bien connues de la mythique « *Dirty Old Town* ». Le problème, c'est que si je veux chanter en solo, il faut que je me lance, comme ça, sans filet, que je m'impose comme font les autres, devant tout le monde. Le trac me mange l'estomac, mais si je veux un jour me produire sur scène, il faut bien que je commence quelque part.

Alors que la chanson du groupe se termine, je me lance. Se lever, avancer, et tenter de faire comprendre aux musiciens mon intention de chanter à mon tour. Ce n'est pas si difficile, même si j'ai le cœur dans la gorge. Ils m'ont remarquée et attendent que je commence pour enchaîner.

J'inspire un grand coup, et oublie que le monde existe. J'efface les gens autour et rive mon attention sur le jeune guitariste à la bouille ronde et sympathique qui attend mon départ pour m'accompagner. La voix à peine tremblante, j'entame le premier couplet de « *Grace* », classique des soirées irlandaises. La mélodie ne se fait pas attendre, quelques secondes à peine et déjà le guitariste pince les accords. C'était l'une des chansons préférées de mes parents, et celle qui est à l'origine de mon deuxième prénom. Ma mère m'a même avoué avoir longtemps hésité avec Riley, mais avait eu trop peur que les enfants se moquent bêtement en m'appelant « grasse », et non *Grace* avec l'accent anglais, comme il se doit.

Je ne relève les paupières qu'à la fin, lorsque les applaudissements et les compliments fusent de part et d'autre. Je suis, sans doute aucun, écarlate jusqu'aux oreilles. Mes aisselles sont trempées de sueur et mon cœur, qui avait eu la gentillesse de se calmer pour la chanson, s'emballe de plus belle sous le contrecoup de l'adrénaline qui irrigue à présent mes jambes flageolantes. J'adresse un sourire timide au guitariste et le regrette aussitôt, car il m'invite à le rejoindre d'un geste de la main. Il installe une chaise pour que je m'assoie à ses côtés et le patron virtuose des cuillères pose devant moi une pinte de Guinness. Je bafouille un remerciement gêné et me contiens pour ne pas partir en courant.

— Alors dis-moi, avec une si belle voix, est-ce qu'il y a d'autres chansons que tu connais ?

J'acquiesce, sans lui préciser que la musique irlandaise est l'une de mes obsessions depuis que je sais tenir une guitare, et lui fais la liste de mes préférées. Visiblement impressionné, il hoche la tête et lance :

— Les gars, on va faire « *Will You Go Lassie, Go* ». Et après, « *Back Home in Derry* ».

Tous approuvent, le gaillard avec son violon si petit qu'il disparaît presque entre ses bras, le gros chauve avec sa flûte, et le brun dégingandé avec son banjo. De loin, Astrid m'adresse un regard rayonnant de fierté et je lui lance une moue faussement contrariée avant de déraper sur Rory qui me dévore des yeux. Mon ventre cabriole et je me détourne en vitesse.

Après quatre chansons et deux pintes supplémentaires, je sens que la limite de ce que mon corps peut supporter en une soirée est atteinte. Mieux vaut tirer ma révérence maintenant avant de risquer l'apothéose vomitive. Un vertige suivi d'un très léger haut-le-cœur emporte ma décision. Je salue mon public avec toute la gratitude que je parviens à mettre dans mon sourire tordu par la nausée et sollicite chaque fibre de muscle et de sobriété restant dans mon corps pour rejoindre la table où Astrid, Rory et Aaron m'applaudissent comme une championne à la sortie de l'arène.

Je m'accroche au dossier de la chaise et glisse à Astrid, la bouche déjà remplie d'une salive aigre, que j'ai besoin de son aide pour aller aux toilettes. Tout de suite.

À peine arrivée devant la cuvette, je tombe à genoux et ai juste le temps d'attacher mes cheveux avant de vider mon estomac dans d'affreux gargouillis. Quelle classe. Après la gloire, le désespoir. Heureusement, je suis partie à temps et n'offre ce délicieux spectacle qu'à ma meilleure amie.

Je bénis l'élan qui lui a fait prendre une poignée de bonbons à la menthe dans le restaurant de la veille et j'en avale trois après m'être consciencieusement lavé la bouche. Comme une grande fille, je n'ai taché ni mon T-shirt, ni mes cheveux soigneusement noués en chignon. Après un temps qui a dû paraître bien long à nos deux amants d'un soir, je remonte l'air de rien, étonnamment plus fraîche que lorsque je suis descendue. Le trac et l'alcool, chose à retenir, ne font pas bon ménage.

Aaron nous invite à finir la soirée chez lui, et ni l'une ni l'autre ne songeons à nos projets du lendemain avant d'accepter joyeusement. Nous marchons à peine dix minutes avant d'arriver devant un immeuble ratatiné sur deux étages, au charme discutable, coincé entre d'autres bâtiments du même acabit. L'appartement se compose d'une pièce à vivre équipé d'une kitchenette et d'une minuscule chambre, à peine assez grande pour le lit double qui en mange presque tout l'espace. Aaron et Astrid, dans un gloussement de rires et de baisers, s'y enferment sans autre forme de procès, nous laissant le salon, son canapé-lit déplié et sa très relative intimité.

Ma nausée passée, le désir n'a aucune difficulté à refaire surface et nous basculons sur le canapé, effeuillant nos vêtements avec un appétit non dissimulé. Une fois notre plaisir rassasié, enlacés dans notre sueur, les cœurs battants et les esprits engourdis, nous savourons une cigarette bien méritée. Deux minutes plus tard, Rory dort du sommeil du bienheureux.

Maintenant qu'il est immobile devant moi, je peux détailler ses tatouages en toute impunité. Certains, comme la tête de mort qu'il a sur le bras ou le moineau sur son cou, ont tout l'air d'avoir été faits maison, à l'aiguille et à l'encre bon marché. J'adore ce style grossier, genre tatouage de prison, mais je commence à me demander qui est réellement le mec qui se tient en face de moi. S'étalant sur le haut de ses épaules, une phrase calligraphiée, *The first cut is the deepest**, me rappelle le titre d'une chanson de Cat Stevens que ma mère chante souvent. Est-ce un hasard ? Je l'imagine mal être fan du chanteur, mais après tout, pourquoi pas. Il joue bien de l'harmonica, il peut tout à fait aimer la folk. En dessous, le long de sa colonne, une croix celtique massive garnie d'entrelacs complexes m'hypnotise un moment.

* « La première coupure est la plus profonde. »

Sur son flanc gauche, à la verticale, s'étale une phrase en irlandais que je suis bien incapable de déchiffrer. Et j'en distingue encore d'autres, ici et là, sur ses jambes et son torse.

Par un effort surhumain, je parviens à ne pas sombrer dans le sommeil et me lève en gémissant pour préparer du café soluble trouvé dans un placard, en espérant que la motivation d'Astrid à aller voir les falaises est toujours aussi solide que la mienne. Alors que je m'apprête à aller la chercher, café fumant en main, la porte de la chambre s'ouvre délicatement sur une Astrid aux cheveux ébouriffés et aux yeux rouges de fatigue. Elle se faufile par l'ouverture, vêtements sur les bras, et me lance un sourire complice tout en se rhabillant. Elle se retient de pouffer en voyant Rory, presque nu, ronfler du sommeil du juste, et accepte avec gratitude la tasse que je lui tends.

D'un commun accord, nous griffonnons un mot sur un bout de papier qui traîne et quittons le studio sur la pointe des pieds. Je lorgne une dernière fois mon amant d'une nuit, hésitant presque à lui laisser mon numéro, mais à quoi bon ? Je suis là pour m'amuser avec ma meilleure amie, pas pour tomber amoureuse…

Une fois dans le couloir, un fou rire nous menace et nous le retenons tant bien que mal jusqu'à l'extérieur.

— Alors, alors, raconte un peu, c'est un vrai *thug*, ton Rory, dis donc ! Tous ces tatouages, c'est dingue !

— Haha, t'es bête ! Bon, c'est vrai, j'ai halluciné quand j'ai enlevé son T-shirt, mais putain, je trouve ça tellement sexy ! Ce mec me rend complètement dingue, je te jure, c'est ouf !

— Ah oui, je m'en doute, pour te faire prendre dans une petite ruelle… Coquine, va !

Je glousse, ravie, et lui adresse un clin d'œil salace en riant.

— Tu sais que je fantasmais de faire ça depuis longtemps… Bon, et toi, alors ? C'était bien ?

— Oui, enfin, à part qu'on était trop bourrés pour être vraiment performants, et qu'on s'est cassé la gueule comme des cons !

Hilare, elle me montre le large bleu qui commence déjà à fleurir sur sa hanche.

— Mais bon, c'était quand même trop bien. Et j'ai joui ! Privilège si rare pendant les trois années que j'ai passées avec ce branquignolle qui m'a servi de copain…

Le trajet jusqu'à notre hostel est guilleret, parsemé d'anecdotes croustillantes de la soirée. Nous rentrons sous le regard amusé de la réceptionniste et sautons sous l'eau brûlante de la douche avec délectation. Nos quelques affaires sont vites prêtes et nous négocions pour pouvoir les laisser à l'accueil jusqu'à notre retour des falaises. Un copieux petit déjeuner avalé, nous nous pressons vers la gare routière. Malgré notre désir d'observer le paysage, nous sombrons dans un lourd sommeil à peine installées dans le bus. C'est l'agitation des passagers qui nous réveille à l'arrivée et nous émergeons difficilement, les yeux collés et la bouche pâteuse.

— Sérieux ? Mais ce n'est plus des falaises, c'est un foutu parc d'attractions !

Outrées et déçues, nous contemplons, bras ballants, le parking d'asphalte grouillant de touristes et d'autocars bariolés aux couleurs des tour-opérateurs. Devant nous, sur le béton grisâtre, se dresse le bâtiment par lequel nous sommes forcées de passer afin de prendre notre ticket. Bras croisés, nous râlons quelques minutes encore avant de nous avouer vaincues et nous avancer vers le guichet.

La réceptionniste de l'hostel nous a dit de prendre par le chemin de droite, une fois arrivées sur les falaises, car la balade et la vue sont bien plus belles de ce côté-ci, et elle a raison. Malgré le prix, malgré la masse de touristes rivés à leurs appareils photos, le paysage est spectaculaire et nous laisse sans voix. Enfin, à part un léger gémissement d'effroi émerveillé qui s'échappe de la gorge d'Astrid. D'un côté les champs verts et gras, et de l'autre l'horizon vertigineux. Plongeant à pic, trois cents mètres plus bas, dans l'océan furieux qui projette ses monstres d'écume contre les parois noires et luisantes, les falaises ne peuvent laisser personne indifférent. Un chemin les longe sur une certaine distance, et rapidement, la concentration de touristes diminue pour nous abandonner presque seules face à l'immensité. Subjuguées, nous nous asseyons à quelques mètres du bord et nous laissons happer par la beauté. Et comme bien souvent maintenant, depuis que j'ai posé le pied sur cette île d'émeraude, je m'interroge.

— Je me demande si mon père est déjà venu ici... Il parle de falaises dans une de ses chansons, mais il ne dit pas lesquelles... Tu sais, c'est con, mais j'angoisse presque pour demain. Ce Willy qui gère le pub, il va peut-être m'apprendre des choses sur mon père que je n'aurais pas voulu savoir, genre qu'en fait il était con, ou je sais pas...

— C'est vrai que c'est possible, mais franchement, je ne pense pas... Et il pourrait aussi avoir des infos sur des amis de ton père, va savoir, peut-être sur ta famille. Ce serait bien, ça, non ?

— Oui, oui, c'est sûr... Enfin même si je me vois mal débarquer chez une potentielle grand-mère en disant : « Hey, je suis la fille de votre fils dont je ne connais même pas le nom, et qui est plus ou moins mort à cause de ma mère, on se fait un câlin ? »

Astrid pouffe avant de me réprimander gentiment.

— T'es dure, ce n'est pas la faute de ta mère. C'est la faute de personne. C'est un accident, c'est tout.

— Haha, la faute de personne, tu t'entends ?

Le bon côté d'avoir un père qui s'appelle personne, au moins, ce sont les jeux de mots. Si seulement ma mère avait insisté pour qu'il lui dise son nom. Mais non, elle avait trouvé ça super classe qu'un mec se fasse appeler *Nobody*, et voilà le résultat. En même temps, comment lui en vouloir ? Jamais elle n'aurait pu deviner ce qui allait arriver.

Une pluie fine me tire de mes pensées. Levant le nez, je fronce les sourcils devant la masse grise qui s'amoncelle au-dessus de nos têtes. Le chemin se transforme en gadoue à mesure que nous avançons et, malgré nos cirés, c'est trempées et frissonnantes que nous nous installons dans le bus.

Le froid nous gardant éveillées, nous avons l'occasion cette fois-ci de savourer le paysage, incomparable avec celui s'étendant de Dublin à Galway. Nous traversons quelques villages, Doolin en tête de liste, pittoresque et adorable avec ses petites maisons colorées et leurs devantures à l'ancienne. Puis la côte déchiquetée laisse affleurer une pierre grise à perte de vue. Cette région karstique quasi désertique, ai-je lu dans un guide, est surnommée le Burren, ce qui, en irlandais, signifie littéralement « le pays pierreux ». Facile de comprendre pourquoi.

Enfin, c'est une campagne authentique qui se dévoile, avec ses chevaux solides, ses vaches grasses, ses moutons laineux et ses champs à perte de vue, entrecoupés de murs en pierre sèche courant le long de collines d'un vert surnaturel. Maisons éparses et cottages en toit de chaume, avec des murs blanchis à la chaux pour égayer ce tableau résolument rural. Par intermittence, la route laisse entrevoir l'océan qui s'invite sur la terre. Des étendues d'eau, comme des bras tentaculaires, viennent grignoter les baies de la côte. Des étangs mousseux se partagent l'espace avec les pâturages plongeant dans l'immensité bleu sombre de l'Atlantique, tantôt calme, tantôt coléreux, et le peu en moi qui n'était pas encore amoureux de ce pays est finalement emporté. Je suis censée repartir demain, et je n'ai jamais eu autant envie de rester.

Nobody

Irlande, mai 1981.

— *Nobody tells me what to do, do you hear me, cunt? No-fucking-body!**

Le coup part dans la foulée, imbibé de haine et d'alcool. Il décroche un jet de sang clair qui s'écrase sur le mur à côté du gamin que je suis encore. Plus pour longtemps. Les mâchoires serrées à m'en briser les molaires, je regarde la tête de ma mère heurter le radiateur en fonte et rebondir, deux fois. Et il y a le craquement. Celui du crâne qui se fend. Celui dont l'écho retentira, des années plus tard encore, dans ma chair, dans mes tripes, dans les cauchemars de mes nuits.

J'ai treize ans, mais c'est le cri sans âge de l'injustice qui résonne dans mon cœur. La rage qui brûle dans

* Personne me dit quoi faire, tu m'entends, connasse ?

mes yeux. Un goût de fer et de violence qui baigne ma bouche. Le venin de l'impuissance qui coule dans mes veines. Plus pour longtemps. À quatre pattes, dissimulé par la table, je contourne le corps prostré de ma mère, et celui, massif et suant, de mon père.

Dans un sursaut d'effort, elle lui crache au visage. Un crachat rouge, épais. Je sais qu'elle m'a vu. Je sais qu'elle détourne son attention exprès. Je sais qu'elle compte sur moi. Et je ne la décevrai pas.

Elle ne réagit pas quand j'apparais derrière mon père. Elle n'ouvre pas de grands yeux quand elle voit la lame. J'ai pris la plus longue, celle qui ira le plus profond. Elle attend. Elle a confiance en moi.

Je frappe fort, de peur que ça ne rentre pas. Pourtant, comme dans du beurre, la lame plonge. Dans le flanc. Une fois, là où c'est mou et tendre. Je ressors. Tout est rouge. Ma main, la lame, le marcel blanc dégueulasse, le sol bientôt. Un frisson me brûle l'échine. Je crois que mes doigts tremblent. Il s'est retourné, mais aucun son ne sort de sa bouche flasque, si ce n'est un gargouillis sourd. Il cligne des yeux. Il est face à moi maintenant. Je recommence. Dans le gras du bide. Puis encore sur le flanc, sous les côtes. Il me dégage d'une main molle, je m'écarte d'un pas mais je le regarde encore.

— *Fuckin' kid...*

Il n'a pas le temps de finir, le sang lui coupe la parole. Il vacille. Il tangue comme un vieux jouet cassé. Je le pousse, il s'écroule. Il se noie dans son sang. C'est plus sombre que je ne le croyais, la couleur. Il en a qui sort par son nez. Ses yeux aussi sont écarlates, exorbités. C'est ça, alors, la mort, je me dis.

Je plonge mon regard dans ce qu'il reste du sien. Je me penche un peu en avant.

— *You once said that nobody could kill you. Well, I guess I am Nobody now.**

Son visage se tord, il veut parler. Un hoquet de sang gluant me répond. Une dernière lueur de vie tremble dans ses prunelles vitreuses fixées sur moi, son fils unique.

Je reste penché encore. Je contemple la mort. Mon triomphe. Mes phalanges sont blanches sur le manche.

C'est le râle de ma mère qui me ramène à la réalité. Et la mort, encore. La mort qui caresse la joue ensanglantée, qui effleure le crâne fêlé. Je tombe à genoux près d'elle. Les secondes se suspendent, mais la mort avance, petit pas par petit pas. Je la vois dans les yeux de ma mère. Je la vois sur ses lèvres blanches. Je la vois dans la froideur de ses mains.

— Mon fils... Mon amour... Tu, tu dois marcher, mon fils. Sans... sans t'arrêter. Tu vas marcher, loin, loin d'ici. Ne dis pas ton nom, sinon ils te retrouveront. Passe la frontière et tr-rouve la famille, sur la route, dans les ch-champs, tu les trouves, d'accord ? Ils t'accueilleront, et sinon, t-tu les forces. Ne les laisse pas te repousser, d-d'accord ? Sois libre, mon fils. Libre.

— Maman...

Je sais que c'est trop tard. Je vois le sang qui s'écoule du crâne que je tiens entre mes mains. Je vois la petite mare pourpre où baignent mes genoux. Bientôt le sang de mon père, telle une marée, rejoindra celui de ma mère. Je la tire plus loin. Pas question qu'il la souille jusque dans la mort. Qu'au moins dans son dernier repos, elle trouve la paix.

* Tu m'as dit un jour que personne pouvait te tuer. Eh bien, je suppose que je suis Personne, maintenant.

Je pleure. Je m'en rends compte, parce que je ne peux plus respirer. Je la secoue délicatement.

— Maman… ?

Je colle une oreille contre sa poitrine. Mon sursaut d'espoir s'éteint avec le dernier battement de son cœur. Plus rien. Plus un son, si ce n'est le clébard qui aboie dehors. J'ai froid.

6.

Marianne

Inde, novembre 1999.

La voix de Marieke me rappelle à la réalité.

— Je peux savoir qui tu regardes comme ça ?

Je lui désigne discrètement le bel inconnu, et elle me lance un regard entendu avant de déclarer :

— Ah, celui-là, tu n'es pas la seule à l'avoir remarqué !

Et elle m'entraîne à sa suite vers le comptoir pour nous commander deux jus de papaye agrémentés de glace à la vanille, un air de conspiratrice sur le visage.

— Il est arrivé il y a quelques semaines, et j'avoue que moi aussi, j'en ferais bien mon goûter ! C'est un Irlandais, tout le monde l'appelle Nobody, mais je ne sais pas pourquoi. Ah, si tu l'entendais jouer de la guitare… Et il a une de ces voix !

Elle fait mine de s'évanouir avant de glousser en me filant une bourrade dans l'épaule.

— Tu veux qu'on aille se caler là-bas, avec lui ? Il est sympa, je lui ai déjà parlé quelques fois.

J'ai surtout envie de rentrer à la maison, prendre une bonne douche, me changer et me dépêcher d'aller à la *rave* avant que le soleil ne se couche. De toute façon, il y sera aussi. Marieke obtempère, non sans une petite taquinerie sur ma timidité. C'est bien mal me connaître. Malgré mon côté un peu sérieux, je suis loin d'être timide. Juste réservée, et sans envie particulière de parler à la terre entière. Mais si je voulais le draguer, ce n'est pas la peur qui m'en empêcherait. Enfin, un peu, mais pas au point de fuir.

Après une douche fraîche bien méritée dans la salle de bains commune de la maison, je me lance dans un rapide essayage de mes nouvelles tenues. J'opte pour une longue robe en voile de coton aux couleurs chatoyantes, cintrée sous les seins et dévoilant un joli décolleté. Je remplace ma vieille paire de chaussures par de belles sandales en cuir tressé qui enlacent élégamment mes chevilles et mes mollets, et je suis fin prête.

Nous arrivons sur le parking poussiéreux de Disco Valley alors que le soleil rougit déjà l'horizon. La vaste cocoteraie s'achève à la limite de la plage et la musique bat son plein devant une foule plus nombreuse que je ne l'avais imaginé. Des hippies en transe ondulent au rythme des basses puissantes qui agitent le sable.

Autour du *dance floor*, des vendeurs indiens, hommes et femmes, proposent toutes sortes de marchandises. Briquets, mouchoirs, bidî, cigarettes, feuilles à rouler, bouteilles d'eau et, pour ma plus grande joie, du chaï et de la nourriture. Installés à même le sol sur des nattes tressées, tous sont équipés d'un réchaud, d'une plaque en fonte, et proposent la même omelette au piment fourrée dans un de ces petits pains typiques de Goa.

Sans hésiter, j'en commande deux, et Marieke fait de même.

Nous nous installons sur la plage pour manger tout en savourant le coucher de soleil, mais autant l'une que l'autre, nous avons hâte de nous mêler à la foule et au son qui nous appelle. Mon pied ne peut s'empêcher de battre la mesure, tout comme celui de Marieke. La nuit s'annonce fiévreuse. J'ai déjà entendu de la trance, mais jamais encore en live avec un vrai *sound system*. Pour une guitariste fan de folk comme moi, c'est un sacré changement, et ma première pensée va à ma petite sœur qui va trouver ici son paradis sur terre, pour le meilleur et pour le pire. Pas sûr qu'elle accepte de repartir une fois qu'elle y aura goûté.

Le soleil a éteint sa course dans l'océan lorsque je me dirige vers le *dance floor* peuplé d'une foule en extase. Marieke y retrouve aussitôt des gens qu'elle connaît et me présente à la cantonade sans cesser de se dandiner. Quelques minutes plus tard, elle sort une fiole de sa sacoche et je ne me fais pas prier pour accepter la goutte d'acide qui m'est offerte. Cela fait plusieurs mois que je n'ai pas pris de LSD, et la soirée est absolument parfaite pour ça.

Avant que la drogue ne commence à faire effet, je peine à me mettre dans le tempo, contrairement aux autres autour de moi qui se meuvent comme les habitués qu'ils sont. Mais une demi-heure plus tard, alors que mes perceptions commencent à changer, mon corps s'assouplit et mes pieds m'entraînent enfin, galopant avec la basse grondante qui résonne jusque dans ma chair, mes organes, saturant mes sens et brouillant délicieusement mes repères. Alors je ferme les yeux, et j'oublie tout. Tout, sauf la musique et son rythme endiablé qui m'enflamme.

Lorsque je rouvre les yeux, il fait complètement nuit. Le jeu des lumières et les motifs psychédéliques en peinture fluorescente qui décorent le lycra tendu au-dessus du *dance floor* inondent le tout d'une aura hypnotique, éblouissant mes yeux et ma conscience, brumeuse et pourtant si limpide.

Peut-être est-ce la drogue qui me donne cette vision, mais la foule semble soudain s'ouvrir pour ne laisser apparaître qu'un seul corps, qu'un seul homme, un peu plus loin en face de moi. Je l'avais complètement oublié, et pourtant, en le voyant, je réalise qu'une part de moi n'a jamais cessé de penser à lui tout au long de la soirée.

Ce n'est pas moi qui marche, mais une force qui m'aimante à lui. Je me tiens face à cet homme dont j'ignore tout. Je passe une main sur sa joue, sa nuque, et l'attire vers moi. Il ne résiste pas, il ne parle pas non plus. Il recueille mon visage entre ses mains. Elles sont chaudes et moites, vivantes. Je me presse contre lui et inspire profondément. Son odeur est un souvenir. Le monde danse et bondit autour de notre étreinte. Nous sommes une île, calme et impassible au cœur de la tempête.

J'ignore comment, mais nous nous retrouvons assis au bord de l'eau, baignés par la lumière des étoiles. Il est derrière moi, tout contre mon dos, et m'entoure de ses bras et de sa chaleur. Le bruit des vagues couvre la musique qui bourdonne loin derrière nous, au bout de la plage. Nous avons dû marcher, je ne m'en souviens pas. Autour de nous il n'y a personne, aucune lumière. Nous savourons la quiétude de la nuit et de l'océan. Je repose ma tête en arrière contre son torse et lève mes yeux pour me perdre dans les étoiles. Cette fois-ci, le LSD ne m'offre aucune hallucination, rien qu'une sérénité enveloppante. Et même si je me sens avec cet homme comme un tout réuni, je sais que ce n'est pas sa présence qui me procure cette paix, mais quelque chose de plus grand, de plus superbe. Une étincelle de clarté existentielle qui m'apparaît, une étoile filante à l'horizon de la nuit.

Je ne me souviens pas si nous avons parlé. Il me semble que non. À quoi bon utiliser les mots lorsqu'ils sont aussi inutiles qu'en cet instant ? D'un accord muet, nous nous relevons pour rejoindre la musique.

Sur le *dance floor*, nous retrouvons Marieke, survoltée, qui nous enlace avec un grand sourire avant de faire tourner un shilom de charas. La musique s'en mêle et son rythme furieux m'emporte vers d'autres dimensions.

C'est une paume chaude effleurant la mienne qui me ramène à la réalité. Combien de temps s'est-il écoulé ? Je l'ignore. Une heure peut-être, ou deux ? La main m'entraîne à sa suite, et je ne résiste pas. La foule s'estompe, et avec elle l'euphorie des basses et des enceintes vibrantes.

Le parking est tranquille, serein, lorsque je grimpe derrière Nobody. Sa Royal Enfield cabossée démarre dans un borborygme digne d'une vieille routarde. La fête laisse place à une jungle endormie éclairée par la lumière jaune des phares, et le pâle blanchissement de l'aube et de la lune mêlés.

Il roule doucement, contrairement à ce que j'aurais pu penser de lui. Je ne reconnais rien, et je n'essaie pas. Je me laisse porter par l'ondulation de la route, la chaleur de son dos contre ma poitrine et l'effluve de son odeur mêlée de transpiration.

Une famille de vaches dispersées en travers de la route nous accueille au détour d'un virage. Confortablement installées pour la nuit, elles semblent déterminées à ne pas céder un pouce de terrain. Magnanimes, néanmoins, elles ont laissé un espace à peine suffisant pour passer et Nobody les contourne avec habileté sous leurs regards amorphes.

Parvenu au pied d'une colline pelée où serpente un maigre sentier, Nobody coupe le moteur et met pied à terre. Le murmure de la jungle, jusque-là brouillé par le ronronnement de la moto, nous enveloppe d'un seul coup. Mes oreilles bourdonnent de la musique qu'elles ont reçue la nuit durant. À présent, l'aube se lève.

Nobody me prend la main et m'entraîne à sa suite le long du chemin qui grimpe à flanc de colline. Au sommet, je crois distinguer une forme massive et noire, un bâtiment peut-être, mais je suis incapable d'en percevoir les contours exacts. Plus nous montons, plus la lueur du jour se faufile à travers la nuit, jusqu'à blanchir le ciel d'un rose délavé.

La construction se dévoile peu à peu, un immense rempart fait de briques rouges et ocre qui couronne la colline, et je réalise alors que l'étendue noire au-delà n'est autre que l'océan à perte de vue. Nous continuons à monter jusqu'à arriver devant les hautes murailles et passer sous l'arche, autrefois une porte robuste et massive. À l'intérieur, pas de vestiges, pas de constructions, rien d'autre qu'une herbe pelée et jaunie, terreuse. Alors que je m'attends à ce que nous traversions jusqu'à l'extrémité de ce fort désormais fantôme, Nobody bifurque par la droite pour longer les remparts. Docile et curieuse, je lui emboîte le pas.

Arrivés devant une partie du mur plus ou moins éboulé formant un escalier douteux, il s'y hisse et crapahute jusqu'en haut. Je le suis de près, et une fois parvenue au sommet, je me place à ses côtés sur le chemin de ronde, muette devant la beauté lascive du paysage qui s'offre à nos yeux.

La jungle humide de chaleur s'étend sous un voile vaporeux et mouvant qui s'effiloche par endroits. La brume baigne la forêt sans jamais masquer l'éclat de l'aube qui déjà chauffe mon visage. À sa limite, l'astre rougeoyant du soleil émerge de la végétation comme un disque sacré.

La main de Nobody se faufile dans la mienne, et il tourne vers moi un regard brûlant. Nos visages sont si proches, nos yeux se dévorent. Pourtant, nous ne nous embrassons pas. Pourquoi, je l'ignore. Après tout, nous avons le temps. Peut-être nous sommes-nous déjà embrassés pendant la soirée. Sa présence me semble si naturelle, comme si nous nous connaissions depuis une éternité. La drogue, sûrement.

Plus tard, alors que le soleil nous baigne de son feu, que la jungle en contrebas s'est éveillée et bruisse de vie, que les chants des singes et des oiseaux s'élèvent jusqu'à nous, nous redescendons la colline, toujours sans un mot. Peut-être qu'aucun ne conviendrait, de toute façon.

La drogue s'évapore doucement, devenant à la fois plus lourde et plus légère. Comme un mot qu'on aurait sur le bout de la langue, tout s'échappe, s'étiole, pour disparaître dans le souvenir d'une nuit étoilée.

Sereins, nous retournons vers la moto, puis vers la fête qui a continué sans nous. Je flotte, j'oscille entre rêve et réalité. Arrivée sur le *dance floor*, je ressens soudain un besoin impérieux de solitude, de calme, de retour à moi. Je ralentis. Je laisse la foule happer Nobody dans son giron vibrant. Un pas en arrière, puis un autre, et doucement je reviens vers le parking.

J'enfourche mon scooter et démarre sans un regard en arrière. Il va sûrement me chercher, mais ce n'est pas grave. Nous nous reverrons, ou pas. En cet instant, rien d'autre ne compte que moi-même. L'instant présent, la liberté. Le vent dans mes cheveux, la route à perte de vue.

7.

Riley

Irlande, août 2019.

La première pensée qui me traverse en ouvrant les yeux est pour mon père. Allongée, fixant le plafond, je ne souhaite qu'une chose : pouvoir accélérer le temps. Maintenant que le jour J est enfin arrivé, la poignée d'heures qui me sépare des potentielles bribes d'informations à glaner sur lui me paraît monstrueusement longue. En m'habillant, les mêmes interrogations tournent et retournent en moi sans trouver d'issue. J'adresse à peine la parole à Astrid, la gorge nouée.

Nos sacs fins prêts, nous les entreposons dans la réserve à bagages et rendons nos badges. Cinq jours se sont déjà écoulés, quand il nous semble n'être arrivées que la veille seulement. Je ne veux pas partir. C'était trop court. Je me dis que je pourrais peut-être revenir avant mon départ en Inde cet hiver. En soi, rien ne m'en empêche, pas même l'argent, tant que je reste économe. Et si en plus j'apprends des choses sur mon père, je pourrai peut-être approfondir ces recherches…

— Riley ? Tu viens ?

Astrid m'attend au milieu du hall et je réalise que je suis restée accoudée au comptoir, fixant le mur de brique en face de moi.

— Tu es vraiment à l'ouest ce matin… Tu es sûre que ça va ?

— Oui, oui, t'inquiète pas, c'est juste que je suis perdue dans mes pensées… C'était vraiment trop court, cinq jours, tu ne trouves pas ?

Le visage d'Astrid se tord d'une moue triste.

Alors que nous nous installons à la terrasse du Art Café pour le petit déjeuner, elle pousse soudain une exclamation et se tourne vers moi avec un regard brillant.

— Je sais ! On n'a qu'à revenir pour les vacances de la Toussaint, et comme ça, on pourra regarder les matchs de la coupe du monde de rugby ! T'imagines le pied, voir des matchs dans l'ambiance irlandaise, une bonne pinte à la main !

— Oh mais oui, grave ! Bon, obligé, il faut qu'on prévoie ça !

Ragaillardies à l'idée de notre retour prochain en terre irlandaise, nous finissons notre petit déjeuner de meilleure humeur. Malgré ça, je n'arrive pas à masquer ma préoccupation.

— Ma poupette, lâche Astrid. Tu devrais essayer de ne pas trop anticiper… Après tout, on ne sait vraiment pas ce que le patron va dire. Ça peut être rien, ou positif, ou négatif…

J'acquiesce, silencieuse. J'essaie vraiment de ne pas me projeter, de ne pas imaginer mille scénarios, mais quoi que je fasse, mon esprit part au galop dans les suppositions les plus farfelues.

— Ces derniers jours, j'ai fait de mon mieux pour juguler mes questionnements, mais maintenant que l'heure approche, c'est de plus en plus dur… En vrai, ce qui me tracasse – et c'est con, hein – c'est que sur la photo, il n'a pas le même chapeau. Pas celui-là, dis-je en frôlant les larges bords du fédora soigneusement vissé sur ma tête. Alors que d'après ma mère, c'était son chapeau fétiche dont il ne se séparait jamais, qu'il avait reçu en héritage du vieux gitan qui lui a appris la guitare quand il était jeune. J'ai toujours adoré cette histoire, tu le sais, et c'est pour ça que j'y tiens comme à la prunelle de mes yeux. Mais maintenant, je vois qu'il en avait un autre, et je me dis que finalement, celui-ci n'avait peut-être pas une si grande importance, et ça me rend triste…

Disant cela, mes yeux et mon nez se gonflent de larmes piquantes que je peine à refouler.

— Je me sens tellement idiote de me tracasser pour un si petit détail, mais aussi pour avoir cru si naïvement toutes les histoires que m'a racontées ma mère. Je ne peux pas m'empêcher de me demander à quel point est-ce qu'elle a romancé mon père… Elle a peut-être voulu en faire une figure mythique, alors qu'en réalité il avait plein de défauts.

— En toute logique, il en avait. C'était un être humain.

— Oui, évidemment, je sais bien qu'il n'était pas parfait, mais tu vois ce que je veux dire… Pourtant, ma mère a l'air vraiment sincère quand elle parle de lui. Même après toutes ces années, ses yeux brillent toujours lorsqu'elle l'évoque.

— Hey, Riley…

Astrid pose une main chaude sur mon bras, qu'elle serre brièvement pour attirer mon regard et me détourner du pauvre chapeau que je triture entre mes doigts depuis cinq bonnes minutes.

— Il y a un tas de raisons qui peuvent expliquer qu'il n'ait pas eu son chapeau ce jour-là, sans que ça remette en doute l'importance que celui-ci avait pour lui, ou ce que ta mère a pu te raconter.

J'inspire un grand coup et hoche la tête, remettant le couvre-chef à sa place sur ma crinière rousse.

— Tu as raison, je sais. Et puis, c'est du passé, de toute façon.

Astrid me gratifie du plus tendre des sourires et nous sert deux tasses de thé.

— Allez, on finit le petit déjeuner et on va te changer un peu les idées, tu vas voir.

— Avec une dégustation de Guinness à onze heures du mat ?

— Tu as tout compris !

Ce n'est pas dans un pub que nous nous rendons, pour une fois, mais au musée de la célèbre *ale* irlandaise. L'ambiance et la décoration digne d'une authentique brasserie à l'ancienne nous charment autant l'une que l'autre, et nous en apprenons davantage sur l'origine, la composition – à base d'orge grillé et de houblon – et les procédés de fabrication de la mythique Guinness. Malgré les beuveries des jours précédents qui pèsent encore sur nos estomacs, nous ne manquons pas de profiter de la bière offerte à la fin de la visite, tout en admirant la vue imprenable sur Dublin, à 360 degrés, depuis le Gravity Bar.

Après avoir mangé un délicieux burger non loin du musée, nous prenons la direction du Whelan's, situé à une vingtaine de minutes à pied.

Le pub est quasiment vide, ce qui n'a rien d'étonnant vu l'heure. Seules quelques personnes occupent des tables ici et là et personne n'est installé au bar, ce qui me soulage. Je n'ai pas franchement envie de partager cette conversation avec un pilier de comptoir. Quoique, s'il est assez vieux, il pourrait avoir connu mon père. De dos, un homme grand et roux, à la forte carrure, essuie des verres avec un torchon. Une appréhension infondée me chatouille l'estomac avant que je me racle la gorge et lâche d'une voix pincée :

— *Hi*, excusez-moi, êtes-vous Willy ?

L'homme se retourne et hoche la tête, bourru, sans cesser d'essuyer les verres qu'il repose un par un sur les étagères.

— C'est pour quoi ?

— Euh, je... J'ai vu une photo d'un musicien, près des toilettes, et je... Euh, j'aimerais savoir si vous pouviez me donner quelques renseignements sur lui ?

— Ah, oui, Tim m'a parlé de toi. Il m'a montré la photo et m'a dit que tu voulais en faire une photocopie.

— Oui, j'aimerais beaucoup, si c'est possible, et aussi en savoir un peu plus sur lui...

— Tu m'as l'air un peu jeune pour être une fan. Ça fait un bail qu'il ne joue plus dans le coin, le Nobody... Je sais qu'il est beau gosse, ajoute Willy, mais enfin, il est un peu vieux pour toi, quand même, non ?

Choquée par la réflexion, je serre le poing mais reste sans voix, ne sachant comment répondre sans être agressive. Astrid vient à mon secours, la voix cassante et les sourcils froncés.

— Ça n'a rien à voir avec ça, c'est une histoire de famille. Et puis, de toute façon, il est mort depuis des années, ce n'est pas comme si on allait lui créer des ennuis.

Le masque méfiant de Willy se fissure et il ouvre de gros yeux ronds.

— Mort ? Mince alors ! Depuis combien de temps ? Je ne savais pas...

Il interrompt son activité et pose son torchon, les épaules basses et le regard sincèrement peiné. Secouant la tête de droite à gauche en produisant un drôle de petit claquement de langue, il murmure :

— Faut toujours que ce soit les meilleurs qui partent en premier...

Nous nous regardons, autant surprises l'une que l'autre par la réaction du patron.

— Mais vous devriez être au courant... Enfin, ça fait longtemps, presque vingt ans...

Il relève la tête comme si je l'avais giflé.

— Quoi ? Ah non, tu fais erreur, c'est impossible.

À le voir, il pourrait presque en rire de soulagement.

— Il a joué ici, dans mon pub, sur cette scène, il y a quoi... huit ans, je dirais. Depuis, il n'est pas repassé. La première fois qu'il a fait un concert ici, ma foi, il devait pas avoir plus de vingt ans, et moi, j'avais repris le pub depuis une poignée d'années à peine. Tous les deux, ça fait un bail qu'on se connaît... À mon avis, ma grande, tu fais erreur sur la personne.

Autant Astrid que moi sommes figées de stupeur. Je rassemble mes esprits et bafouille :

— M-mais, comment ? Je... On parle bien du même musicien, hein ? Nobody ? Celui qui est là, sur cette photo ?

Je m'élance, courant presque, pour décrocher le cliché et le poser sur le comptoir, martelant la vitre d'un doigt tremblant.

— C'est bien de lui qu'on parle !?

Willy approuve d'un signe de tête, me regardant comme si j'étais en train de devenir folle et qu'il lui faudrait bientôt appeler l'asile pour m'embarquer.

— Écoute, je ne sais pas qui t'a raconté qu'il était mort, ma grande, mais cette photographie date de 2009, ou 2010, peut-être. Nobody était assis là, sur cette scène, et crois-moi, ce n'était pas un fantôme. Ou alors, il a une sacrée descente de bière pour un revenant.

Je le dévisage, sourde à la blague, sourde à tout sauf à la phrase qui résonne, encore et encore, qui hurle dans mes oreilles : il est vivant. Mon père. Est. Vivant. Vivant. En chair, en os. Il respire. Il bouge. Il parle. Il vit. Mon père. Je tire distraitement un tabouret du bar et y pose mes fesses tremblantes avant qu'elles ne s'écrasent sur le parquet. Mon corps ne me porte plus. Mon esprit ne répond plus. Je vois du coin de l'œil Astrid qui se rapproche de moi comme d'un animal blessé.

— Riley, tu veux boire quelque chose ? Ça va aller ? Tu es vraiment très, très blanche…

Je suffoque. L'air s'échappe de mes poumons sans y revenir. Ma poitrine est écrasée par une monstrueuse enclume.

Ma mère m'a menti.

Toute ma vie. Elle m'a regardée dans les yeux, et elle a menti. Encore, et encore et encore. Dix-huit ans de confiance aveugle, et de mensonges calculés.

Le ver du dégoût et de la haine se tord dans mon ventre, et le premier haut-le-cœur me cueille par surprise. Ce n'est pas le cas de Willy, qui doit bien connaître la suite logique de la grimace blanchâtre peinte sur mon visage. Juste à temps, il tend un seau par-dessus le comptoir à Astrid, qui me le fourre entre les jambes au moment où je m'arc-boute pour vomir toute l'incompréhension qui me broie les tripes. Reprenant ma respiration à travers ma gorge brûlante, j'arrive à poser la seule question, la seule phrase qui se répercute dans chaque fibre de mon être.

— Il est vivant ?

Willy est perplexe.

— Oui, enfin, à ce que j'en sais…

Un nouveau spasme me soulève le ventre.

J'ai toujours pensé que les scènes où les gens vomissent, dans les films ou les livres, à cause d'un choc ou d'une nouvelle inattendue, étaient exagérées. Je vais être obligée de revoir mon avis là-dessus. J'en suis la preuve vivante. Certaines révélations vous ébranlent jusqu'à la moelle et ne laissent pour seule réponse qu'un dégueulis informe d'émotions.

Je lève un regard trouble vers Astrid, qui semble aussi hébétée que moi, me fixant les yeux ronds et la bouche entrouverte.

Campée sur le tabouret du bar, le seau fermement serré entre mes bras, je retrouve peu à peu une respiration normale tandis que la houle de mon estomac se calme. Willy, le front soucieux, me tend un verre d'eau que je descends d'une traite.

— Ça va aller, ma grande ? Je peux faire quelque chose ?

— Vous auriez un mouchoir ?

Il s'empresse de me donner une serviette en papier et me conseille d'aller me rafraîchir aux toilettes, si je me sens de marcher. Astrid m'attrape le bras et me soutient tandis que je me redresse sur mes jambes flageolantes. Willy fait le tour du comptoir et me prend le seau des mains.

— Ne t'inquiète pas pour ça, je vais nettoyer, j'ai l'habitude.

Honteuse, mais trop faible pour insister, je le laisse s'occuper du seau et je me traîne jusqu'aux toilettes. Je sens Astrid presque aussi tendue et perplexe que moi. Au-dessus du lavabo, je m'asperge le visage, me rince la bouche au moins dix fois, et enfin lève les yeux vers mon reflet. Et en me contemplant ainsi, ma nouvelle réalité me frappe de plein fouet.

— J'ai un père. Il est vivant. Il n'a toujours pas de nom, mais il est vivant… J'arrive pas à croire que ma mère m'ait menti…

Astrid ose un commentaire, d'une petite voix douce et prudente :

— Ne fais pas de suppositions hâtives, attends d'en savoir plus. Tu ne sais pas si elle t'a caché la vérité ou si elle n'était juste pas au courant. Honnêtement, j'ai du mal à imaginer ta mère te mentir… Tu devrais attendre de lui avoir parlé avant de tirer des conclusions, non ?

— Ouais, je suppose… Enfin, je ne vois pas comment elle aurait pu ne pas être au courant…

Fébrile, je m'appuie sur le rebord du lavabo et inspire profondément. Le choc passé, je sens le besoin viscéral, impérieux, d'en savoir plus. Une obsession insatiable, je le sais, vient de naître en moi. D'un pas pressé, quoique toujours chancelant, je retourne m'asseoir au bar. Mais Willy a disparu, tout comme le cadre et sa photo.

— Il est où ?

Astrid hausse les épaules et s'installe sur le tabouret d'à côté. Cinq minutes passent avant que le patron ne refasse surface et pose sur le comptoir une photocopie du cliché, de très bonne qualité.

— Voilà. Je ne sais pas ce qu'il représente pour toi, mais tu m'as l'air sincère, ça ne fait aucun doute…

Lui aussi semble avoir un petit paquet de questions qui lui brûlent les lèvres, mais je ne lui laisse pas le temps d'assouvir sa curiosité. J'ai une question bien plus importante à poser. *La* question, cruciale, majeure.

— Vous connaissez son vrai nom ?

Le visage du patron répond à sa place, mais il ajoute tout de même, pour la forme :

— Ah, ça non, désolé.

— Vous ne voulez pas, vous ne pouvez pas me le dire, ou simplement vous ne savez pas ? Ça fait quand même longtemps que vous vous connaissez, non ?

— Vraiment, je t'assure que je n'en sais rien. J'ai arrêté de lui demander il y a un paquet d'années…

Il a l'air sincère, et une vague de déception me submerge. Willy ajoute :

— Tu sais, je n'ai même jamais eu de moyen de le joindre. Il se pointait comme ça, me disait qu'il était disponible pour jouer dans les prochains jours ou semaines, puis on convenait d'une ou plusieurs dates, et c'est tout. C'est un drôle d'oiseau, ce Nobody… Un sacré musicien, un poète dans son genre, mais quand même un peu bizarre. Hors du moule, ça, c'est sûr. Et comme je te le disais, ça fait bien sept ou huit ans que je ne l'ai pas vu. Pourtant, il débarquerait demain que ça ne me surprendrait pas. Je m'attends à tout instant à le voir passer la porte, sa guitare sur le dos, avec son costume délavé et son vieux chapeau… Un peu le même que le tien, d'ailleurs. Il a eu beau vieillir, il a toujours gardé cette même allure de gitan, mais c'est un bon gars.

Sur cette tirade, Willy s'arrête net et me dévisage comme s'il me voyait pour la première fois. Il scrute mes traits et je comprends avant qu'il ne parle.

— En y regardant bien, tu lui ressembles drôlement… Enfin, si on met à part les cheveux roux et les taches de rousseur…

N'attendant pas de réponse, il se tourne et se hisse vers le haut d'une étagère pour attraper une bouteille en terre cuite sans étiquette qu'il pose avec un bruit sec sur le comptoir. Il ajoute trois verres à shots et les remplit à ras bord d'un liquide presque transparent qui exhale une puissante odeur d'alcool. Il fait glisser deux verres devant nous et lève le sien.

— Je ne pense pas que vous ayez déjà goûté cet alcool, ou même que vous connaissiez. Ça s'appelle le *poitín*, c'est très fort. Celui-là, il vient de chez moi. C'est mon père qui le fait, à base de pommes de terre, comme à l'époque. Je le garde pour les occasions très spéciales, et quelque chose me dit que pour toi, ce jour n'est pas comme les autres... J'ai raison ?

J'approuve d'un signe de tête, tripotant mon verre avec curiosité.

— Crois-moi, ça va te remettre les idées en place. Ou complètement à l'envers, mais parfois, c'est encore mieux.

Il part d'un rire franc qui décrispe légèrement l'atmosphère.

— Aux choses que l'on perd, à celles que l'on retrouve, *sláinte*, santé !

Levant nos verres, nous trinquons avant d'avaler cul sec et de grimacer comme jamais.

— Oh putain ! C'est ultra fort !

Langue pendante, Astrid approuve d'un vif hochement de tête. Hilare, Willy semble plus que satisfait.

— Ça réveille, hein ?

Nous mettons quelques minutes à nous remettre de cette gorgée enflammée, les joues écarlates et les yeux brillants. Sur un point, le patron avait raison : ça réveille, et ça remet les idées en place.

— Il faut que j'appelle ma mère.

La phrase a jailli de ma bouche comme une évidence, une urgence, et je me fais violence pour ne pas bondir de mon tabouret et me précipiter dehors, téléphone en main.

— Tu ne veux pas lui parler ce soir plutôt, en rentrant ? De vive voix, ce serait quand même mieux... D'ailleurs, il est temps qu'on parte, fait Astrid en regardant l'heure. Il faut qu'on récupère les bagages à l'hostel et qu'on prenne le bus pour l'aéroport.

Me tournant vers Willy, je le remercie pour son aide et lui demande si, vraiment, il n'a pas un seul autre renseignement sur Nobody à me fournir, n'importe quoi dont il pourrait se souvenir, ne serait-ce qu'un quartier où il avait peut-être l'habitude d'aller, d'autres pubs où il a joué. Le nom d'un ancien ami.

— Franchement, je ne sais pas où il vivait, mais c'est certain qu'il se produisait dans plusieurs pubs de Dublin quand il était dans les environs, et puis dans la rue et quelques parcs du centre. Essayez le Celt, sûrement le Cobblestone, aussi. Ah, et O'Donoghue's. Je pense qu'il a souvent joué dans ces trois-là, et puis dans pas mal d'autres... Mais, dis-moi, est-ce que je peux te demander quand même... enfin, ce que tu lui veux, à Nobody ?

J'hésite quelques secondes avant de lâcher :

— C'est mon père.

Willy l'avait déjà deviné, mais la confirmation lui cloue le bec. Je consigne les noms des pubs dans le calepin que j'ai toujours sur moi, où je note des paroles de chansons et autres pensées, et je me retiens d'insister pour être sûre qu'il ne se souvient de rien d'autre. Je griffonne quand même mon numéro sur un papier que je déchire et lui donne.

— Si quoi que ce soit vous revient en mémoire... ou s'il revient vous voir.

Cette seule et unique supposition me remue les tripes et fait battre mon cœur un peu plus vite.

— Par contre, soyez discret… Enfin, je veux dire… Il n'est pas au courant de mon existence, et je préférerais la lui annoncer moi-même…

— Bien sûr, oui, je comprends…

Laissant Willy encore surpris par la révélation, et non sans l'avoir à nouveau remercié pour son aide et la photo, je sors retrouver l'air libre et la lumière bienfaitrice du jour, malgré les nuages grisâtres qui voilent le ciel et son soleil.

Je n'ai pas vraiment le temps de m'attarder à réfléchir, même si, en arrière-plan, mon cerveau mouline en roue libre. Nous nous pressons pour récupérer nos sacs et sauter dans le bus pour l'aéroport. Le front collé à la vitre, je regarde défiler le paysage. Je n'arrive pas à y croire.

— J'ai toujours cru que ma mère avait quitté Paris et déménagé dans le Sud, dans ce petit village paumé des Cévennes, pour rejoindre ma marraine, Nathalie, et parce qu'elle voulait plus de nature et de soleil. Enfin, c'est ce qu'elle m'a toujours dit. Mais peut-être qu'en réalité, elle ne voulait pas que mon père la retrouve ?

Astrid hausse les épaules, l'air désolé, et je sais ce qu'elle pense. Ça ne sert à rien de faire des suppositions, il n'y a qu'en confrontant ma mère que je le saurai.

— Et toutes ces années à m'élever seule sans jamais avoir un nouveau mec… Je pensais que c'était parce qu'elle n'arrivait pas à faire son deuil… Elle a eu des aventures, et tout, mais elle ne s'est jamais vraiment remise en couple. Pourquoi, à ton avis ? Pour se punir ?

— Je ne sais pas quoi te répondre, à part que tu en sauras plus quand tu lui parleras…

— Je sais, je sais…

J'ai l'impression d'être un zombie. Je prends mon sac, je descends du bus, je suis Astrid jusque dans le hall comme un automate. Je reviens à moi alors que nous nous engageons dans la file des comptoirs d'enregistrement. C'est le choc de l'évidence qui me sort de mon engourdissement.

— Je ne peux pas partir.

Astrid me scrute et semble sur le point de répliquer, son visage reflétant le conflit intérieur qui la traverse, avant de s'évaporer aussi vite.

— Oui, tu as raison... Je ferais pareil, à ta place. Tu vas retourner à l'hostel ?

— Pour cette nuit, oui, mais je vais essayer de trouver un *couchsurfing*. C'est convivial, ça permet de rencontrer des locaux et en plus de faire des économies.

— Oui, c'est une bonne idée... Oh, ça me frustre tellement de ne pas pouvoir rester avec toi ! Tu vas mener l'enquête alors, partir à sa recherche ?

Je hoche la tête et passe une main nerveuse sur ma nuque. J'ignore encore comment, mais je vais le retrouver.

— Il le faut. Je peux pas juste retourner à ma vie comme si de rien n'était, alors que je sais que mon père est là, quelque part, bien vivant...

— Qu'est-ce que tu vas dire à ta mère ?

— La vérité. En espérant qu'elle fasse de même. Tu sais, j'ai vraiment envie de croire qu'elle l'ignorait aussi... mais j'en doute.

— C'est possible... elle est restée dans le coma quelques jours, donc peut-être qu'entre-temps, je sais pas... Peut-être que ton grand-père a viré Nobody, lui a dit de ne plus jamais revenir... Imagine-toi, il avait déjà perdu sa femme, et là, sa plus jeune fille, il n'avait pas envie de perdre la dernière qu'il lui restait. Donc il a pu lui mentir.

— Mais il ne l'aurait pas perdue...

— Bah si, en quelque sorte. Si elle avait su que ton père était vivant, elle serait sûrement partie avec lui. Ils t'auraient élevée ensemble, je ne sais où dans le monde. Enfin, je sais pas, peut-être que je suis à côté de la plaque, mais ça pourrait se tenir, comme explication...

— Ouais, espérons que tu aies raison. Je n'ai vraiment pas envie de me brouiller avec ma mère, mais si j'apprends qu'elle m'a menti, ce sera inévitable... Tu as encore une heure devant toi avant de devoir passer la sécurité, non ?

— Oui, plus ou moins.

— Ça te dérange pas si je l'appelle tant que tu es encore là ?

— Non, non, au contraire.

Elle enregistre son bagage et nous prenons deux cappuccinos avant de nous installer à l'extérieur, sur la petite pelouse verte et ensoleillée qui borde le terminal. Fébrile, tirant sur ma clope comme un pompier sans pouvoir maîtriser la tension qui frémit dans mes doigts, je compose le numéro de ma mère et enclenche la demande de *visio.* Quelques sonneries plus tard, elle décroche.

— Coucou ma chérie ! Alors ça y est, vous êtes à l'aéroport, prêtes à partir ?

— Euh oui, oui. Enfin, non, pas moi... Je vais rester, je ne sais pas pour combien de temps encore.

— Tu restes à Dublin ? Mais pourquoi ? Tout va bien ? Tu as l'air pâle...

— Maman, il faut que je te parle d'un truc... J-j'ai fait une découverte, et j'ai vraiment besoin que tu me dises la vérité. Ça concerne mon père... Tu te rappelles la photo que j'ai trouvée dans un pub et que je t'ai envoyée par message il y a deux jours ? Eh bien, le patron du pub, il connaissait Nobody...

Mon cœur se serre en voyant l'expression de ma mère. Je la connais comme si elle m'avait faite, et dans ses yeux je vois l'appréhension. Je vois la peur, et la culpabilité. Elle baisse les yeux, et il ne m'en faut pas plus pour comprendre.

— Tu le savais, n'est-ce pas ? Qu'il est vivant, tu le sais ?

— Je... ma chérie...

— Non, non, à ce stade il n'y a pas de *ma chérie* qui tienne, maman. Je veux des explications, et je les veux immédiatement. Oublie les excuses bidon, c'est trop tard pour ça.

Le sanglot sourd qui vrille ma voix m'empêche de continuer. Je réalise qu'Astrid s'est rapprochée et me caresse le dos d'une main douce. J'attends que ma mère parle. Ma traîtresse de mère qui m'a caché l'information la plus importante de ma vie.

— Je...

Ma mère pleure. Tant mieux. Ça ne réparera pas ce qu'elle a fait, mais ça fait du bien à voir. Je me retiens de ne pas hurler pour qu'elle se dépêche de parler.

— Tout est ma faute... C'est moi qui l'ai repoussé. Quand je me suis réveillée à l'hôpital après l'accident et que j'ai appris pour Suzie, je n'étais plus moi-même... J'étais complètement bouleversée, dévastée, j'en voulais à la terre entière, et à lui surtout, parce qu'il avait insisté pour que Suzie conduise alors que je ne voulais pas... Bref, ce n'est pas une excuse. Le fait est que ton père était là, et que je me suis défoulée sur lui... Je lui ai hurlé des choses affreuses, je lui ai dit de partir, que je ne voulais plus jamais le revoir, que tout était de sa faute... Je le sais maintenant, c'est à moi-même que je parlais, c'est moi que je haïssais en cet instant... Je m'en voulais tellement, j'étais bouleversée. J'ai tout rejeté sur lui et il est parti. Il n'avait pas le choix, Riley, sache-le bien. Je l'ai même frappé... Quand je suis retournée chercher mes affaires, avant de rapatrier le corps de Suzie, j'ai vu qu'il m'avait laissé son chapeau et une lettre... que je n'ai pas ouverte. De rage, de tristesse, de stupidité, je l'ai détruite sans la lire. J'ai même failli jeter son chapeau, mais finalement je n'ai pas pu, je n'en ai pas eu la force. Je savais trop bien ce qu'il représentait pour lui. Ce n'est qu'une fois rentrée que j'ai pris la pleine conscience de mon geste, et de mon erreur. Et je m'en suis voulu, crois-moi bien... plus que tu ne pourras jamais m'en vouloir. Le chagrin nous fait faire des choses absurdes, inconsidérées... j'avais perdu ma sœur, ma meilleure amie au monde, la personne qui avait toujours le plus compté à mes yeux, ma petite fée que j'aurais dû toujours protéger... Ce n'est que deux mois plus tard que j'ai découvert que j'étais enceinte, et c'était trop tard pour rattraper mon erreur... J'ai préféré aller vivre dans le sud près de Nathalie, la seule personne chère qu'il me restait, et t'élever du mieux que je le pouvais, plutôt que de partir dans une quête utopique pour le retrouver.

— Mais pourquoi m'avoir menti ?

— Je...

Elle soupire, baisse les yeux.

— Je pensais que ce serait plus simple ainsi... Tu sais, j'ignore réellement son nom, je n'avais aucun moyen de le retrouver. Sinon je l'aurais fait, j'aurais essayé, au moins pour toi... J'aurais pu retourner à Goa, avec toi, et espérer trouver un indice, mais c'était trop dangereux, il aurait pu t'arriver quelque chose... Et par la suite, j'ai eu peur. Peur que tu m'en veuilles, que tu me blâmes de l'avoir repoussé. Je m'en voulais déjà bien assez moi-même... Et une fois qu'on a commencé un mensonge, c'est très dur de revenir en arrière… Je suis désolée, ma chérie, je sais que j'ai fait une énorme erreur. J'ai pensé un millier de fois à te dire la vérité, mais je n'ai pas réussi, pas su comment…

Je ne sais pas quoi répondre. Une part de moi la comprend, l'autre part n'a aucune envie de comprendre. J'ai juste envie d'être en colère contre elle et de lui en vouloir pour l'éternité.

— Eh bien, tu aurais dû essayer plus fort. Bye.

Je raccroche d'un coup sec et jette quasiment le téléphone dans l'herbe à côté. Je réalise que mes joues sont trempées de larmes. Moi qui suis si peu émotive d'habitude, aujourd'hui, c'est la débandade. Aujourd'hui, j'ai perdu un peu de ma mère. Mais aujourd'hui, mon père est vivant.

8.

Marianne

Inde, novembre 1999.

— MAIS DE QUOI TU AS PEUR ?

Assise sur le plan de travail de la cuisine, j'observe Shani s'affairer, le visage penché au-dessus d'une casserole de curry, humant son mélange avec une mine connaisseuse avant d'ajouter une pincée de curcuma.

— Je n'ai pas peur, répliqué-je. Je n'ai juste pas envie d'une histoire amoureuse. Je suis bien, moi toute seule, libre, sans avoir besoin que des sentiments viennent s'immiscer dans mes projets. Si demain je décide de partir à Hampi, Madras, que sais-je, je ne veux pas qu'un mec m'en empêche ou me détourne de cette envie. Enfin, pour être plus juste, disons que je n'ai pas envie de changer mes projets juste parce que je suis amoureuse et que je veux rester avec lui. Je refuse que l'amour me retienne de faire mon propre chemin.

— Mais là, tu fais quand même de sacrées suppositions. Tu le connais à peine, qu'est-ce qui te dit même que vous allez tomber amoureux ?

J'ouvre la bouche et la referme sans répondre. J'ignore comment l'expliquer, mais je le sais, je le sens. Cet homme, ce Nobody, n'est pas comme les autres avec qui j'ai eu des aventures, des amourettes, et que j'oublie peu après malgré toute l'affection que je peux avoir pour eux. Avec lui, je sais que je suis en danger.

— Et puis, continue Shani, ça peut rendre les projets encore plus beaux, encore plus grands, de rencontrer quelqu'un avec qui les partager. Tu sais, ce n'est pas parce que tu aimes que tu t'oublies, ou que tu abandonnes tes rêves ou ce que tu veux dans ta vie. Pourquoi fuir alors que tu ne sais même pas ce qu'il peut advenir de votre relation ?

Je fais une moue peu convaincue. Combien de femmes ont-elles eu cette illusion avant de se retrouver prises au piège par un couple, des enfants, des conventions ? Ma mère la première, aussi sauvage et indépendante qu'elle était, a été emportée par l'engrenage de la vie, dans une mansarde parisienne avec un artiste torturé et deux filles qu'elle aimait trop pour les abandonner. Je suis sûre qu'elle aussi croyait pouvoir concilier les deux, et ce tiraillement perpétuel que j'ai toujours lu dans ses yeux a fini par avoir raison d'elle en un cancer qui l'a grignotée jusqu'à la fin.

— Je ne fuis pas… ou peut-être juste un peu… et puis, ce n'est pas comme si j'allais loin, non plus, je rétorque. Juste à Arambol pour quelque temps. J'ai besoin de me retrouver, me recentrer sur moi-même. Et ce n'est pas seulement par rapport à Nobody. D'ailleurs, ça fait plusieurs jours que je ne l'ai pas vu. Non, si je veux faire un break, c'est surtout à cause de la drogue.

Ça fait maintenant deux semaines que j'ai fait ma première *rave* à Disco Valley, celle où j'ai rencontré Nobody, et depuis, je n'ai quasiment pas arrêté. Ecstasy par-ci, champignons par-là, et encore un peu de LSD par-dessus, il est vraiment temps que je lève le pied. L'idée d'aller à Arambol m'est venue en rentrant ce matin. Si je n'étais pas aussi fatiguée, j'aurais fait mon sac aussitôt et je serais déjà repartie, mais je ne peux pas ignorer l'épuisement qui alourdit mes paupières.

Si je suis honnête avec moi-même, je pars aussi parce que Nobody me manque. *Justement* parce qu'il me manque. Ça ne va pas du tout. Je refuse de m'amouracher d'un gars, aussi génial soit-il, alors que je suis jeune et que j'ai devant moi toute une vie qui ne demande qu'à être vécue, pleinement vécue. Je me suis rendu compte ce matin que je n'étais sortie que dans l'espoir de le voir. C'est absurde. Je n'avais même pas envie de faire la fête.

Et je sais pertinemment que ce n'est pas juste sexuel, juste un désir physique, même s'il est incroyablement doué au lit. Je ne sais pas si c'est le LSD qui a endormi notre libido la première fois, mais ce qui est certain, c'est que la deuxième fois où l'on s'est vus, ça n'a pas pris longtemps avant qu'on se retrouve nus l'un contre l'autre. Rien que d'y penser, j'ai le bas-ventre qui s'embrase. Sauf que normalement, ça s'arrête là. Mais avec lui, c'est différent. Mon cœur s'enflamme tout autant. Il bat à mille à l'heure, j'ai les jambes qui flageolent et plus rien d'autre n'existe que lui. Lui et ses yeux noisette qui me dévorent. Lui et ses mains qui me caressent le visage. Lui, et sa bouche. Lui et sa voix. Lui.

Oui, c'est certain, il faut que je parte et me désintoxique. De la drogue, de sa peau, de son sourire, de l'envie de le voir tout le temps… Heureusement, notre relation est restée très légère, si l'on peut dire. Nous ne prévoyons rien, ni quand nous allons nous revoir, ni ce que nous allons faire. Parfois, nous nous croisons en soirée, et nous dansons toute la nuit. Parfois nous nous éclipsons pour faire l'amour dans un coin tranquille. Parfois c'est au *juice center* que je le rencontre, et nous prenons la moto pour aller nous balader au gré de la route. La semaine dernière, nous avons roulé plus de deux heures avant de tomber sur un panneau indiquant une magnifique cascade où nous avons passé l'après-midi. Nous parlons peu ensemble. Ce n'est pas que nous n'avons rien à nous dire, au contraire, même. Je crois juste que ni lui ni moi n'en avons vraiment envie. Nos silences me font du bien. Ils m'apaisent dans toute cette frénésie qu'il y a ici. Cela ne nous empêche pas de rire, beaucoup, et parfois sans raison apparente. Nous sommes bien, tout simplement, je ne vois pas comment le décrire autrement. Bien entendu, nous jouons beaucoup de musique. C'est notre occupation principale lorsque nous sommes ensemble. Il nous arrive de passer une journée entière sous un cocotier, au bord de la plage, immergés dans nos mélodies. Nous avons quasiment le même répertoire, ce qui est d'autant plus pratique pour faire des duos. Là où ça devient plus compliqué, c'est pour la nuit. De mon côté je dors dans un salon dortoir, et lui sur la plage, dans une sorte de cahute sans porte, avec des cloisons ouvertes à mi-hauteur. Pour l'intimité, on repassera, sans parler de l'odeur. Il loue ça pour une bouchée de pain à des pêcheurs, et il y a à peine la place de dormir entre les filets entassés un peu partout.

Je chasse la petite voix plaintive et déçue qui se lamente de ne pas l'avoir revu depuis presque trois jours. C'est très bien comme ça. Peut-être que lui aussi a ressenti le besoin de s'isoler un peu, et je ne peux que le comprendre. Ça m'agace de penser autant à lui, c'est idiot.

— Eh bien, ce qui est certain, c'est qu'il te fait cogiter...

Je sursaute presque en revenant au présent, et à Shani qui m'observe avec un sourire en coin, une main sur la hanche et le sourcil relevé.

— Je ne pensais pas particulièrement à lui.

Shani rit avec l'air compatissant d'un parent à qui son enfant essaierait de faire croire qu'il n'aime pas les bonbons.

— À d'autres, si tu veux, mais pas à moi. Je connais ce regard...

Je marmonne, mais ne trouve aucun argument pour me défendre. Changer de sujet est ma seule parade possible.

— J'hésite entre une sieste ou une nuit complète de sommeil avant d'y aller...

Magnanime, Shani n'insiste pas, et je la remercie intérieurement.

— Déjà, tu vas me faire le plaisir d'avaler le bon curry que j'ai préparé !

Pas besoin de me faire prier pour ça. Le fumet épicé qui s'échappe du plat attise mes papilles et me fait saliver depuis une bonne demi-heure.

— Au fait, tu sais où loger à Arambol ? me demande-t-elle.

— Oui, cette fille sympa que j'ai croisée plusieurs fois au *juice center,* Diana, m'a parlé d'un lieu très bien où elle loue une hutte en bambou pas loin de la plage et vraiment pas chère.

— Comment ça s'appelle ?

— Paradise Guest House. Apparemment c'est un peu excentré du village, donc calme, mais je ne sais pas comment y aller.

— Ah oui, je connais, ils ont créé un très bel espace, leur jardin est superbe. Tu verras, l'endroit porte bien son nom. C'est l'adresse que je t'aurais conseillée. On y a logé quelques nuits l'année dernière, et on pensait peut-être y retourner après le nouvel an. Ce sera parfait pour toi. Il y a quand même de l'animation le soir, surtout autour du feu principal. Ça fume, ça joue de la musique, l'atmosphère est tranquille, conviviale, un peu comme ici, à la différence que tu as ton propre espace. Je vais te dessiner un plan, ce n'est pas très difficile à trouver.

— Merci beaucoup...

La douceur et la force entremêlées qui se dégagent de cette femme me fascinent. Je l'observe, sa bouche charnue, ses grands yeux noirs, sa poitrine ferme et menue, son ventre qui appelle les caresses...

— C'est mon plat ou moi que tu as envie de manger ?

Je réponds avec un sourire mutin.

— Les deux.

— Haha, bonne réponse ! En plus, Adir ne revient pas avant la fin d'après-midi, on a le temps de faire une petite sieste. Pour digérer...

Elle me décoche un clin d'œil adorable et entreprend de nous servir deux copieuses assiettes. Une fois repue, je file à la salle de bains pour une douche fraîche et rejoins Shani dans la pénombre moite de la chambre. Un encens au santal baigne la pièce d'un nuage à travers lequel je distingue son corps nu étendu sur le lit. Je me glisse à ses côtés, la peau encore humide, et me laisse aller sous nos caresses. Nous jouissons à tour de rôle, puis ensemble, avant de nous endormir dans les bras l'une de l'autre.

Je me réveille seule dans le lit, délicieusement reposée. Féline, je m'étire avant de me rhabiller. Il est seize heures, j'ai donc le temps de faire la route avant la nuit. À condition que je ne me perde pas dans les méandres de Goa.

Après avoir dit au revoir à Shani et aux autres, j'enfourche mon scooter, guitare sur le dos, et cale mon gros sac entre mes pieds. Au démarrage, j'adresse une prière silencieuse à tous les dieux de l'Inde pour ne pas mourir en route, et m'élance vers un nouvel inconnu.

La conduite, malgré son inconfort, n'est pas aussi difficile que je le craignais, et je m'autorise à relâcher un peu ma vigilance pour observer le paysage. La traversée du pont de Siolim est époustouflante. Le fleuve s'étend tel un serpent langoureux entre les berges luxuriantes, grossi par la mousson et ses pluies abondantes. D'un côté il entaille la jungle de son corps sombre, et de l'autre il s'ouvre et s'étale, prêt à se perdre dans l'immensité de l'océan Indien. Je regrette de ne pouvoir m'arrêter au milieu du pont pour savourer la vue ; à peine ai-je le temps de m'émerveiller que je retrouve la terre, sa végétation et son fourmillement humain.

J'arrive à un carrefour où plusieurs étals en bord de route proposent fruits, légumes et poissons plus ou moins frais, considérant le fait qu'ils sont sûrement là depuis la pêche du matin. À la fourche, deux routes s'offrent à moi. D'après Shani, celle de droite qui passe par les collines est mieux balisée et entretenue, donc plus rapide malgré les camions ronflants qui la peuplent, mais moins belle que l'autre qui longe les plages de Morjim, Ashwem et Mandrem. Au risque de me perdre, je choisis celle de gauche et quitte avec soulagement l'agitation de la route principale. J'ai pris l'habitude de me faire doubler par toutes sortes de véhicules, et les klaxons inévitables qui les accompagnent, mais je suis rassurée de trouver un axe avec moins de circulation.

Il y a très peu d'habitations comparé aux environs de Chapora et Siolim. Seules quelques petites constructions en briques grossières couvertes de tôle et de bâches émaillent la végétation, avec parfois une maison basse sous ses tuiles brunes. Sur la droite, un temple peint d'un orange criard me saute aux yeux avant de disparaître aussi vite qu'il est apparu.

Après ces premiers mois dans le nord de l'Inde, je me régale de voir autant de cocotiers. Je doute de pouvoir jamais me lasser d'eux. À Goa, ils garnissent les bords des routes, les champs, les plages – impossible de tourner la tête sans en voir au moins un. Certains arborent des formes complètement loufoques que je m'amuse à prendre en photo avec mon argentique. Et que dire des noix de coco, ce fruit paradisiaque aux mille et une vertus. J'aperçois un étal rudimentaire en bambou et feuilles tressées où s'en empilent des centaines, grosses et vertes, dont l'eau sucrée n'attend que d'être dégustée. Je me décide en moins d'une seconde. C'est devenu l'un de mes petits rituels dès que je prends la route à Goa. Ça, et le jus de canne à sucre.

Le petit homme frêle qui m'accueille d'un sourire édenté ne parle que trois mots d'anglais, mais c'est suffisant. Il attrape sa machette noire et rouillée et découpe un chapeau dans une première coco qu'il me tend avec le traditionnel dodelinement de la tête. Je refuse la paille qu'il me propose et porte directement à ma bouche la large ouverture, sans me soucier qu'une partie du précieux liquide me dégouline le long du menton. Je bois goulûment, jusqu'à la dernière goutte, et en redemande une autre dans la foulée. Le petit monsieur semble ravi, et tranche la première coco en deux afin de me permettre de manger la chair blanche, molle et sucrée à l'intérieur avec une cuillère découpée à même la carapace verte et rigide du fruit. Je me retiens de gémir de bonheur.

En retrait à l'ombre, presque caché par l'étal de noix de coco, je remarque un de ces petits chariots que j'ai appris à reconnaître pour les jus qu'ils proposent. Une pile de cannes à sucre patiente sur la table, à côté de la presse aux mâchoires endormies. Au comble du bonheur, je paye mes deux cocos et me dirige vers le jeune garçon, vautré dans une chaise à l'ombre de son chariot.

Le contraste entre sa petite taille, ses joues encore rondes de l'enfance et ses grands yeux noirs et sérieux me frappe aussitôt. Il se lève, lisse sa chemise crasseuse de poussière et fait un signe de tête digne d'un cow-boy avant de mettre en branle la machine et toutes ses courroies. C'est un véritable boucan du diable qui envahit l'espace tranquille du bord de route. Le gamin plonge la main dans une glacière à ses pieds pour en récupérer une poignée de glaçons, les jette au fond d'un récipient qu'il place sous la bouche de la presse avant d'y enfourner trois longues cannes à sucre qu'il a soigneusement tâtées au préalable. Il semble prendre sa tâche très au sérieux et affiche un air digne et concentré sous ses sourcils d'ébène. Il a les mains rêches et déjà abîmées ; je les observe tandis qu'il passe les cannes une première fois dans la machine, entières, et mon cœur se serre.

Quand les cannes ressortent, assez amochées, il les replie en deux en ajoutant au milieu un morceau de gingembre et du citron, avant de recommencer l'opération quatre ou cinq fois supplémentaires. Enfin, il arrête la machine et récupère le récipient rempli de glaçons et de son précieux liquide mousseux qu'il filtre dans une passoire avant de le transvaser dans une des bouteilles en plastique accrochée à son chariot. Je bois une première gorgée et laisse l'arôme envahir mes papilles en fermant les yeux. Mon ventre glougloute de liquide lorsque j'enfourche mon scooter.

Je traverse ce qui ressemble à un village, quelques échoppes et des maisons plus récentes construites sur plusieurs étages de béton et de couleurs vives. L'architecture goanaise me fascine. Ce mélange entre l'Inde et l'influence portugaise est unique en son genre. Je réprouve plus que tout les colons et leur soif démesurée de conquête, ainsi que la destruction quasi systématique de la pureté culturelle des pays qu'ils décident d'envahir, mais je dois reconnaître que le résultat, d'un point de vue architectural au moins, vaut le détour. Ces grandes demeures, avec leurs balcons ornés, leurs façades acidulées et leurs formes alambiquées, ont toutes un petit quelque chose qui les fait ressembler à des palais miniatures. Je ne peux pas en dire autant des immeubles en béton sur deux ou trois étages qui commencent à envahir à leur tour le paysage. Pour certains, les couleurs vives qui les habillent rattrapent un peu le résultat final.

Des femmes en sari arpentent les bords des routes, jeunes et vieilles, avec des paniers d'osier remplis de ces pierres rouges, ou briques, que l'on trouve un peu partout à Goa empilées en tas, attendant d'être transportées. Partout, que ce soit à Chapora, Anjuna, Siolim ou ici, les nouvelles constructions jaillissent du sol comme des champignons. D'ici quelques années, ce paradis sauvage aura changé de visage. D'ailleurs, il n'a déjà plus rien à voir avec ce qu'il était avant que touristes et hippies ne viennent y poser leurs valises et leur musique dans les années 1970. J'aurais aimé connaître Goa à cette époque, encore vierge de toute cette consommation qui pullule un peu partout.

La route s'élève et se courbe légèrement avant d'entamer une longue ligne droite sur un plateau qui surplombe l'océan, ouvert sur la gauche. Si seulement j'avais une moto, je pourrais avaler l'asphalte qui se déroule sous mes roues, cheveux au vent, mais mon scooter pétaradant n'est pas du même avis.

Un camaïeu de rose et de rouge ardent commence à colorer le ciel lorsque j'arrive à Arambol. Je suis les indications de Shani jusqu'à un chemin en terre qui slalome entre les cocotiers. Je dépasse un superbe banian, bien plus épanoui et tentaculaire que celui de Chapora, et roule pendant cinq bonnes minutes, entourée d'une végétation touffue et dense, avant d'émerger non loin d'un petit canal qu'enjambe un pont en bambou. Une ou deux maisons – « huttes » serait un mot plus juste – apparaissent çà et là entre les arbres. Je suis trop novice pour reconnaître les différentes espèces, mais je sais au moins que la prolifération de manguiers promet de belles récoltes, juteuses et sucrées.

Je suis soulagée de rejoindre un chemin plus large, même si toujours en terre, car je commençais à craindre la chute, quasi-inévitable sur ce sentier de bosses et de trous. Le lieu où j'atterris est un écrin dissimulé au cœur de la jungle, et à peine l'ai-je aperçu que je sais déjà que j'y resterai. Des constructions en bambou et feuilles de cocotiers tressées s'articulent autour d'un autre majestueux banian, entouré de nattes et de matelas où se prélassent quelques hippies enveloppés d'un nuage de haschich. Non loin, dans un large cercle creusé dans la terre, un feu ronfle et crépite en exhalant un parfum entêtant de citronnelle et de santal. Des loupiotes et des lanternes, accrochées en guirlande, se balancent d'une habitation à l'autre ; j'en déduis qu'il doit y avoir un peu d'électricité sur place, même si, plantées dans le sol, des torches attendent la nuit pour être allumées. Une hutte sans parois, seulement protégée par un toit de feuilles, abrite ce qui ressemble à une cuisine assez rudimentaire, tandis qu'une autre accueille une dizaine de hamacs, pour certains déjà occupés par des formes endormies.

Un Indien d'une trentaine d'années s'avance à ma rencontre, tout sourire, cheveux longs et habits bariolés, et se présente comme le gérant du lieu. Lui, Vijay, et sa femme Rani, m'explique-t-il, sont originaires de Goa et ont ouvert cet endroit il y a quelques années sur le terrain familial, pour en faire le petit bijou que je contemple non sans stupeur. Shani et Diana n'avaient pas exagéré en disant que le lieu avait un air de paradis.

— Tu as de la chance, une de nos huttes s'est libérée ce matin ! Tu veux ?

J'acquiesce vivement, reconnaissante pour mon bon timing, et le suis non sans avoir rendu son salut au petit groupe de résidents regroupé sous le banian.

Les huttes sont disséminées dans la végétation luxuriante et étudiée du lieu. Plantes vertes et fleurs de toutes sortes explosent de couleurs et de parfums entre les allées ; bosquets d'hibiscus, de jasmin, de bougainvilliers, oiseaux de paradis et autres merveilles, dans un doux mélange ordonné et sauvage à la fois.

— Ici, pas d'eau courante ni d'électricité, à part autour de la hutte commune.

Je hoche la tête, indifférente au manque de confort largement compensé par la beauté de l'endroit. Il me montre un petit sentier qui s'éloigne à droite du banian.

— C'est là que tu trouveras les cabines de douche et les toilettes. Pas de chasse d'eau ni de papier, tu utilises une petite cruche que tu remplis dans un seau pour te nettoyer et verser dans les toilettes, comme chasse d'eau. D'accord ?

— Oui, pas de problème, je connais. Et je suppose que c'est pareil pour la douche ? Une cuve remplie d'eau et une cruche ?

— Oui, oui.

— C'est parfait. Un mois et demi que je suis en Inde et je n'ai toujours pas pris de douche chaude, je commence à m'y faire !

Vijay rit et dodeline de la tête.

— Si tu y vas en fin d'après-midi, les cuves auront un peu chauffé avec le soleil.

Je le remercie du conseil et nous marchons encore quelques minutes avant qu'il ne tende le bras, tel un prince devant son palais.

— Et voici ton humble demeure !

La hutte en bambou, comme toutes celles aperçues depuis que j'ai mis les pieds dans ce coin de paradis, ressemble à celle de mes rêves, au moins de l'extérieur, et je lâche un sifflement admiratif. Sur des pilotis bas, quelques marches permettent d'accéder à une étroite terrasse couverte avant de pénétrer à l'intérieur. Tout est fait en bambou et feuilles de cocotier, de la porte jusqu'au plafond, et l'ameublement est des plus simple. Sous le voile d'une moustiquaire blanche et vieillotte, le lit est à même le sol, sûrement bourré de fibre de coco et enrobé d'un tissu épais. La literie est une tenture aux motifs psychédéliques bon marché comme on en trouve au *flea market* d'Anjuna, et le seul oreiller a l'air aussi vieux que moi. En somme, c'est parfait.

J'abandonne mes affaires, emportant seulement ma guitare, et me précipite vers la plage en suivant les indications de Vijay. Si je me dépêche, je pourrai profiter de la fin du coucher de soleil. Le sentier qui quitte la guest house débouche sur une étendue dégagée où seuls quelques cocotiers s'élèvent vers le ciel. Au-delà, deux cabanes de pêcheurs rudimentaires marquent l'entrée de la plage. Elle est grandiose. Je ne la pensais pas aussi grande et longue. À gauche, je n'en vois presque pas le bout. À droite, en revanche, je distingue ce qui doit être le cœur du village d'Arambol, avec ses restaurants sur la plage et ses guest houses suspendues à la falaise.

Des accords de guitare se faufilent jusqu'à moi et un chatouillis agite mon estomac. C'est une blague, ce n'est pas possible. Et pourtant si. Je scrute la plage et les alentours sans y croire, mais mes oreilles ne me trompent pas. Ni mon ventre qui fait des cabrioles, ni mon cœur qui s'emballe comme un fou. Je m'avance, guidée par la douce mélodie, pour découvrir, adossé contre le tronc d'un cocotier, sous un chapeau que je connais déjà trop bien, celui-là même que je pensais fuir en venant ici. Dois-je rire ou pleurer, je n'en suis pas bien sûre. Ce qui est certain, c'est que je ne peux pas repartir, pas maintenant. J'y suis, j'y reste.

9.

Riley

Irlande, août 2019.

À MON RÉVEIL, deux réponses négatives et une positive m'attendent sur l'application CouchSurfing de mon smartphone. J'ai passé la soirée, après être rentrée de l'aéroport, à éplucher les profils pour trouver des hôtes avec qui je serais susceptible de bien m'entendre. Je suis contente, celui qui a accepté, un certain Dáire, était mon premier choix. Brun, le visage rond et avenant sous une barbe épaisse, il a l'air aussi sympa qu'intéressant. D'après son profil, il a vingt-huit ans, aime la littérature, la musique rock et le cinéma, et je le soupçonne d'être un peu geek sur les bords. En somme, tout ce que je demande à un ami potentiel. Il va juste falloir que j'apprenne à prononcer son prénom correctement.

Il accepte de m'héberger dès aujourd'hui, pour une durée flexible à déterminer ensemble, et propose que l'on se retrouve en fin de journée. Nous convenons de nous rejoindre à dix-sept heures au Starbucks près du Trinity College. Il m'explique qu'il partage une maison dans le quartier de Kimmage, à une vingtaine de minutes du centre-ville en bus, avec deux colocataires, un frère et une sœur, musiciens eux aussi. La joie, quoi. Que demander de plus ? Dans le genre aubaine, je ne pouvais pas rêver mieux. Cliché ou non, le fait est que les Irlandais ont la musique dans le sang.

Ravie de cette nouvelle de bon matin, je me replonge sous le drap et profite du calme relatif du dortoir pour me rendormir. L'image de Rory se faufile et flotte sous mes paupières, puis l'écho de son sourire beaucoup trop craquant, de son rire franc, de ses mains, de son corps… Merde, son souvenir me colle à la peau. Je vais pas me mentir, maintenant que je sais que je reste en Irlande, je regrette de ne pas lui avoir laissé mon numéro. Rien que de penser à lui, je suis toute chose.

Sauf que c'est pas le moment, pas du tout. J'ai une enquête à mener, un père à retrouver, et pas le temps de me préoccuper d'une amourette de vacances. Je chasse donc tant bien que mal cette présence inopportune, trop obsédante, trop encombrante, et pousse mon esprit vers d'autres priorités, comme le fait de profiter d'un peu de sommeil supplémentaire.

J'émerge vers dix heures, juste à temps pour prendre une douche et débarrasser mon lit. Je laisse mon sac à la consigne en me faisant la réflexion que je risque d'être à court de vêtements pour un séjour longue durée. Ceci dit, dans une grande ville comme Dublin, il doit bien y avoir une ou deux friperies bon marché où je pourrai trouver mon bonheur. Même en voyage, je refuse de déroger à mes principes et d'acheter des vêtements neufs – laine exceptée.

Ce qui va réellement me manquer, qui me manque déjà, d'ailleurs, c'est ma guitare. Cinq jours, passe encore, mais plus longtemps séparée d'elle va être une véritable torture. J'espère qu'à la coloc, ils en ont une que je pourrai grattouiller un peu. Rien ne m'apaise plus que de jouer, et il se passe rarement plus de quatre jours sans que je plaque quelques accords.

Au moins, il me reste ma voix, mais ça ne me détend pas autant que lorsque je pince les cordes de ma folk, et en ce moment, je suis particulièrement stressée.

Je m'installe au café où nous avions pris nos petites habitudes et l'absence d'Astrid me pèse soudain plus fort que je ne l'aurais cru. Pourtant, je suis heureuse de vivre ma première expérience de voyage en solo, même si ce n'est pas à l'autre bout du monde comme je l'avais imaginé. J'ai toujours pensé que mon baptême du monde se ferait dans la fourmilière humaine et culturelle qu'est l'Inde, dans ses effluves d'épices et d'encens, comme ma mère avant moi. Je me voyais partir, sac sur le dos, marchant sur les traces de mes parents, mais l'Irlande est tout aussi bien, et beaucoup plus douce pour une entrée en matière. Ce n'est qu'une question de mois avant que je ne m'envole vers l'Asie, au grand désespoir de ma mère. Sur ce coup-là, elle m'a bien surprise, en faisant preuve d'une rigidité à toute épreuve. Je peux la comprendre, en même temps. C'est là-bas qu'elle a perdu les deux grands amours de sa vie. Enfin, non.

Ma nouvelle réalité s'impose à moi comme un coup de poing. Mon père est vivant. Il n'est pas mort en Inde, ce matin fatidique où la vie de ma mère a basculé. Il est là, quelque part, et je vais le retrouver. Un jour, j'entendrai sa voix. Un jour, je contemplerai de mes propres yeux la fossette au coin de son sourire dont j'ai hérité, et qui faisait fondre ma mère à tous les coups. Un jour, je ne serai plus la fille de personne. Je serai enfin, et pour toujours, la fille de mon père. De mon papa. Peut-être qu'il est devenu fou, ou con, peut-être qu'il va me repousser. C'est possible, je m'en fous. Il sera là. Il existera, dans toute sa splendeur ou sa noirceur, peu m'importe. Je pourrai même le détester si je veux. Rien que ça, c'est plus que je n'aie jamais espéré.

Je passe mon début d'après-midi au Art Café, alternant thé et *latte*, le nez rivé sur mon smartphone et mes recherches Internet. Je fais des listes de pubs à visiter, j'essaye de découvrir une trace de mon père, d'un chanteur, d'un artiste, d'un lieu quelconque qui pourrait se référer à un certain Nobody, mais je ne trouve absolument rien. Pas même une petite vidéo YouTube, ce que j'espérais secrètement. Je me tâte à aller faire un tour dans les quartiers où on peut rencontrer des *travellers* semi-sédentaires, mais pour l'instant j'ai beaucoup trop la trouille pour ça. C'est con, je le sais. C'est des préjugés débiles, ils ne vont pas me bouffer. Je range l'idée dans un coin de ma tête, pour plus tard, peut-être. En dernier recours.

Déjà, une tournée des pubs musicaux de Dublin s'impose, sauf que l'idée de le faire seule est beaucoup moins amusante qu'avec Astrid. Avec un peu de chance, mes hôtes seront partants pour m'accompagner. Plus la journée passe, plus j'ai hâte de les rencontrer. Je profite quand même d'être tout près pour faire un arrêt au Celt, que Willy a cité comme l'un des pubs où mon père aurait joué, mais je n'obtiens qu'une réponse vague et incertaine de la part du gars qui bosse là-bas depuis presque cinq ans. Encore une fois, on m'invite à revenir un jour où le patron est là pour lui demander, en l'occurrence mardi prochain. Je note la date sur mon carnet et me dirige d'un pas alourdi par mes échecs consécutifs en direction du Trinity College.

Je retrouve Dáire au Starbucks, comme convenu, et aussitôt j'apprécie son air bonhomme et la sympathie sincère qui se dégage de lui. Grand et charpenté, avec un léger embonpoint que laissaient deviner ses joues rondes, il est fidèle à la photo de son profil. Il me gratifie d'un grand sourire sous sa barbe brune aux reflets auburn et me tend une main chaleureuse.

— Hey !

— Hey, euh, Da…

Et je m'interromps là-dessus. Quelle conne, j'ai oublié de vérifier la manière de prononcer son prénom. Mais il n'a pas l'air si surpris, et plutôt amusé.

— T'inquiète, tu n'es pas la première à hésiter. Ça se prononce Dara, comme le prénom dans sa forme anglicisée, mais mes parents ont préféré choisir l'orthographe ancienne, qui n'est plus du tout usitée de nos jours.

— C'est noté ! Moi, c'est Riley.

Nous nous installons autour d'un cappuccino, mon cinquième de la journée, et commençons à faire connaissance. J'apprends ainsi avec une surprise et une admiration non dissimulées qu'il est écrivain, qu'il a déjà publié les deux premiers tomes d'une saga fantasy qui récolte un joli succès en librairie, qu'il écrit aussi des scénarios pour des jeux vidéo et joue de la basse dans un groupe de rock. En somme, nous avons tout ce qu'il faut pour nous entendre et occuper de longues heures de discussion.

— Tu as travaillé sur quels jeux ? Peut-être que je connais.

— Ça m'étonnerait, ce sont des petits jeux de créateurs indépendants qui n'ont pour l'instant pas été traduits dans d'autres langues. Mais quand on sera à la maison, je te montrerai, si tu veux.

J'accepte avec un enthousiasme non feint, et m'enquiers, mine de rien, des instruments dont jouent ses deux colocataires, avec l'espoir muet qu'une guitare que personne n'utilise m'attende dans un coin poussiéreux.

— Ils jouent tous les deux de la guitare et du piano. Enfin, surtout Peter, qui est un vrai musicien dans le sens où il fait régulièrement des concerts et va bientôt enregistrer son premier album, alors que sa sœur, Amy, est surtout chanteuse et n'a pas pour ambition de faire une carrière musicale. En tout cas, tu verras, ils sont vraiment super sympas tous les deux.

— Vous êtes amis depuis longtemps ou vous vous êtes rencontrés pour la coloc ?

— Avec Peter, qui a le même âge que moi, on se connaît depuis six ou sept ans. Amy est sa petite sœur, elle a dix-huit ans comme toi. On s'est mis en colocation ensemble il y a peu, quand elle a décidé de quitter la maison de leurs parents dans la banlieue de Dublin.

Nous papotons pendant une petite demi-heure encore avant d'aller prendre le bus. Comme à chaque fois, je suis surprise par la discipline des Irlandais qui font sagement la queue à l'arrêt et montent les uns après les autres sans se presser.

Une fois installés à l'étage du bus, nous continuons notre conversation et j'apprends que Dáire est originaire d'une petite ville du Donegal, une région située au nord-est de l'Irlande qui m'attire particulièrement pour sa nature sauvage et authentique.

— Ça explique en partie le choix de mes parents pour mon prénom. C'est une région où l'irlandais est encore beaucoup parlé par la population. Ma mère l'enseigne à l'école du village, et ils m'ont élevé en privilégiant cette langue plutôt que l'anglais.

Je pense aussitôt à Rory, qui aurait adoré entendre ça, et mon cœur se serre à nouveau d'un léger regret. La discussion continue sur des sujets divers et variés, allant de mes goûts musicaux à mes envies de voyage, en passant par mon instrument de prédilection : la guitare. Le moment arrive où Dáire cherche à savoir ce qui m'amène à rester à Dublin si longtemps au lieu de visiter le reste de l'Irlande, et je me décide à le lui raconter. C'est la première fois que j'évoque cette nouvelle réalité à voix haute avec quelqu'un que je ne connais pas, et ça me fait un drôle d'effet. Je pensais avoir plus ou moins digéré la nouvelle, mais en énonçant ce qui m'obsède depuis deux jours, mon cœur s'emballe encore.

— Excellent, c'est digne d'un roman, ton histoire ! Tu peux compter sur moi pour t'aider. Par contre, pour la tournée des pubs, il faudra voir ça avec les deux autres, parce que ce n'est vraiment pas mon truc. Surtout que je ne bois quasiment pas d'alcool. Mais autant Peter qu'Amy seront ravis, je pense, de t'accompagner. En vrais Dubliners, et musiciens de surcroît, ils connaissent toutes les bonnes adresses.

Je retiens une danse de la joie et remercie silencieusement ma bonne étoile. Nous descendons en face d'un petit parc alors qu'une pluie légère trempe la chaussée et résonne d'un bruit sourd sur les bords de mon chapeau. Nous traversons le square pour rejoindre une rue où s'alignent des maisons tantôt individuelles entourées de jolis jardins, tantôt mitoyennes, arborant pour la plupart des façades blanches bordées de briques rouges, les fenêtres peintes d'un ravissant bleu céruléen. Je déduis de l'allure et de la taille des habitations que nous ne sommes pas dans un quartier pauvre, mais plutôt dans un coin résidentiel de classe moyenne, et je croise les doigts pour que leur maison soit pourvue de bow windows, ces fenêtres en saillie typiquement anglo-saxonnes sous lesquelles sont souvent disposées des banquettes confortables, parfaites pour lire en savourant une tasse de thé, pour jouer de la musique ou regarder tomber la pluie, tout simplement.

— Amy travaille jusqu'à vingt-deux heures ce soir, et ensuite elle dort chez son copain, donc tu ne la verras que demain. Par contre, Peter sera sûrement là. Et avec un peu de chance, il aura cuisiné un bon petit plat. Tu verras, c'est un sacré cordon-bleu.

Quand nous passons la porte, Dáire lance un *hello* sur un timbre haut perché, dans une parfaite imitation de vieille bourgeoise anglaise, et le contraste entre sa voix fluette et son allure d'ours norvégien me fait pouffer de rire. Une voix provenant du salon lui répond sur le même ton, et une bouille de lutin s'affiche dans l'entrebâillement de la porte.

Mince et agile, un peu plus petit que moi, Peter a tout l'air sorti d'un conte irlandais avec ses cheveux blond vénitien en bataille, son œil espiègle et son énergie à la fois pétillante et étrangement mystérieuse. Son nom, d'ailleurs, lui va comme un gant. Il se serait appelé Peter Pan que je n'aurais pas bronché. D'après ce que m'en a dit Dáire, il travaille à mi-temps au musée du Leprechaun en tant que guide et conteur. À mon avis, personne n'a jamais eu autant la tête de l'emploi que lui.

Il met aussitôt de l'eau à chauffer pour un thé tandis que son colocataire plonge un nez gourmand dans la marmite qui couve sur le feu. Un débat amusé s'engage sur l'utilisation du sucre et du lait dans le thé noir. Tandis que je ne peux imaginer en boire sans, tout comme Dáire, Peter soutient qu'un vrai puriste le consomme sans rien y ajouter.

Les deux Irlandais sont aussi sympathiques et accueillants l'un que l'autre, et je réfléchis déjà à ce que je pourrais faire pour les remercier de leur hospitalité.

Après le thé, ils me font visiter les lieux. Au rez-de-chaussée, la moitié du salon est occupée par des instruments. Contre le mur, à droite de la cheminée malheureusement condamnée, je repère un piano synthétiseur et un micro sur pied. Dans un autre coin, une basse, quatre guitares dont une électrique et une folk, une caisse en bois que j'identifie comme un cajón, et deux djembés. Peter semble ravi de découvrir en moi une future camarade pour un bœuf musical, et sans même que je n'aie à le demander, il m'invite à utiliser à ma guise l'une des guitares dont lui ne se sert plus. J'ai envie de lui sauter au cou pour l'embrasser et je me retiens de justesse.

Nous continuons vers la véranda, transformée en jungle d'intérieur, avec tout juste assez de place pour un canapé en osier, une table basse et de quoi étendre le linge. Puis le jardin, pas bien grand, séparé des autres par une simple palissade en bois et couvert d'une herbe épaisse, d'un vert vif qui fait du bien au milieu du paysage urbain.

À l'étage, enfin, se trouvent les trois chambres et la salle de bains.

— Pour ce qui est du couchage, m'annonce Peter en montant les escaliers recouverts de moquette, tu as le choix entre le canapé inconfortable du salon ou le lit de camp de la buanderie, avec en prime le ronronnement de la machine à laver certains soirs et le bruit de la chasse d'eau et de la douche le matin.

Il ouvre la porte, coincée entre la salle de bains et la chambre de Dáire. J'observe la pièce minuscule et me dis que c'est de toute façon mieux qu'un dortoir bondé et hors de prix. Au moins, c'est une odeur de lessive qui flotte ici, pas de sueur et de chaussettes sales.

Plus tard dans la soirée, j'apprends, impressionnée, que Peter a une performance prévue la semaine prochaine au Smock Alley Theatre. Fondé en 1662, puis transformé en église catholique avant d'être rétabli comme théâtre en 2012, c'est l'une des salles de spectacle les plus en vogue de Dublin.

— Et tu y joues seul ?

— Oui, mais pour ce projet, je collabore avec une amie danseuse, qui fait aussi du cirque. Elle va faire différentes chorégraphies pendant que je chanterai.

— Classe, j'ai hâte de voir ça.

Tandis qu'avec Dáire je partage mon amour du rock et de la musique punk, avec Peter, c'est plutôt celui de la folk et du post-rock. Dans tous les cas, que ce soit avec l'un ou l'autre, les possibilités de discussion sont sans fin.

Dáire m'encourage à raconter mon histoire à Peter, et je termine en leur montrant la photo de mon père. Je réprime un soupir déçu quand ils m'affirment ne l'avoir jamais vu. Ça aurait été trop beau.

— Et donc, tu as décidé de rester à Dublin pour mener ton enquête et essayer de le retrouver ?

— Exactement. Je vais commencer par faire le tour des pubs où il a pu jouer, et puis je verrai bien où ça me mène…

10.

Marianne

Inde, novembre 1999.

JE ME SUIS FIGÉE, comme une biche prise dans les phares d'une voiture. À la différence que les phares sont deux grands yeux sombres. Il est aussi surpris que moi de me voir ici. Il m'observe, amusé, par-dessous les bords de son chapeau, sans interrompre la mélopée de sa voix qui baigne l'atmosphère, avec ce sourire en coin qui me fait fondre. Sans m'inviter à venir, mais sans briser le contact non plus, il attend mon choix. J'aime nos conversations muettes. C'est peut-être une des choses que j'aime le plus chez lui, chez nous, cette manière que nous avons de nous comprendre à mi-mot, de nous ressentir.

Je m'installe à ses côtés contre le tronc couché du cocotier, face à l'horizon écarlate. Je ne vais pas m'enfuir maintenant. Autant accepter l'inévitable et étrange providence qui me ramène à lui.

Les paroles, sublimes, s'égrènent dans l'atmosphère. Elles parlent de nous, pour nous. Pour ces jours uniques, hors du temps. Ces jours de danse sans fin et de promenades au crépuscule. *These Are The Days* est l'une de ses préférées. Il la joue souvent, et je ne m'en lasse pas. Avant de le rencontrer, je ne connaissais pas Van Morrison, et c'est une très belle découverte. Il continue avec une autre de Morrison, *Tupelo Honey*, et mon cœur vibre un peu plus fort encore. Je ferme les yeux, reposant mon dos et ma nuque contre le tronc lisse et rond, bercée par la chaleur de sa voix et de la mélodie.

Peu après, alors que l'obscurité déploie sur nous sa caresse, je sors à mon tour ma guitare de son étui. Je ne réfléchis pas longtemps à la chanson que je veux interpréter, et mes doigts se positionnent sans attendre. Le soleil a disparu dans l'océan, le ciel s'est assombri, les oiseaux abandonnent le ciel pour la nuit. Sur cette rive déserte qui n'appartient qu'à nous, le temps suspend sa course.

For who knows where the time goes?
And I am not alone while my love is near me
*And I know it shall be so until it's time to go**

Un silence paisible s'installe lorsque je termine la chanson. Nobody observe l'horizon, recueilli dans ses pensées, et je prends cela comme une invitation pour continuer avec une autre composition de Sandy Denny, cette artiste de génie partie trop tôt, comme tant d'autres, et qui a joué un rôle si grand dans mon rapport à la musique.

La nuit a déployé son lit d'étoiles lorsque je cesse de jouer. Elle se reflète dans les vagues qui lèchent le sable,

* Toutes les chansons sont traduites en fin d'ouvrage.

dans l'étendue sombre qui disparaît au loin. Alors que je m'apprête à poser la guitare sur mes genoux, Nobody chuchote, sans se tourner vers moi, les yeux abandonnés au firmament.

— Ne t'arrête pas, s'il te plaît...

Je l'observe, lui et la mélancolie qui habille son visage. Un élan de tendresse m'étreint. Je me détourne et retrouve la sérénité à travers les paroles de Janis Ian qui se faufilent en moi, et sa voix claire et pure, intemporelle.

Stars, they come and go
They come fast or slow
They go like the last light
Of the sun, in a blaze

Le silence nous enveloppe à nouveau, contemplatif, à peine perturbé par le roulis tranquille des vagues et le murmure du sable se retirant sur la grève. J'essuie les traces de larmes salées sur mes joues. Cette chanson a toujours l'art de me faire pleurer, si triste, si belle. Son étreinte vaporeuse rejoignant les étoiles auxquelles elle appartient.

La lune qui nous contemple appelle une dernière chanson, « *Harvest Moon* », de Neil Young, et Nobody m'accompagne, tantôt de son harmonica, tantôt de sa voix chaude et grave. Peut-il exister au monde d'instant plus parfait ?

La fatigue se rappelle à mon corps. Plonger dans le sommeil comme dans un bain chaud, et m'y abandonner. Je range délicatement ma guitare dans son étui, chaque geste conservant l'empreinte mesurée et paisible de la soirée. Bouger me semble presque un sacrilège, mais la torpeur de mon esprit exige la douceur d'un lit.

Nobody se tourne vers moi et me regarde avec une expression indéchiffrable, baignée par la nuit et la lueur timide des étoiles. Il écarte une mèche de mon front, pose une main chaude et douce contre ma joue. Je frissonne, non pas de froid, mais d'une sensation entre le désir et cette délicieuse appréhension que l'on ressent juste avant de s'élancer d'un très haut plongeoir. J'appuie mon visage au creux de sa paume, ferme les yeux et inspire le parfum musqué qu'exhale sa peau.

Son visage se rapproche du mien. Ses lèvres effleurent les miennes, si familières, si inconnues pourtant. Notre baiser s'étire, se radoucit, s'exalte à nouveau pour mieux savourer l'accalmie qui suit, avant de reprendre, plus intense encore. Je refusais de l'admettre, mais je n'ai plus le choix, je le sais : je n'ai jamais voulu m'éloigner de lui, bien au contraire.

L'embrasser est un duo alchimique, une transformation des corps, une fusion des éléments. Être à ses côtés est la seule chose qui ait du sens en cet instant, et lutter ne servirait à rien.

Il entoure ma taille et me soulève avec délicatesse pour m'installer à califourchon sur lui. Son bras épouse mon dos jusqu'à saisir ma nuque, mon corps s'arque contre le sien.

Avec douceur, je déboutonne son pantalon et relève légèrement ma robe. Nos jouissances se rejoignent en une même explosion et nous restons ainsi un moment, blottis dans notre bulle de plénitude.

Aucun mot n'exprime ce qui m'habite face à lui, avec lui. Je doute de comprendre, et ça m'est égal. Je ne peux lutter contre les émotions qui m'enveloppent, pour obéir à celle en moi qui veut fuir, pour me persuader que cette fusion n'est pas ce à quoi j'aspire.

Mon besoin impérieux de sommeil me rappelle à lui et j'ai presque l'impression de m'évanouir là, contre lui, son sexe encore en moi. Je fais un effort titanesque pour me redresser, et je retombe dans son regard où se reflète la lueur des étoiles. Cette fois notre baiser est doux, langoureux, libre du désir brûlant qui l'embrasait. Un pur délice auquel je m'arrache avec difficulté.

— J'ai besoin d'aller m'allonger, je suis épuisée.

Cette considération si prosaïque sonne comme une fausse note dans la bulle irréelle de notre étreinte. Nobody pose son front contre le mien. Il égare sa main chaude dans mes cheveux et masse délicatement ma nuque. Des frissons de délice me parcourent l'échine, mais je m'écarte néanmoins.

— Si tu fais ça, je vais m'endormir là, tout de suite, dans tes bras.

— Ça ne me dérangerait pas, murmure-t-il.

— Tu ne seras pas de cet avis quand tu devras nous porter, moi et nos deux guitares.

— Voilà une pensée bien pragmatique, rigole-t-il, mais tu as raison.

Nous nous levons en réajustant nos vêtements et prenons la direction des huttes, de l'autre côté de la cocoteraie baignée par la lumière blanche de la lune presque pleine et le chant de la nuit. Des parfums de fleurs, d'épices et de fruits mûrs flottent dans l'air humide et chaud, et je me gorge à pleins poumons de ces senteurs de paradis.

Nobody bifurque vers une des huttes que je suppose être la sienne, et apparemment s'attend à ce que je le suive sans réfléchir. Il ne m'a même pas demandé ce que je faisais ici, et je ne lui ai pas posé la question non plus. Cela fait un moment que j'ai cessé de m'interroger sur les synchronicités dont ce pays a le don.

— Bonne nuit.

Il se retourne, l'air surpris. J'ajoute :

— Ma hutte est un peu plus loin. On se verra demain, je suppose ?

Il hoche la tête, visiblement déstabilisé par ma réaction, semble hésiter, puis revient lentement sur ses pas jusqu'à se tenir face à moi. Il saisit une mèche de mes cheveux qu'il entortille autour de son doigt avant de la placer derrière mon oreille. Il contemple mon visage comme pour en apprendre les traits par cœur. Se penche, me frôle, m'embrasse, m'attire contre lui d'un bras ferme au creux de mon dos. Je frissonne, me tends vers lui. Mon corps lui répond sans mon accord, s'échauffe déjà à nouveau, mais pas seulement de désir, non. D'une autre sensation que je ne connais pas, mais qui me parcourt tel un courant électrique irriguant mes veines jusqu'à mon cœur. Ses lèvres charnues aiguisent mon appétit de lui, mais la fatigue revient peser sur mes membres, mes paupières, mes gestes. Nobody le sent et relâche son étreinte, sans pour autant s'éloigner.

Ses yeux me posent mille questions silencieuses, et je sais qu'il m'aimerait près de lui cette nuit. Je le sais, car moi aussi. Mais, j'hésite. Pourquoi ? Je l'ignore. Je n'ai pas le moindre argument à opposer au fait de m'endormir à ses côtés. En réalisant cela, je cesse de lutter. Je glisse ma main dans la sienne, et je désigne sa hutte du menton.

— Allons dormir.

Ma déclaration lui fait esquisser un sourire et il m'entraîne à sa suite sur les marches en bambou. Il ouvre la porte et désigne son intérieur d'un geste ample.

— Mon humble demeure, *belle demoiselle.*

Je lève un sourcil agréablement surpris. J'ignorais qu'il connaissait quelques mots de français, aussi bien prononcés de surcroît. Un rire s'échappe de sa gorge et il hoche la tête, malicieux.

— Je suis un homme plein de surprises, *chère* Marianne…

Je ris à mon tour en l'entendant prononcer mon prénom avec un faux accent français, absolument adorable.

— J'aime beaucoup ton prénom. C'est une de mes chansons préférées de Cohen.

— À ma mère aussi. Et ma sœur s'appelle Suzanne. On reconnaît aussitôt la fan.

— C'est d'elle que tu tiens ton amour de la musique ?

— Oui, en partie.

Mon regard se voile en songeant à ma mère et je me détourne pour reprendre contenance. Un deuil aussi douloureux prend-il jamais fin ?

J'écarte les pans vaporeux de la moustiquaire et m'assois pour retirer les lanières en cuir de mes sandales qui s'enroulent autour de mes mollets. Sans pudeur, je retire aussi mes vêtements et m'allonge, nue et alanguie, prête à me laisser emporter dans les bras de Morphée et de mon tendre amant. Je l'entends néanmoins me demander si j'ai faim alors qu'il se penche au-dessus de moi, et je hoche la tête sans parvenir à rouvrir les yeux. Il ne doit pas être plus de vingt heures, mais mon corps est déjà en veille. Sauf mon ventre, qui s'agite furieusement.

— Je reviens dans pas longtemps.

Nobody dépose un baiser léger sur mon front, referme la moustiquaire autour du lit et s'éloigne au-dehors. Mon ventre, impatient, lâche un gargouillis bruyant avant que le sommeil ne m'emporte.

J'émerge, les narines frétillantes, pour découvrir deux assiettes fumantes sous la lueur d'une bougie, disposées sur la table basse devant le lit. Nobody se glisse contre mon dos et m'embrasse la nuque, déclenchant une vague frissonnante de désir jusqu'à mon ventre où sa main se balade négligemment. Il est nu, et la suite s'enchaîne de manière aussi fluide qu'évidente, même si mon estomac proteste, lui qui n'aspire qu'à dévorer le plat qui me fait de l'œil juste en face. Notre étreinte langoureuse, dans le confort d'un lit pour la première fois, est enrobée de la torpeur moite de mon récent sommeil. La lenteur de notre union rend d'autant plus délicieuse la jouissance qui la couronne. Nous restons entrelacés un moment avant que la faim qui me tiraille ne brise notre bulle de plaisir. Je hume le fumet qui s'échappe de l'assiette et ne peut réprimer un gémissement.

Je ne suis pas le genre de fille qu'on peut prendre par les sentiments. Par l'estomac, par contre, la réussite est quasiment assurée.

— Qui a cuisiné ça ?

— Moi.

— Toi ?

Je me tourne vers lui avec une moue suspicieuse, mais il semble sincère.

— C'est une cuisine commune, donc ouverte à tous. Et ce que j'ai fait n'est pas bien compliqué. Je pourrai t'apprendre, si tu veux. Bananes plantain, graines de moutarde, curd, piment, curcuma et feuilles de cari, et ça cuit en quinze minutes à peine. J'ai fait du riz au cumin pour aller avec.

— Magnifique…

Voilà, je suis conquise. Ce n'était pas si difficile, finalement, il suffisait de me cuisiner de la bouffe indienne. Je m'approche de l'assiette, narines palpitantes et salive en bouche, et commence à mélanger un peu de riz à la préparation.

— Ah, super, je vois que tu as l'habitude de manger avec les mains, parce que j'ai complètement oublié les couverts, lance-t-il en s'asseyant en tailleur en face de moi.

— Oui, j'adore ça. Au début j'ai eu un peu de mal, je m'en mettais partout, mais maintenant, je ne peux plus m'en passer. C'est tellement plus agréable et sensitif de manger comme ça.

— Je suis bien d'accord.

J'enfourne la première bouchée et pousse un soupir de plaisir, la tête rejetée en arrière. J'engloutis le reste de l'assiette sans autre forme de procès et m'écroule en arrière sur le lit une fois le ventre plein.

Nobody souffle la bougie et je sens le matelas s'affaisser sous son poids quand il se couche à mes côtés. Je mobilise les quelques forces qu'il me reste pour me lover contre lui, ignorant la chaleur qui pèse déjà sur la chambre. Il embrasse mon front, mes yeux clos, mes tempes brûlantes, et, dans un murmure me souhaite une douce nuit. Je pourrais lui répondre, mais je n'en ai pas la force.

Son odeur musquée imprègne les draps, les oreillers, mon corps tout entier, et j'enfouis mon nez contre son torse pour mieux m'en enivrer encore. Je ne me souviens pas avoir déjà eu un amant qui sente aussi bon. Sur cette pensée, ou une autre peut-être, je sombre à nouveau dans un lourd sommeil.

Ce sont les accords de sa guitare qui m'éveillent le lendemain, non les rayons du soleil qui percent difficilement entre les interstices des cloisons en feuilles tressées. Je ne le distingue nulle part dans la pénombre étouffante de la chambre. J'en déduis qu'il est assis sur la petite terrasse de devant. Je m'étire d'un bout à l'autre du lit, me laissant bercer par sa voix toujours aussi belle, même étouffée par la paroi qui nous sépare. Je crois reconnaître « *A Hard Rain's a-Gonna Fall* », l'une de mes préférées de Bob Dylan, autant pour sa poésie que pour sa mélodie, et je souris malgré moi. Il collectionne les bons points. Je bâille à m'en décrocher la mâchoire et m'enroule d'un longhi avant de le rejoindre dehors. Je ne m'étais pas trompée, c'est bien une reprise du roi de la folk qu'il interprète, et même si à mes yeux aucune voix ne pourra remplacer celle de Dylan, je dois reconnaître qu'il lui fait honneur.

Les cheveux en bataille sous son chapeau toujours fidèle au poste, il remarque ma présence et entame une nouvelle chanson, de Donovan cette fois-ci, dont les paroles si bien adaptées au moment me font sourire. Je m'installe sur l'un des coussins délavés qui jonchent la terrasse, j'avale quelques gorgées du thé tiède posé devant lui et lance ma voix aux côtés de la sienne.

Yellow is the colour of my true love's hair,
In the morning, when we rise,
That's the time, that's the time,
I love the best.

Après un petit déjeuner à l'ombre du grand banian, composé d'un chaï, de curd et d'une délicieuse omelette au piment, nous plongeons dans notre musique, occultant le monde et la course du soleil qui s'étire audessus de nous. Parfois en duo, d'autres fois seuls, nous interprétons autant nos propres compositions que des reprises de nos chansons favorites. Nos voix s'accordent, se fondent et s'harmonisent. Chanter avec quelqu'un n'a jamais été aussi agréable. Jamais. Je pourrais continuer ainsi des jours, des mois entiers, sans me lasser.

De jour, le lieu se dévoile encore plus enchanteur qu'au crépuscule, avec ses huttes et ses allées bordées de plantes, de petits cailloux et de sculptures. Les couleurs chatoyantes des fleurs explosent sous la lumière, et leurs parfums capiteux se mêlent délicieusement aux effluves d'encens. Une ombre légère nous isole de la chaleur cuisante du soleil, et un filet d'air salvateur parvient même à s'infiltrer entre les larges branches des manguiers et à rafraîchir ma nuque moite de sueur. Cet endroit est pile ce que je recherchais après le tumulte d'Anjuna. Enfin, si on oublie le fait que je suis partie, entre autres, pour éviter de recroiser Nobody. En ce qui concerne cette partie du plan, c'est un bel échec. Je dirais même un heureux revers du destin.

Il est arrivé il y a deux jours, ce qui explique pourquoi je ne l'avais pas vu avant de partir de Chapora. Lui aussi avait envie d'un break, au calme. Il comptait passer le lendemain au *juice center* pour me le dire, et m'inviter à le rejoindre.

Nier notre complicité et notre compatibilité, à ce stade, reviendrait à nier le concept même de gravité, ou à affirmer que la terre est plate. J'ai voulu lutter, mais la vie en a décidé autrement. Je ne peux qu'accepter que le courant me porte, surtout lorsqu'il est si fort.

Je savoure les mystères et les cadeaux dissimulés au détour de l'inconnu. Après tout, n'est-ce pas pour cette raison précise que mes pas m'ont menée sur les routes du monde ?

Nobody

Dublin, juin 1981.

La boue est glacée dans mes chaussures. Elle s'insinue par les trous dans ma semelle droite et produit un bruit de succion à chacun de mes pas. Elles m'ont lâché à quelques kilomètres de Belfast. Faut dire que ça fait déjà deux ans que je les use jusqu'à la moelle et que mon bâtard de père était supposé me filer de l'argent pour que je m'en rachète une paire.

L'image de son corps gras et mort s'impose. Aucun putain de regret. Je suis content. Dans un cas comme dans l'autre, il serait mort. Pour protéger ma mère, ou pour la venger. C'est son visage à elle qui s'invite. Sa crinière rousse, son sourire. Ses yeux, ses beaux et grands yeux verts. Maman. J'inspire. Mes yeux brûlent.

La nuit est noire ici, là où la ville s'arrête pour laisser place à une campagne banlieusarde où la misère rôde comme un vautour. Dépiautant les charognes d'espoirs et de rêves pourris.

Je me concentre sur la lueur que je vois au loin. J'y suis. Plus qu'un petit kilomètre. J'ai hésité. J'hésite encore. Depuis que je suis parti, je doute. Est-ce que j'ai besoin d'eux ? Non. Est-ce que je veux vraiment une nouvelle famille ? Non plus. Ouais, le même sang coule dans mes veines. Et ? Ma mère m'a bercé d'histoires sur eux. L'âme de l'Irlande, comme elle disait. *Pikey, pavees, knackers, travellers*... Ils ne manquent pas de noms, à défaut d'une bonne réputation. Mais ça, je m'en tape. La bonne réputation, je lui crache dessus, et sur cette société de merde qui ne veut pas de nous, les rebuts. Ça tombe bien, je ne veux pas d'elle non plus. Ma mère n'aurait jamais dû les quitter, surtout pour un connard de sédentaire comme mon père. Elle voulait être libre. Je le serai pour elle. Pour elle, j'irai voir le monde, d'un bout à l'autre, et personne ne m'arrêtera.

Je me cale à une distance correcte, planqué derrière un talus. J'observe les quelques caravanes et les roulottes. Ça joue de la musique, ça parle autour du grand feu. Il y en a d'autres, plus petits, dispersés un peu partout dans le camp. J'ai du mal à croire que j'y suis. Ça m'aura pris un mois pour arriver jusqu'ici depuis Belfast. J'ai été tabassé deux fois, jeté comme un vulgaire sac de patates du wagon de marchandises où je m'étais caché, mais j'ai réussi. J'ai passé la frontière, j'ai marché et fait du stop jusqu'à Dublin. J'ai demandé encore et encore, et je les ai trouvés. Du moins ceux-là. Mais c'est pas une bien grande communauté, ça se connaît.

Maintenant, faut oser. Je me sens comme un con, je tremble et j'ai l'estomac tordu comme une chaussette essorée.

J'y vais. Je me lance. Je passe deux magnifiques chevaux de trait noir et blanc qui broutent l'herbe et lèvent à peine la tête. Je me faufile entre les roulottes sans croiser personne. Ils sont tous près du feu. C'est le moment de vérité.

Je m'avance dans la lumière. Le premier gars qui me repère a les cheveux roux, comme ma mère.

— Wow, qu'est-ce qu'on a là ? T'es qui, toi ?

Je réponds pas, je m'avance encore un peu.

— Eh gamin, je t'ai posé une question !

Les autres ont tourné la tête, la musique s'est arrêtée. Ça se dirige vers moi comme des chiens méfiants. Si ça pouvait, ça me reniflerait.

— Oh, t'es sourd ou quoi ? T'es qui ?

— Personne.

11.

Riley

Irlande, fin août 2019.

— Et côté recherches, ça se passe comment ?

— Mal. Enfin, pas mal, mais comme je t'ai dit par message, rien de bien folichon, quoi. Ça fait dix jours que je suis dessus, et tout ce que je récolte, c'est le même refrain que Willy du Whelan's.

— C'est-à-dire ?

— Pas d'adresse, pas d'amis, pas de noms. Que dalle. Tous s'accordent pour dire qu'ils n'avaient aucun moyen de le contacter, qu'il apparaissait et disparaissait de manière complètement aléatoire. Et personne ne l'a aperçu depuis environ huit ans. Donc, pour autant que je sache, il est peut-être mort et enterré. Encore. Et puis ils disent tous que c'était un poète, un personnage énigmatique, et qu'il était toujours réglo malgré son ascendance manifeste de *traveller*, pour ne pas dire péjorativement de *pikey*. Ça se voit rien que dans le regard, l'animosité et la méfiance que les gens entretiennent à leur égard, c'est ouf. Mon père n'a été accepté que pour sa musique. Sinon la plupart des pubs ne l'auraient même pas laissé rentrer. Qu'importe le pays, la discrimination envers les voyageurs est toujours la même, c'est dingue ! Ça me révolte. Mais bref, du coup, la seule anecdote un peu croustillante que j'ai récoltée sur lui, c'était dans un pub de l'ouest de Dublin, je sais plus lequel, où il a brisé la mâchoire d'un gars qui violentait sa femme à l'arrière. Les potes du mec se sont interposés, et il les a tous alignés. Déjà, c'est la classe, et en plus, c'est pour la bonne cause.

— Haha, t'es tellement la fille de ton père, je suis sûre que t'aurais fait pareil ! Tu savais qu'il faisait de la boxe ?

— Non, même pas, c'est pour ça que je suis contente, ça nous fait un point en commun... J'ai toujours imaginé mon père comme un hippie jusqu'au bout des ongles, mais à entendre ces anecdotes sur lui, je commence à voir qu'il était bien plus complexe que ça... En même temps, c'est pas étonnant, en grandissant sur les routes et dans une certaine misère, tu es plus fréquemment amené à te battre pour survivre. Enfin, je suppose... Le bouquin que j'ai acheté l'autre jour à la librairie m'a appris plein de choses que je ne savais pas sur les *travellers*.

— Ah, c'est cool, ça !

— Ouais, et je suis de plus en plus fière de mes origines, même si je l'étais déjà... *Snatch* n'est pas un de mes films préférés pour rien, même s'il est bourré de clichés !

— Et la coloc, ça se passe toujours bien ?

— Oui, carrément, on passe de trop bons moments. Bon, je commence à me dire qu'il va falloir que je trouve un autre endroit où loger, vu que ça fait déjà deux semaines que je squatte chez eux.

— Ils te l'ont demandé ?

— Non, non, c'est juste moi qui suis gênée de rester aussi longtemps, même si je fais ma part du travail. Je fais les courses, la cuisine et le ménage, du coup ils sont contents... Franchement, c'est fou, ils m'ont complètement intégrée. Ils sont géniaux, tous les trois, chacun à leur manière. Amy est ma préférée. Pas juste parce qu'on est proches en âge, mais parce qu'elle est incroyablement gentille, et complètement déjantée. Je me suis trouvé la meilleure alliée pour enquêter dans les pubs, à coups de pintes de bière et de bouteilles de gin. En dérapant vers les clubs et boîtes de nuit de la capitale. Parce que, bon, pourquoi se priver ? C'est une sacrée fêtarde, encore plus que moi. Enfin, la meilleure, ça reste toi, hein, mais à défaut de t'avoir sous la main, je fais avec ce que j'ai !

— Haha, t'inquiète, je sais que je suis irremplaçable, de toute façon !

— C'est juste dommage qu'elle travaille autant. Quatre soirs par semaine au fast food. À sa place je deviendrais folle, mais elle est obligée de travailler à côté de ses études d'art plastique. Cette meuf est tellement douée, c'est abusé. Et sa voix. J'essaye de ne pas être jalouse, mais c'est difficile. Elle me scotche. Moi j'ai plutôt un style voix rauque, un peu cassée, et j'adore, mais elle, elle peut littéralement *tout* faire. Elle me soutient le contraire, et je veux bien croire que je suis trop dure avec moi-même. N'empêche...

— Tu *es* trop dure avec toi-même, Riley. Tu le sais très bien.

— Gnagnagna…

— Pff… Bon, et avec les garçons, ça se passe bien ?

— Oui, même si je passe peu de temps avec eux. Dáire travaille beaucoup sur son nouveau projet, enfermé dans sa chambre qui lui sert aussi de bureau. Il descend surtout quand on fait à manger, mais on s'est quand même fait une soirée jeux vidéo tous les trois quand Amy était chez son copain. Ça faisait longtemps que j'avais pas *geeké* à ce point, ça fait du bien ! Par contre, concernant Peter, c'est plus compliqué. Il me déstabilise. Il est très tactile. Trop tactile. Vraiment. Sauf que je n'ai pas l'impression qu'il me drague pour autant. Il taquine, il blague, il pétille et virevolte. Résultat, je ne sais jamais sur quel pied danser en sa présence. Un vrai lutin, quoi. Il a un magnétisme étrange. Parfois, j'ai l'impression qu'il me plaît. Et puis je change d'avis deux minutes après. Résultat, je suis jamais vraiment à l'aise en sa compagnie. Il a un don pour me faire douter de tout ce que je pense. Il y a quelques jours, une amie à lui qui passait pour boire le thé m'a demandé comment se passait mon séjour à Dublin. J'ai répondu que c'était super, et que c'était chouette de m'être fait de nouveaux amis aussi vite. Et Peter, avec une tête indéchiffrable, me sort « Des nouveaux amis ? Qui ça ? Je les connais ? ». Bon, j'ai bien compris que la taquinerie, en Irlande, c'est culturel. OK. N'empêche, ce genre de réponse, ça me fout un de ces malaises. Lui, il a rigolé, avec sa tête de farfadet, et il a complètement changé de sujet. Comme ça. Et moi je suis restée comme une conne. Et dix minutes après, le gars est tout sympa, tout câlin, on passe un super moment à jouer de la musique… Au moins, quand on joue ensemble, tout s'estompe. Il a vraiment un *feeling* musical que j'adore. Si seulement il ne me déstabilisait pas autant. Ou que je ne me laissais pas autant déstabiliser, surtout. Une part de moi a désespérément envie de lui plaire, et ça m'agace. C'est absurde. Il n'est pas du tout mon genre. Mais alors, pas du tout. Et pourtant... Bref, tant pis, ce n'est pas très important...

— Eh ben, pour quelque chose de pas très important, ça te préoccupe quand même...

— Nan mais ça va passer, c'est rien. Franchement, il ne me plaît pas, ça doit juste être une histoire de phéromones. Rory, par contre, c'est une autre histoire...

— Rory, comment ça ? Tu l'as revu ? Et tu me l'as pas dit ?

— Haha, non, non, calme-toi, je ne l'ai pas revu, et c'est bien dommage, parce que j'arrête pas de penser à lui. Je me rends même compte que je le cherche quand je marche dans la rue, je suis à l'affût au cas où il apparaîtrait quelque part. Après tout, il vit à Dublin, ça se pourrait...

— C'est pas faux... et ce n'est pas si grand comme ville... Tu ne sais pas dans quel quartier il vit, ni où il travaille ?

— Non, du tout... Franchement, je suis un peu dégoûtée de ne pas lui avoir laissé mon numéro... Quoique, il ne m'aurait peut-être jamais rappelée, de toute façon.

— Ça, ça m'étonnerait.

— Bref, de toute façon, je ne peux rien y faire... Bon, je dois te laisser, le petit déj' est prêt.

— Pas de soucis, je t'aime, profite bien !

— Moi aussi, je te nem !

Je raccroche, le cœur un peu plus léger. C'est toujours l'effet que ça me fait de parler avec Astrid. J'aimerais tellement qu'elle soit là. Surtout qu'avec son boulot d'été qui la fait terminer tard le soir, on n'a presque jamais l'occasion de s'appeler. Il reste les textos, mais ce n'est pas pareil.

Dans la cuisine, Peter a posé trois assiettes fumantes sur la table, garnies de haricots blancs à la tomate, de saucisses, d'œufs et de toasts beurrés. Le rêve, quoi.

— Oh, mais je sais ce que tu devrais faire !

L'exclamation d'Amy brise d'un coup sec le calme matinal de la cuisine et j'en fais presque valser le toast que j'ai dans la main. Elle me contemple, les yeux en feu d'artifice et la bouche grande ouverte.

— T'as la photo de ton père imprimée, pas vrai ?

— Euh, ouais…

— Eh ben, t'en fais une pancarte, tu te poses sur Grafton ou Henry Street, et tu joues ses compositions, celles que tu nous as jouées l'autre soir. Et tu marques un truc du genre « *Have you seen Nobody?* » Avec tous les gens qui passent, tu vas finir par tomber sur quelqu'un qui le connaît !

— Euh… elle me paraît un peu tordue, ton idée…

— Pff, mais non, pas du tout. C'est ta peur qui parle.

Son clin d'œil et sa bourrade provocatrice m'arrachent un grognement.

— Sinon, si ça te dérange vraiment trop, tu peux faire des affiches que tu poses un peu partout en ville. Ou les deux. Mais, franchement, je pense que jouer dans la rue est une des meilleures solutions. Parce que si tu laisses ton numéro de tel sur une affiche, tu vas te faire harceler par des paumés ou je sais pas trop quoi. Et puis, tu seras pas seule. Il y en a plein qui le font. Le *busking**, c'est très répandu en Irlande, t'as dû le remarquer.

Elle marque un point.

— Oh allez, aie confiance, un peu. T'as déjà réussi à tomber sur une photo de lui complètement par hasard. Moi, je dis que c'est un signe du destin. Je suis certaine

* Terme qui désigne le fait de chanter dans la rue.

que tu vas finir par le retrouver, il faut juste que tu provoques un peu ta chance.

— Ouais, je sais pas... de là à jouer en pleine rue... Et puis, je n'ai pas ma guitare, je te signale.

L'excuse est bidon, je le sais. Amy la balaye d'un geste.

— Tu te débrouilles très bien avec celle qu'on te prête, ça fera amplement l'affaire.

Je suis à court d'arguments. Pourquoi pas. Je n'ai rien à perdre. De l'expérience en tant que musicienne, et un peu de thune. À quoi peut me servir d'avoir peur, dans la vie ? À rien. Avec les arguments de Peter et Dáire qui se joignent à ceux d'Amy quand elle leur explique l'idée, j'abdique.

La pancarte prête, Peter, qui a joué plus d'une fois dans les rues de Dublin, m'accompagne pour m'aider à me trouver une bonne place sur Grafton Street. Les réactions de mon corps m'étonnent : je ne pensais pas appréhender autant. J'ai les jambes en coton mouillé et les mains plus moites qu'un été en Inde. J'ai pris quelques paquets de biscuits, mais je doute qu'ils voient l'intérieur de mon estomac, tant il est serré.

Nous décidons d'un spot idéalement placé au croisement de Grafton et King Street, entre le centre commercial de St Stephen's Green et le parc du même nom. Il y a du passage, pas de doute. Trop, peut-être.

Je me répète, encore une fois, que j'ai tout à gagner. Et que le regret de n'avoir pas tout tenté pour retrouver mon père me hanterait bien plus que tous les échecs musicaux possibles et imaginables.

Les doigts tremblants, mais décidés, j'ouvre l'étui rigide de la guitare. Je vérifie que la pancarte, à l'intérieur, est bien fixée, la photo bien visible. Je crois que Peter me parle, je n'entends pas. La ouate de stress dans mes oreilles brouille mes perceptions.

Je déplie le tabouret et m'assois. J'inspire, j'expire. Peter se recule de quelques pas et m'encourage. Ce matin, au moins, pas de taquineries. Il est doux, gentil, juste ce dont j'ai besoin pour me calmer.

Décider quelles chansons j'allais chanter et dans quel ordre m'a pris une bonne partie de la nuit. J'essuie mes paumes sur mon short en jean et entame les premiers accords de « *Who Knows Where the Time Goes* ». Et dès que je commence à chanter, tout s'apaise. Comme à chaque fois, la musique m'emporte dans son voyage. Je ferme les yeux, j'oublie le monde.

I have no fear of time
For who knows how my love grows?
And who knows where the time goes?

Les applaudissements m'extirpent de mon hypnose. Peter est bien entouré, une quinzaine de personnes, peut-être plus. Il me fait un signe d'encouragement, c'est l'heure pour lui d'y aller. Je le remercie d'un sourire que j'aurais voulu moins crispé. Refermer les yeux, retourner dans ma bulle. Oublier le monde. Oublier les regards. Inspire, expire.

Après l'échauffement, il est temps de passer aux choses sérieuses. Les compositions de mon père n'ont rien à envier à celles de Bob Dylan. Elles sont sublimes, de la mélodie aux paroles. Je ne suis pas objective, je le sais. Ces reliques où se mêlent les voix et les créations de mes parents sont celles que j'ai le plus écoutées de toute ma vie. Et ce depuis mon plus jeune âge, puisque ma mère me les mettait en berceuse. Des heures entières à passer cette cassette en boucle, au point que même elle n'en puisse plus. Ces chansons, je les connais comme mon âme.

Et la journée passe. Mes doigts souffrent de jouer tant d'heures d'affilée, mais je m'en fiche. Je n'ai jamais autant pris mon pied à jouer en public, une fois le trac et la peur évacués. J'ai déjà hâte d'être demain. Je me suis habituée au petit attroupement, et même parfois au vide qui se forme autour de moi. J'ai pris goût à cet anonymat, si différent des réseaux sociaux.

Pour ce qui est de ma quête, à part une ou deux blagues par-ci par-là, rien ni personne ne vient éclairer mes recherches. Mais demain est un autre jour. Après-demain aussi.

Les échecs répétés ne commencent à peser sur mon moral qu'au bout d'une semaine. À quoi bon continuer ? Demain, j'arrête. Après celle-ci, j'arrête. Sauf que c'est comme la clope. Comme le bus qui ne vient pas. À chaque minute où on pense renoncer, partir à pied, on se dit oui, mais… et si ? Et s'il était juste là, prêt à se montrer dans la seconde d'après ? Et si quelqu'un qui le connaît passait justement quand je décide de partir ? Alors, je reste. J'attends. Vient un moment où abandonner signifierait que tout ça, c'était pour rien. Que j'ai tout bonnement perdu mon temps. Au moins, je n'ai pas perdu mon argent, c'est déjà ça.

Pour me remonter le moral, je chante ma chanson. Celle qui porte mon nom. Ou plutôt l'inverse. C'est une tradition dans la famille. D'abord ma grand-mère, « *Amazing Grace* », puis ma mère, « *So Long Marianne* », puis ma tante, « *Suzanne* », et enfin moi, « *Baba O'Riley* ». Aucune autre n'a le don, comme elle, de toujours me remettre d'aplomb. Et là, j'en ai vraiment besoin. C'est la voix tremblante que je commence à chanter sur ces accords que je connais comme si je les avais composés.

The exodus is here,
The happy ones are near
Let's get together before we get much older
Teenage wasteland

It's only teenage wasteland

Quand je relève la tête, c'est une récompense à laquelle je ne m'attendais pas qui me regarde de ses yeux mordorés. Une petite souris me chatouille le ventre. Rory. Je retiens difficilement le sourire qui s'impose, reflet du sien.

Mon modeste public s'éparpille en comprenant que c'est l'heure de la pause. Ils ont été généreux.

Rory a perdu un peu de sa classe sans son costume trois-pièces. Enfin, quoique, c'est un autre genre : pantalon de charpentier, ceinture pleine d'outils et T-shirt dégueulasse. Ça doit sentir bon le mâle, là-dessous. Mon ventre fait une autre cabriole. Je me compose un visage aussi détendu que confiant, ça devrait faire illusion et masquer le trouble qui m'agite le cœur.

— Vous ici, *sir* ?

Voilà, c'est parfait. Taquine, nonchalante, parfaitement à l'aise. Un petit sourire en coin. Il n'y verra que du feu. Respire.

— Je pourrais en dire autant, *milady*. Tu n'étais pas censée retourner dans ton pays, manger de la *baguette* et du fromage qui pue en buvant du vin ?

— Haha, si, mais finalement je préfère le *soda bread*, le fromage sans goût et la bière…

Il rigole et lève un sourcil. J'ajoute :

— Disons que c'est devenu un peu plus compliqué.

Il désigne la pancarte du menton.

— Compliqué comme si tu cherchais un vieux gars nommé Nobody en jouant de la guitare dans la rue ?

— Oui, à peu près. Et il n'est pas vieux.

— Oh, pardon, je ne voulais pas insulter ton amoureux. C'est vrai que pour son âge, il est pas mal.

Impossible de retenir la grimace qui me vrille la bouche.

— Non, t'y es pas du tout. C'est mon père.

— Ah...

Ça lui a coupé la chique. Maintenant, il va falloir que je lui explique tout. Occasion idéale pour aller boire une bière en tête-à-tête. Il n'est que midi, mais avec toutes ces émotions... J'avise sa tenue, la bouteille d'eau et le sandwich qu'il tient en main. Mince.

— T'es en pause déjeuner ?

— Ouais, j'allais me caler au parc. Je reprends dans trente minutes.

— Ah, c'est pas très long...

Pour la bière, c'est foutu. Et puis, ce serait ballot qu'il se fasse tomber une poutre sur la tête à cause de mon incitation à boire.

— Eh ouais, la dure vie d'ouvrier. C'est déjà bien, de bosser tout près d'un parc. Mais pour cette fois, je peux me poser ici avec toi, sauf si tu veux m'accompagner.

— Allons-y pour les pelouses !

Tabouret dans une main, étui à guitare dans l'autre, je lui emboîte le pas. J'avais oublié à quel point il était grand. Et sa carrure. Charpenté comme... un charpentier. Je devine les muscles de ses bras sous son T-shirt, ses tatouages, sa peau douce. Les délicieuses sensations de notre soirée me reviennent à travers le voile que l'alcool a déposé sur ma mémoire. Un bon coup comme lui, ça se trouve pas à tous les coins de rue. Rien que pour ça, j'aurais dû prendre son numéro. Merde, je crois qu'il m'a posé une question.

— Pardon ?

— Tu loges à Dublin, je suppose ?

— Oui, dans un *couchsurfing*. Une coloc avec des gens super sympas, des musiciens, eux aussi.

— Ah, cool. Et tu restes combien de temps ?

Je hausse les épaules comme à chaque fois qu'on me pose cette question.

— Je sais pas. Ça dépend de mes recherches pour retrouver mon père… Je pense que si d'ici fin août je n'ai toujours pas plus d'indice, j'abandonnerai…

Rien que de le dire, je grince des dents. L'amertume de l'échec me ronge déjà le bide. Je n'ai pas du tout envie de baisser les bras, mais qu'est-ce que je peux faire d'autre ? Je ne vais pas vivre éternellement à Dublin. Même si l'idée ne me dérangerait pas. Rory est perplexe, avec dans les yeux deux gros points d'interrogation et une flopée de questions qu'il se retient de poser. C'est bien, j'aime pas les gens trop curieux.

— C'est un peu long à expliquer…

— Tu n'es pas obligée.

— Encore heureux.

Je le pousse du coin de l'épaule en riant, ce qui a pour double effet de détendre l'atmosphère et moi par la même occasion. J'attends qu'on soit installés dans l'herbe pour commencer. Et je lui raconte tout, depuis la rencontre de mes parents à la découverte de la photo et la révélation de Willy, en passant par le drame qui les a séparés, avant même ma naissance. Sans oublier mes recherches et les quelques bribes d'informations que j'ai pu glaner depuis. Rory a l'air sincèrement captivé.

— Eh ben… ça, c'est de l'histoire… Ce serait vraiment dommage d'abandonner aussi près du but. En persévérant, même si ça prend du temps, je suis certain que tu peux dénicher d'autres infos, une piste, quelque chose. Il n'y a pas que Dublin comme ville, en Irlande.

— Oui, je sais… Tu te doutes bien que je n'ai pas du tout envie de renoncer. Sauf que je ne vais pas rester en Irlande éternellement. Je n'ai pas un budget illimité, et j'ai d'autres projets de voyage derrière. J'ai prévu de partir en Inde, à Goa, justement, en novembre ou décembre. Il faut que je sois en France pour faire ma demande de visa et préparer mon départ.

— On est fin août, tu as encore du temps. Au moins quelques semaines.

— Oui, oui, je ne compte pas laisser tomber dès maintenant.

— Tu m'as dit que tu avais certaines compositions à lui, pas vrai ?

— Euh, oui...

— Tu as essayé de décortiquer les paroles, pour voir s'il y aurait des indices ? Genre le nom d'une ville, d'un quartier, quelque chose ?

Son idée me laisse comme deux ronds de flan. Évidemment. Comment n'y ai-je pas songé plus tôt ? Je dois être complètement stupide.

— Euh, non... mais c'est carrément une idée de génie !

Je pourrais l'embrasser pour la peine. Enfin, je pourrais l'embrasser tout court, d'ailleurs. Je n'ai qu'une envie, maintenant : sortir mes carnets et les paroles de mon père et m'y plonger sans attendre une seconde.

— Content que l'idée te plaise, mais elle n'est pas de moi. J'ai vu ça dans un documentaire génial, une enquête un peu comme la tienne d'un gars qui essaye de retrouver un musicien... *Searching for Sugar Man*, tu connais ?

— Non, ça ne me dit rien.

— Attends, peut-être que tu as déjà entendu la chanson, « *Sugar Man* », elle est connue.

Il part sur YouTube et, en quelques accords, je reconnais aussitôt. Par contre, le nom de l'artiste, Sixto Rodriguez, m'est complètement inconnu.

— Si tu en as l'occasion, regarde le documentaire. Ça me fait vraiment penser à ton histoire, et même le type a de gros points communs avec ton père. Enfin, j'ai l'impression.

Je note le nom dans mon carnet ; ça devrait plaire à mon trio de colocataires. Même si le regarder dans les bras de Rory me plairait encore plus. Je tente :

— Et tu loges où, toi ? Si je me souviens bien, tu m'as dit que tu n'étais à Dublin que provisoirement, non ?

— Chez ma sœur et sa copine. Elles ont un appart à Portobello.

— C'est au sud, c'est ça, vers le canal ?

Impossible d'oublier le quartier qui abrite le Whelan's, avec ses immeubles bas en brique rouge et ses célèbres fresques murales. Beaucoup d'étudiants, de cafés branchés, de pubs authentiques, de petites librairies et magasins sympas. Un vrai coin à hipsters.

— Ce quartier a l'air super. Elles ont de la chance d'y vivre, ça doit pas être donné.

— Elles gagnent plutôt bien leur vie, toutes les deux, donc ça va. Et le quartier vaut le coup.

— C'est ta grande ou ta petite sœur ?

— Ma sœur jumelle, Niamh. On est très proches, c'est comme ma meilleure amie…

Il semble hésiter.

— Et si tu veux venir manger, ce soir, ou juste boire un verre, tu es la bienvenue. Justement, c'est moi qui cuisine…

Je retiens un sourire trop ravi et accepte avec toute la nonchalance que je trouve en moi. J'aurais préféré un rendez-vous un peu plus relax que rencontrer sa sœur, mais goûter sa cuisine m'intrigue trop pour laisser passer l'occasion.

— Tu as prévu quoi au menu ?

— Burgers végétariens et un tiramisu.

— Mmm, j'ai déjà faim. Tu es végétarien ?

— Non, c'est Mae qui l'est, la meuf de ma sœur. Du coup, je m'adapte. J'avoue que c'est la première fois que je vais tenter un burger sans viande, je suis sceptique.

— Haha, tu m'étonnes ! Je suis une vraie viandarde, personnellement.

— Ouais, on est deux.

C'est l'heure pour lui de retourner au turbin, et pour moi aussi. Cette fois, pas question de partir sans son numéro. Je me rends compte que je n'ai fait que parler de moi sans lui poser une seule question sur lui. Il y a intérêt que je me rattrape ce soir. Ce soir. *Ce soir.*

12.

Marianne

Inde, décembre 1999.

AUJOURD'HUI, je me réveille peu avant l'aube, sans aucune envie de me rendormir. Peut-être est-ce le chahut des trois singes au-dessus de la hutte qui m'a réveillé, ou juste le besoin de marcher. Je me sens préoccupée. Les jours et les semaines passent à une vitesse aussi vertigineuse que leur intensité.

La réalité m'échappe à ses côtés. Le monde n'importe plus, car le monde, c'est nous. Nous, et notre musique. Nous, et notre bulle. Nous ne cessons de jouer, que ce soit nos propres compositions ou des reprises que nous nous apprenons mutuellement. C'est notre oxygène, autant à l'un qu'à l'autre, alors ensemble… Et depuis quelques jours, nous nous aventurons sur les routes plus intimes de la création, jusqu'à écrire et composer ensemble. Nous avons des influences très proches et tellement complémentaires à la fois. Ni lui ni moi ne sommes nés à la bonne époque. Nous sommes faits pour les années 1970, leurs cris de révolte et leurs idéaux de liberté. Toutefois, je ne regrette pas de connaître les avancées musicales et techniques de ces vingt dernières années.

J'ai déniché un magnétophone enregistreur et des cassettes à Mapusa. La qualité est correcte. Nobody rechigne à ce qu'on s'enregistre, il n'en voit pas l'intérêt, mais moi si. Tout a une fin. Même les moments les plus magiques. Cette histoire ne fera pas exception, tôt ou tard. Je veux conserver ces instants, ces pépites de présent. Sa voix.

Notre alchimie est tellement pleine, complète. Nos conversations n'ont ni début ni fin, elles coulent comme un ruisseau toujours frais, toujours pur. Même les débats et les désaccords sont enrichissants. Parce que nous n'essayons jamais de nous convaincre, nous finissons souvent par tomber d'accord. Et le sexe. Je n'ai plus eu de désir pour qui que ce soit, homme ou femme, depuis que je le fréquente. À quoi bon ? Je suis comblée comme je ne l'ai jamais été. Il est aussi tendrement masculin que férocement féminin. Et j'ai peur. J'attends un couperet qui ne veut pas tomber.

Je souffre de le regarder, de l'aimer. Je perçois une douleur qui n'est pas encore là. Le souvenir d'une future perte m'étreint la poitrine. L'étau m'étouffe. Je voudrais pleurer, mais pleurer ne suffit pas. Je croyais avoir été amoureuse. C'était faux. C'est en le regardant que je le comprends. Je n'ai jamais aimé. Un psy de comptoir aurait pu me le dire. J'ai tout verrouillé quand maman est morte. Il fallait que je sois forte. Voilà, je l'ai été. Et je prends le contrecoup en plein cœur. Pourquoi lui, pourquoi maintenant, mystère.

Je suis en colère. J'en veux au monde. J'en veux à l'univers qui a décidé de le mettre sur mon chemin alors que le présent est notre seule perspective. On appelle ça un coup de foudre. Et moi je brûle, je brûle, et j'ai peur qu'il ne reste plus rien de moi.

Je goûte la vision de son visage paisible, endormi. Sa bouche légèrement entrouverte, ses paupières qui tressautent sous l'effet d'un rêve agité, la courbe de ses sourcils. J'écarte quelques mèches collées par la sueur, caresse le dessin de sa gorge, la moiteur de son front. Il est beau. Tout en lui est beau, même l'ombre qui se cache dans les creux de son âme. On dit une part d'ombre, mais chez lui, c'est un peu plus que ça. Il y a un enfant blessé dans ses yeux, un enfant en colère, un enfant abandonné. Comme en chacun de nous, peut-être. Le sien, je le vois. Parfois, c'est à lui que je parle.

Je ne connais toujours pas son nom. *Nobody*. C'est le gitan qui l'a recueilli qui l'a baptisé ainsi. Celui qui lui a donné le chapeau. Il l'appelle Papa, comme en français. Pas *mon papa*, juste Papa, avec un accent chantant. Parfois Papa Nelly. Il s'est arrêté là, sans plus de détails.

Pour me taquiner, il a dit : « Je te raconterai tout quand tu me rejoindras en Irlande… » Il sait que je n'aime pas quand il dit ça. C'est son refrain. L'Irlande. Il affirme qu'il est sérieux. Sûrement. Mais est-ce que moi, je le suis ? Ma confiance en lui me donne le vertige. Ça veut dire que je ne me contrôle plus. J'ai envie de partir en courant, mais je ne peux pas. Un jour sans lui est une éternité.

Je me détache de ma contemplation, me lève avec précaution. Je noue un longhi bordeaux autour de ma taille, enfile un débardeur et prends ma guitare avant de sortir sur la pointe des pieds. Les têtes des cocotiers se détachent sur la toile du ciel. La famille de singes m'observe depuis leur perchoir sylvestre qui surplombe la hutte. Celui qui mâchouille un reste de mangue est notre copain. Il vient nous voir, parfois, quand nous jouons de la musique. Il aime ça, on dirait. Tant qu'il n'essaye pas de nous piquer nos instruments, il est le bienvenu. Les autres sont plus méfiants, et plus farceurs aussi. J'ai appris à cacher mes bananes, et surtout mon argentique. Les singes ne font pas bon ménage avec l'urbanisation, même si nous, Occidentaux bourrés de clichés exotiques, nous pourrions croire le contraire. Les Indiens les aiment et les vénèrent autant qu'ils les détestent. Dans certaines villes, comme à Varanasi ou dans le Rajasthan, les terrasses et les toits plats sont mis en cage pour éviter que les singes ne volent le linge et ne pénètrent dans les maisons. Ils font de sacrés dégâts, ce sont de vraies tornades. Ceux d'ici sont moins virulents.

J'emprunte le sentier qui traverse la cocoteraie. Riri, Fifi et Loulou, trois chiens baptisés par mes soins, lèvent leurs truffes du tas d'ordures qui borde la plage et se dandinent jusqu'à moi. Je ne sais pas pourquoi ils m'accompagnent. Ils se prennent sûrement pour mes gardes du corps. Fifi a les mamelles mal en point. Elles pendouillent, toutes mâchouillées. Riri a une grosseur de la taille d'une balle de tennis sur le flanc. Il n'y a que Loulou qui a l'air à peu près en bon état, si on oublie sa queue cassée et les marques de crocs sur son museau. Les trois sont envahis de puces jusqu'aux oreilles. Ce sont de gentils chiens, et ils éloignent les autres, pratique. Et les Indiens aussi. Leur haine est mutuelle. Si les humains pouvaient montrer les dents, je suis sûre qu'ils le feraient. J'ai vu un homme battre un chien à mort sur la route entre Varanasi et Delhi. Une des rares fois de ma vie où j'ai eu des pulsions meurtrières. Je ne pouvais pas intervenir, coincée dans le train avec vue imprenable sur le carnage. J'ai pleuré. Une part de moi est morte avec ce chien. Une part innocente, encore une. J'en ai perdu beaucoup en Inde, dans les yeux mornes de la misère. Et j'en ai gagné d'autres. Dans leurs sourires, dans leur générosité, dans la gentillesse et l'humilité de leurs yeux sombres. Dans leurs rires simples. Dans l'adversité et le courage qui rythment leurs vies.

Une barque de pêcheurs se lance vers le large quand je m'installe contre le tronc du cocotier, choisi tout particulièrement car il n'a pas de noix de coco qui menaceraient de me fendre le crâne. Un Indien les ramasse, un jeune gars. Ils sont plusieurs à venir ici, je me demande comment ils s'organisent, qui décide qui peut prendre quoi. Celui-là me lorgne quand il croit que je ne le vois pas. Ça m'est égal, j'ai compris depuis longtemps que je ne peux rien y faire, à part l'ignorer.

Plus loin, un groupe transporte une barque à balancier pour la mettre à l'eau. Longue et pointue, d'un bleu délavé, elle a une paire d'yeux peints à l'avant. Je ne connaissais pas ce système de bras balanciers avant de venir en Asie. Les quatre hommes s'immergent jusqu'à la taille et poussent l'embarcation dans les vagues de plus en plus grosses qui viennent en frapper la coque. Ils prennent leur élan et bondissent les uns après les autres à l'intérieur. Ça pagaie sans attendre, de leurs bras où le muscle sec a oublié, n'a jamais su peut-être, ce qu'était la graisse. Ils ne sont bientôt plus qu'un point noir à l'horizon.

Je pose ma guitare sur mes genoux et savoure le calme que les chants d'oiseaux soulignent et subliment. Le sable frais coule entre mes orteils. J'adore cette sensation, elle m'apaise. J'ai pris mes petites habitudes, la vie est douce. Je vais souvent me promener, seule ou avec Nobody. Il m'a appris à conduire sa Royal Enfield, et j'en suis complètement accro. Je prends un pied fou à conduire, les cheveux au vent. L'un de nos plaisirs est de partir avant l'aube afin de dénicher le meilleur endroit pour contempler le lever du soleil. Nous roulons, les yeux vigilants, attentifs au moindre sentier caché qui pourrait grimper vers les hauteurs d'une colline ou d'un bâtiment en ruine.

Si j'avais plus d'argent, je prendrais une Enfield pour moi seule. La différence de prix n'est pas si énorme, mais je commence déjà à compter mes sous. La guest house de Rani et Vijay est superbe, mais elle fait un peu souffrir mon porte-monnaie. Si je veux faire durer mon budget jusqu'au printemps et pouvoir payer mon billet de retour, je vais bientôt être obligée de changer de lieu. Ou accepter de loger avec Nobody, et le laisser payer le loyer. Il est loin d'être pauvre, contrairement à ce que j'ai cru au départ. C'est son passage dans les plantations d'herbe de Californie qui l'a grassement enrichi.

Mais je rechigne à laisser ma hutte. J'aime avoir mon espace et mon intimité, j'en ai besoin. Nous passons presque toutes nos nuits ensemble, c'est vrai, mais savoir que je peux me retrancher dans mon petit cocon me rassure. Surtout quand, comme ce matin, toute cette perfection me donne envie de m'enfuir en courant.

De toute façon, je n'aurai pas le choix avec l'arrivée de Suzie. Elle et son mec ont un budget encore plus serré que le mien. Elle a dû acheter son billet depuis la dernière fois où nous nous sommes parlé, enfin j'espère. Le nouvel an est dans trois semaines, et elle est censée arriver le 26.

Mon père me reproche de ne pas être là. De courir les routes comme une vagabonde. Pourtant, je parierais qu'il en a rêvé, à l'époque où il était jeune et chevelu. Il a été hippie avant moi, il l'a juste oublié. Il m'en veut de l'avoir quitté. Il m'en veut d'espérer plus que la perspective d'enseigner l'anglais à des mômes de quinze ans. Il m'en veut d'être trop comme elle. Trop comme maman.

Il sait que seule la musique compte à mes yeux. J'ai tenu jusqu'à la fin du master et de mon diplôme avant de partir. J'ai bossé comme une dingue pour économiser suffisamment, tout en vivant sagement avec lui, à écouter ses complaintes d'alcoolique. Pourquoi ne relève-t-il pas cet exploit-là ?

Je me demande finalement pourquoi j'ai poussé jusqu'au CAPES. Je n'ai même pas envie de vivre en France. Suzie est déjà à Londres, je pourrais la rejoindre. La scène musicale est beaucoup plus stimulante là-bas, et anglophone, surtout. Les Français et leur incapacité chronique à parler anglais sont un sérieux obstacle, vu que je compose toutes mes chansons, ou presque, dans la langue de Shakespeare.

Je rechigne, parce que l'idée de tout quitter pour rejoindre un homme, aussi incroyable qu'il soit, ne me plaît pas. Mais l'Irlande m'attire beaucoup, depuis longtemps, ça, je ne peux pas le nier. Leur rapport à la musique est ce que j'ai toujours recherché en France, sans jamais le trouver. L'Irlande, terre mère de la folk. La seule évocation de cette île me fait fantasmer. Je ne ferais donc pas ça pour lui, mais pour moi. Et si ça ne fonctionne pas entre nous, je prends la tangente, et rien ne m'empêche de rester en Irlande si je m'y plais. Je peux voir ça comme un premier contact, un atterrissage guidé. À ses côtés, libres, lui, moi, et la route…

Si je suis honnête avec moi-même, je sais que je meurs d'envie d'accepter la proposition de Nobody. Il me parle des concerts que nous pourrions faire, des tournées en Irlande, en Écosse et en Angleterre. Il parle d'acheter un van et de vivre sur les routes au gré de nos envies.

Comment ne pas dire oui, mille fois oui ? Ce serait un rêve devenu réalité. Vivre entre quatre murs, au même endroit, toute ma vie, cela n'a jamais été mon ambition, plutôt mon angoisse.

J'ai du temps pour y réfléchir, pour apprendre à mieux le connaître avant de me lancer sans filet dans une aventure pareille. Je n'arrive même pas à imaginer ce qui pourrait mal tourner entre nous. Je ne me suis jamais aussi bien entendue avec personne, excepté ma sœur. Et encore, elle et moi nous chamaillons beaucoup. Une part de moi est persuadée que nous serions heureux. Une autre me répète que ce n'est que la lune de miel, que la réalité n'a pas encore frappé. Mais la vie n'est-elle pas faite pour ça ? Essayer, se tromper, se relever, recommencer, encore. La vie est faite pour vivre.

Je tergiverse pour rien. Au fond, j'ai déjà pris ma décision. D'abord, nous remonterons à moto jusqu'à Delhi, en passant par Varanasi que j'ai envie de revoir une dernière fois. Puis nous rentrerons en Europe pour les premières floraisons du printemps. Un saut en France pour prendre quelques affaires, et je le rejoindrai sur son île d'émeraude.

Il m'en parle beaucoup, et pas seulement pour me donner envie d'y aller. Il est parti depuis deux ans et la nostalgie le prend aux tripes. L'ambiance chaleureuse des pubs où coulent à flots bière et musique, la beauté sauvage de la nature, l'âme joyeuse et mélancolique des Irlandais. Il aime son pays, cela ne fait aucun doute. Bien plus que je n'aime le mien.

J'entends un crissement de sable dans mon dos et me retourne au moment où il arrive à ma hauteur. Riri, Fifi et Loulou remuent mollement la queue, allongés les uns sur les autres.

— *Hiya, love.* Comment va l'océan, aujourd'hui ?

Il s'installe à mes côtés et dépose dans mon cou un baiser léger qui m'arrache un frisson.

— Je te sens pensive…

— Je le suis. Je réfléchis… à l'Irlande.

Il acquiesce, sans rien ajouter, et prend ma guitare. Au bout de quelques accords, je reconnais cette chanson qu'il a interprétée quelques fois depuis notre rencontre, si bien nommée « Song for Ireland », Ses superbes paroles rendent un bel hommage à son pays.

Living on your western shore, saw summer sunsets asked for more.

I stood by your Atlantic sea and I sang a song for Ireland.

À la fin de la chanson, il fait une courte pause avant d'en entonner une nouvelle que je ne connais pas. Son répertoire m'impressionne, il est inépuisable. Je suis jalouse de sa capacité à retenir autant d'accords et de paroles, sans parler de son talent pour manier les mots et les mélodies. Un savant mélange entre Bob Dylan et Cat Stevens. Composer ensemble est passionnant. Il stimule ma créativité et mon imaginaire, et inversement. Nous sommes la muse l'un de l'autre.

En deux semaines, j'ai eu l'occasion de visiter Arambol et de faire de belles rencontres. Steve et Amy-Lou, un couple d'Américains qui vient ici chaque année, habitent dans une petite maison non loin et nous passons beaucoup de temps avec eux. Ce sont de bons musiciens eux aussi, mais surtout de sacrés fumeurs, et ils ont toujours du bon haschich à partager. Nous leur en achetons régulièrement afin d'avoir notre réserve personnelle à bon prix. Quelle bonne idée j'ai eue de quitter Anjuna. Pas une seconde je ne l'ai regretté. De toute façon, je sais que j'y retournerai pour l'arrivée de Suzie. Elle ne supporterait pas de rester à Arambol plus de deux jours. Trop calme pour elle.

— Vers Siolim, ça pourrait être bien pour louer avec ma sœur, et pas trop cher.

Il me répond sans cesser la douce mélodie sur laquelle il travaille depuis la veille :

— Oui, c'est vrai, mais autour il n'y a rien. Je pense qu'elle se plairait mieux à Vagator ou Anjuna, ou à Chapora, dans le genre abordable. Tu sais finalement si son copain va venir ?

— Non, toujours pas. Je comptais aller au village tout à l'heure et l'appeler. J'espère qu'elle va répondre, cette fois...

Nobody passe un bras autour de mes épaules et m'attire contre lui. Il sait que je suis inquiète. Ce Pete, que ma sœur fréquente depuis un an, ne m'inspire rien de bon.

— J'essaye vraiment de ne pas rester bloquée sur l'impression catastrophique qu'il m'a faite la seule fois où je l'ai vu, mais c'est dur. Il était vraiment dans un sale état... Je ne comprends pas ce qu'elle lui trouve, à ce gars. Elle mérite tellement mieux.

Il hausse les épaules.

— Je ne sais pas quoi te dire. Les voies du cœur sont impénétrables. Sans parler de la psyché humaine. Elle ne le sait peut-être même pas elle-même.

— Il la fait rire, c'est ce qu'elle me dit. Moi, j'ai surtout l'impression de voir une version encore plus droguée de mon père.

— Il l'aime, d'après ce que tu m'as dit. C'est déjà ça.

— Ouais, mais le jour où elle décide de le quitter, pas sûr qu'il le prenne bien. Je t'assure, j'ai vraiment un mauvais pressentiment par rapport à ce mec. Je le sens à deux doigts d'exploser. Il a l'air marrant et détendu comme ça, mais c'est un nerveux.

— Comment réagirait ta sœur s'il la frappait, à ton avis ?

Je ricane.

— Elle lui exploserait la bouche à coups de bouteille, je pense.

La poitrine de Nobody se soulève d'un rire qui résonne dans sa cage thoracique.

— Parfait ! Et elle aurait la jugeote de s'en aller ?

— Pas sûr. Elle aime les âmes en peine. Ce n'est pas le premier copain bizarre qui croise sa route. Il y a deux ans, elle sortait avec un mec de deux fois son âge, et ils se battaient. Tu imagines ? Se battre avec l'homme que tu aimes, c'est aberrant. Au moins, c'était donnant-donnant. C'est lui qui a fini par partir le jour où elle lui a pété trois dents.

— Dis, c'est une enragée, ta sœur.

— Ouais… C'est l'alcool, et la drogue, aussi, ça rend fou… Mais c'est vrai que, même enfant, elle était déjà ingérable, passant d'un extrême à l'autre en quelques secondes. Surtout après la mort de notre mère…

Il me serre un peu plus fort. Je me sens comme un fruit mûr, prête à pleurer si on me presse un peu trop. Sûrement mes règles qui arrivent, je suis à fleur de peau.

— Moi aussi, j'ai perdu ma mère…

J'attends qu'il continue, mais il laisse sa phrase en suspens dans l'air.

— Tu avais quel âge ?

— Treize ans.

Et moi quinze. J'ai eu droit à deux ans de plus, et c'était déjà si peu, si court. Cette fois, je ne peux pas retenir les larmes qui me brûlent les yeux.

— Elle est morte sous les coups de mon père.

L'air s'épaissit. Il n'y a rien que je puisse dire, rien que je puisse faire. La blessure qu'il me dévoile est irréparable. Alors je prends sa main, et je la serre. Fort. Et j'y projette tout mon amour.

Le sujet s'efface, se retire dans le roulis des vagues, et la quiétude refait doucement surface.

Je retourne à la hutte prendre ma besace et nous longeons la plage vers le village qui se dessine dans la brume matinale. Je n'ai pas pris de chaussures, je n'en porte presque plus. À quoi bon. L'écume des vagues me lèche les pieds, me chatouille entre les orteils en emportant avec elle un peu de sable fin et gris.

Certaines barques reviennent du large. Leurs plus fidèles admirateurs, corbeaux et mouettes confondus en une vaste bataille, font planer au-dessus des pêcheurs une ombre grandissante. En groupe sur la plage, ceux-ci épluchent leurs filets avec l'agilité de gestes aussi vieux que le monde. De temps en temps, un poisson est sacrifié dans les airs, à qui saura l'attraper ou se battre pour le récupérer. Je me nourris de ces scènes de tous les jours. Chaque jour, aux quatre coins de l'Inde, ce sont mes musées à moi. Mes musées de la vie quotidienne.

Nous atteignons la paillote de plage qui marque le début du village. Mon ventre gargouille. Il reconnaît le parfum des délicieux *fish thali* du Saï Baba café. Nous bifurquons pour rejoindre la rue principale, traversant la vaste étendue sableuse où quelques cocotiers arbitrent les matchs de football des jeunes du coin. Je sens leurs regards sur la peau nue de mes mollets, sur la courbe caramélisée de mes épaules, à peine couvertes par les bretelles de mon débardeur. Et encore, ma tenue est décente, même pour eux. Ce n'est pas le cas de la plupart des hippies qui se baladent en mini-short, les seins presque à l'air. Certains Indiens, de Goa ou d'ailleurs, viennent ici exprès pour ça. Pour reluquer sans vergogne le galbe dénudé des Européennes. Nobody soupire.

— Je n'arrive pas à m'y faire.

— À quoi ?

— À tous ces mecs qui te matent partout où tu vas.

— Ouais, c'est chiant... j'ai fini par m'y habituer, mais ça m'a pris du temps. Et encore, je fais gaffe.

— Je sais, justement. J'imagine pas comment ils doivent baver devant celles qui se trémoussent en bikini. S'ils ne faisaient que regarder, encore...

— Tu repenses au viol de cette fille la semaine dernière ?

— Ça me donne envie de vomir. Retrouver les enflures qui ont fait ça, et les buter un par un, après les avoir fait souffrir en bonne et due forme. Des hommes comme eux, faut pas les laisser en liberté. Ni en vie.

Il y a de la violence dans sa mâchoire qui se contracte, dans sa main qui se referme à s'en blanchir les jointures. Ce n'est malheureusement pas la première histoire similaire que j'entends depuis mon arrivée en Inde. Comme partout, d'ailleurs. J'ai appris à être vigilante, d'autant que je voyage seule.

Je suis dans leur pays, et de ce fait, je me dois de respecter leurs conventions et leurs traditions, même si je les réprouve en mon for intérieur. Une telle répression du corps féminin n'est bénéfique pour personne. Il n'y a rien de pire pour attiser le désir et la perversité que de dissimuler et réprimer. Les hommes devraient apprendre à se contrôler plutôt qu'à blâmer les femmes pour ces courbes que la nature leur a offertes. Mais ce n'est sûrement pas par la provocation que les choses vont changer, comme semblent le croire certaines nanas que j'ai rencontrées ici. En se baignant à poil au Sweet Lake, toutes à leurs idéaux de libération du corps et l'esprit, elles ne réalisent pas l'image pornographique qu'elles véhiculent pour les Indiens. Absurde, utopique et irresponsable. La seule liberté que je m'autorise ici est le maillot deux-pièces, car il est hors de question que je me baigne habillée en T-shirt et pantalon, comme le font les Indiennes. Mais je l'ai fait à d'autres endroits en Inde. Quand je me suis baignée dans le Gange, par exemple.

Je souhaite à toutes les Indiennes, de tout mon cœur, que les choses évoluent. Ça a déjà commencé. À Bombay, Delhi, dans les grandes villes, comme partout ailleurs dans le monde, les femmes s'émancipent de plus en plus. Dans certains pays plus lentement que dans d'autres. Même en Europe, on est encore loin du compte. L'atteindrons-nous un jour ?

La chaleur brûle ma nuque. Un filet de sueur me coule entre les seins. Nous atteignons le coude qui rejoint la route principale, et l'ombre salvatrice de ses échoppes. Ma bouche est en carton.

— *Hey, my friends! Coconut today, yes?*

Sanjay nous salue derrière son étal de fruits et légumes. Petit homme replet et moustachu d'une quarantaine d'années qui s'obstine à nous offrir deux cocos à boire pour le prix d'une, il ne manque pas une occasion de nous tenir la jambe pour papoter. Ni Nobody ni moi ne rechignons. L'homme est adorable. On dirait qu'un coup de massue lui a enfoncé la tête directement entre les épaules. Ça lui donne un air pataud qui me touche. Ce rituel est un de mes préférés, d'autant que j'ai développé une totale addiction à l'eau de coco.

Nous continuons notre chemin jusqu'au *chaï shop* pour déguster mon autre péché mignon, le petit déjeuner traditionnel goanais, indétrônable : le *puri bhaji*. Curry de légumes, tantôt de pommes de terre, tantôt de pois chiches, dans une sauce épaisse et onctueuse, servi avec un petit pain frais typique du coin. Je les soupçonne d'ensorceler leur nourriture. Une cuisine aussi addictive, ce n'est pas normal.

Rani nous a appris, à Nobody et moi, à préparer ce plat, mais le premier résultat m'a déçue. C'est incomparable. L'art culinaire indien ne coule pas dans mes veines. Je n'y ai pas été nourrie dès le berceau. J'ai la ferme intention de persévérer, mais je doute de jamais égaler leur don pour le mariage d'épices. Quand Rani cuisine, elle ressemble à une alchimiste à l'œuvre.

Ventres et papilles comblés, nous continuons le long de la rue principale. Après les boutiques de vêtements bariolés, l'épicerie Ganesh Stores et le café branché qui propose des plats aux noms bien trop européens pour que je m'y intéresse, Nobody me laisse pour s'enfoncer dans le dédale des maisons vers celle de Steve et Samantha. Guitare dans le dos, il s'éloigne de sa démarche chaloupée. Je l'aime, il n'y a pas d'autre mot.

Enfin, j'atteins ma destination, coincée entre un tailleur et l'agence de voyages Ganga Travels. L'endroit n'est rien de plus qu'une pièce carrée ouverte sur la rue, avec une pancarte indiquant *STD/ISD – Best international calls here.* Un gros Indien à la moustache touffue et à l'œil torve m'accueille d'un salut de la tête sans cesser de chiquer son tabac. Assis derrière son bureau, les bras croisés sur son ventre épais, il me toise d'un air bovin avant de lâcher :

— Tu veux international ?

J'acquiesce.

— Pays ?

— Angleterre.

— OK, tu appelles et après tu payes ici.

Il ne m'annonce pas les tarifs, je les connais déjà. Je m'installe dans l'une des cabines en bois alignées au fond de la pièce, sur une chaise en plastique à moitié déformée. Après trois sonneries, une voix masculine imbibée d'alcool me répond. Je soupire intérieurement.

— Salut, Pete… Ma sœur est là ?

— Euh, ouais, ouais, elle est, euh… elle prend sa douche. Tu devais pas appeler le 9 ?

— Oui, c'était avant-hier. Et crois-moi, j'ai essayé.

— Ah, ha ha, merde, le temps file quand on s'amuse, hein !

Je marmonne. Suzie sous la douche… Ouais, et ma mère, c'était la Reine d'Angleterre. Elle est plutôt en train de planer sur le canapé.

— Allez, passe-la-moi, c'est pas grave si elle est défoncée. Je veux juste savoir si elle a acheté son billet.

Il s'esclaffe, débile.

— T'as des espions ou quoi ? Elle est raide sur le canap', là, je crois qu'elle pionce. Mais je peux te répondre, parce que c'est moi qui ai payé pour les billets. Eh ouais. On arrive le 26, euh, à 18 heures. Ouais, c'est ça. On a hésité à descendre de Bombay en train, et puis bon, c'est plus cool d'arriver direct à Goa. La fête n'attend pas, hein !

— Mmm, OK. Super, c'est noté…

— Quoi, t'es pas contente que je vienne ?

— Tant que Suzie vient, ça m'est égal. Tu lui diras que j'ai appelé ?

— Sûr, pas de problème.

— Et de bien prendre soin d'elle, aussi…

— T'en fais pas pour ça. Elle assure, ta sœurette, c'est la meilleure des meilleures !

— Ouais, allez, bye.

Je repose le combiné avec colère. Je les renifle d'ici les remugles d'alcool et de crack. J'ai la nausée à l'idée que Suzie baigne dans cette ambiance glauque de son plein gré. Je refoule mes larmes de rage et d'impuissance. Il est temps d'anesthésier tout ça dans les vapeurs d'un bon shilom. Chacun sa drogue, après tout.

13.

Riley

Irlande, fin août 2019.

RORY A RAISON, l'appart est facile à trouver. Sur Wexford Street, au-dessus d'un café Insomnia, j'aperçois un quatuor de bow-windows dont l'une, au dernier étage, laisse entrevoir une énorme plante verte qui s'écrase contre le carreau. La rue doit être bruyante à vivre, c'est l'une des plus animée de Portobello. Tous les immeubles, qu'ils fassent un étage ou trois, abritent des magasins. Et il y a littéralement de tout, de la boucherie à la librairie.

J'avise la sonnette et marque une pause, le doigt en l'air, perplexe. Les Irlandais et leur alphabet, c'est dingue. Une chance, j'aperçois le prénom de Mae. Je peux donc en déduire que le « Niamh » à côté appartient à la sœur de Rory. Je l'avais orthographié comme je l'entendais, Neev, mais j'aurais dû me douter que la graphie irlandaise me jouerait un tour. La porte se décroche dans un *clac* et je pénètre dans un étroit couloir baigné d'une délicieuse odeur de grain moulu, de muffins et de café chaud. Mon ventre gargouille. J'ai l'habitude d'avoir toujours faim, mais en temps normal je dépense ça à l'entraînement. Si ça continue je vais changer de catégorie de poids, c'est Régis qui va être ravi. Ça fait deux ans qu'il m'encourage à grossir et que je n'y arrive pas. Mon corps crame tout. Quand on voit ma mère, on comprend : une asperge avec la peau sur les os. Pourtant, elle essaye. En ce qui la concerne, à mon avis, ce n'est pas l'exercice qui brûle ses graisses, mais l'anxiété et le nuage de dépression latente qui plane au-dessus d'elle depuis ma naissance. Enfin, depuis l'accident.

L'escalier en bois est étroit, et il grince malgré la moquette dégueulasse qui le recouvre. Je dépasse le premier palier, ses deux appartements, et perçois une musique qui s'échappe de la porte entrouverte à l'étage. Du rock, et du bon, à ce que j'entends, même si je ne reconnais pas le groupe.

Je pousse le battant entrebâillé. Personne dans l'entrée, rien que chaussures et manteaux. Le bruit strident d'un blender couvre le solo endiablé et j'en déduis que l'action se déroule côté cuisine. Un parfum d'herbes et d'épices envahit mes narines. Mon estomac hurle de plus belle. Il est vraiment temps que je mange. Le corridor est couvert d'un parquet miel, ciré avec tant de soin que mes chaussettes glissent quand j'enlève mes Doc. Je vérifie qu'il n'y a personne, attrape ma cheville et porte un pied à mon nez pour en vérifier l'odeur. Ça ira. J'ai fait attention à changer de chaussettes juste avant de venir. Quelle idée de prendre des chaussures fermées en plein été. J'aurais dû emporter au moins une paire de sandales. Même en Irlande, où la pluie est plus courante que le soleil, ça reste la saison estivale. Et marcher, ça fait transpirer. Et transpirer, ça fait puer des pieds. Et puer des pieds, c'est vraiment pas glamour.

Je dépasse, sur ma gauche, un placard et deux portes qui mènent vers un cabinet de toilettes et une salle de bains. Au bout, la troisième s'ouvre sur le salon. La déco *arty* mêle habilement moderne urbain, vintage des sixties, couleurs vives et street art pour un résultat qui m'en fait oublier jusqu'à la présence supposée de Rory dans la pièce à côté. J'aperçois dans la bibliothèque pléthore d'ouvrages sur l'histoire de l'art, le graffiti, le dessin, mais aussi le tatouage, plus des livres de recettes de cocktails et de *health food*, et je me retiens de les feuilleter un par un.

Les grandes fenêtres en saillie déversent une lumière généreuse – merci aux nuages qui se sont écartés pour l'occasion. Elle joue dans les rainures d'or du parquet et vient se projeter sur la fresque qui s'étale sur le mur du fond. Je ne la remarque qu'au moment où je me dirige vers la cuisine.

Sur fond blanc s'épanouit une jungle tropicale, verdoyante, fleurie d'hibiscus et de frangipaniers et peuplée d'étranges personnages, mi-hommes mi-animaux. Ici, un homme en pagne qui dépasse de la végétation, sa peau mate tatouée à la polynésienne, le corps surmonté d'une impressionnante tête de crocodile. Ici encore, une femme nue à tête de toucan. Là, une autre, au corps strié de rayures orange et noires, surplombé d'une superbe tête de tigre. Un homme perroquet au plumage chamarré, perché en haut d'un arbre. Un enfant singe, suspendu à une branche. Mais celle qui me fascine le plus, au premier plan, c'est la Méduse à peau d'ébène et yeux d'émeraude. Les multiples regards de sa chevelure serpentine plongent en moi avec une intensité qui me statufie. Son corps, tout en rondeurs et en courbes, a pour seuls vêtements de lourds bijoux d'or et des tatouages qui se fondent dans l'ombre de sa peau. Et son visage, sa bouche…

— C'est ma sœur qui a peint ça. Elle est douée, hein ?

Je ne retiens ni mon sursaut, ni mon cri effarouché, ni le gloussement qui s'ensuit. Mon cœur tambourine bêtement dans ma poitrine et mes joues se sont embrasées d'un coup. Rory s'esclaffe.

— Hypnotisante, *right* ? Une fois où j'étais complètement défoncé, il paraît que j'ai passé une soirée entière assis là, à la regarder, lui parler, lui faire des déclarations enflammées. Je me suis réveillé roulé en boule devant, à même le parquet, sans aucun souvenir. Apparemment, ma sœur a essayé pendant presque vingt minutes de me ramener dans mon lit. Au final, elle m'a glissé un oreiller sous la tête. Tous ceux qui viennent ici restent scotchés.

— Tu m'étonnes…

Mon attention est de nouveau happée par la Méduse. M'extirper de son emprise me demande un effort titanesque, mais j'y parviens pour les beaux yeux de Rory. D'ici, on dirait deux perles noires et luisantes. J'ai les joues toujours enflammées. Pas sûre que ce soit la gêne qui me fasse cet effet finalement, mais plutôt l'Adonis qui se tient devant moi. Sans bonnet ni béret, son crâne rasé met superbement ses traits anguleux en valeur. Et cette bouche charnue…

— Ta sœur n'est pas là ?

J'ai envie de lui sauter dessus. Littéralement.

— Elle va arriver d'ici vingt minutes. Pareil pour Mae.

Il s'approche, et je sens son aura de prédateur qui ondule jusqu'à moi. Un léger sourire agite le coin de sa bouche. Sa mâchoire se contracte. Il se mord la lèvre, et un frisson délicieux m'attrape le nombril pour grimper le long de ma colonne jusqu'à la racine de mes cheveux. Il avance d'un pas lent, moi aussi. Pas de proie ici, mais deux félins qui se guettent en roulant des épaules, prêts à s'entre-dévorer.

S'échappant des amplis, « *Romeo and Juliet* » des Dire Straits choisit cet instant pour se mêler à l'échange silencieux entre nous. J'esquisse un sourire. Je l'adore, elle me rend à la fois heureuse, légère, et mélancolique. J'ai toujours eu envie d'embrasser un homme sur cette chanson.

Je hume son odeur boisée, délicatement épicée. Il caresse ma joue, et je suis obligée de me casser la nuque pour le regarder. J'attrape son col, le fixe quelques secondes droit dans les yeux, avant de l'attirer vers moi. Il se laisse faire sans résistance et m'enlace pour me lever à sa hauteur et me presser contre lui. Pour plus de confort, j'enroule mes jambes autour de sa taille. Dommage que nous n'ayons que vingt minutes.

Le morceau suivant n'est autre que « *Baba O'Riley* », et je pouffe par-dessus notre baiser. Sans me relâcher, la bouche sur la mienne, il se vante d'un air gamin :

— T'as vu ça, j'avais tout bien calculé à la minute près. Un baiser, une chanson, et hop, tu tombes dans mes bras. Ah, quelle femme prévisible !

Je lève un sourcil outré. Une femme prévisible ? Qui tombe dans ses bras ? C'est ce qu'on va voir, non mais. Je m'écarte et retrouve la stabilité du sol pour lui assener une bourrade qui le fait grimacer. Il se masse l'épaule d'un air de reproche. Je croise les bras, narquoise.

— Bah quoi, t'avais pas prévu ça ?

Il me tire la langue sans cesser son massage.

— En effet, je n'avais pas prévu que tu me déboîtes l'épaule pour une boutade.

— Oh, mais quelle chochotte, j'y suis pas allée fort.

— Ouais, c'est ça, pas fort. Sauf que tu m'as tapé en plein dans le muscle.

Il rigole, mais la crispation de son visage montre qu'il a vraiment eu mal. C'est vrai que c'est un peu ma botte secrète.

— En même temps, mon petit gars, tu l'as bien cherché. *Te tomber dans les bras,* non mais franchement…

Il lâche son épaule, et cette fois, c'est lui qui m'attrape pour m'attirer vers lui alors que je fais mine de m'éloigner. Je le toise avec un sourire satisfait.

— C'est plutôt toi qui es en train de me tomber tout cru dans les bras.

Il rigole, et son rire fait s'envoler quelques papillons dans mon estomac.

— Ça, je ne peux pas le nier… Surtout que c'est terriblement sexy, une femme qui sait se battre… Enfin, je pense qu'il va falloir qu'on teste ça sur un ring.

— Oh, attention à ce que tu proposes, *my dear,* tu pourrais le regretter. Et moi, je serais bien triste d'abîmer ce beau visage.

Pour toute réponse, il m'embrasse avec fougue et mon désir s'enflamme. Et parce que le monde est cruel, c'est le moment que choisit sa sœur pour rentrer à la maison. Le bruit de la clé déverrouillant la porte nous écarte l'un de l'autre, essoufflés. Nous avons tout juste le temps de nous reprendre avant que Niamh ne débarque dans le salon.

— Oh, ça sentirait presque la fornication ici, je suis arrivée à temps.

Sans surprise, un incendie se déclare à nouveau sur mes joues. Rougir, ou comment être un livre ouvert sans avoir le choix. Rory écarte la remarque d'un geste de la main, les prunelles pétillantes.

— Mais non, voyons. Tout de suite, quel esprit mal placé ! Riley, je te présente ma sœur Niamh.

Je ne suis pas encore à l'aise avec les présentations, ici. Est-ce que je suis censée lui serrer la main ? Lui faire la bise comme en France serait déplacé, ils n'ont pas l'habitude. Alors j'attends de voir ce qu'elle va faire. Elle s'avance, aussi souriante que moi, et m'enlace brièvement avant de me jauger des pieds à la tête, les mains sur mes épaules. Attitude qui ne me dérange pas de sa part, car elle le fait avec une sympathie sincère.

— J'adore ta dégaine. Tu ne m'avais pas dit qu'elle avait un aussi bon style ! lance-t-elle en se tournant vers Rory. Ni qu'elle était aussi canon.

Elle me fait un clin d'œil et son frère hausse les épaules.

— Ce n'est pas vraiment le genre de détails sur lesquels je m'attarde pour décrire quelqu'un. Contrairement à toi, femme superficielle que tu es.

— Tss, mauvaise langue.

Elle me lâche les épaules en riant et hume l'air. C'est à mon tour de la détailler, et j'accueille son compliment sur mon style avec d'autant plus de gratitude. Elle a la classe, il n'y a pas d'autres façons de le dire. Comme Rory. Ça doit être un truc de famille. À la différence qu'elle a les traits plus secs, plus effilés. Les lèvres notamment, plus finement dessinées. Ses vêtements sont ordinaires : des bottines cloutées, un jean noir et un T-shirt qui lui tombe des épaules, mais c'est bien la seule chose d'ordinaire chez elle quand on considère les tatouages complexes qui lui recouvrent les bras, et surtout sa coupe de cheveux. Jamais je n'aurais le cran, ou même l'envie, de faire ça à ma chevelure. Aussi brune que son frère, elle a décoloré ses cheveux longs d'un blond platine en laissant les racines à découvert. Rasée sur un côté, l'autre tressé contre le crâne, il ne reste que le dessus, large et épais, qu'elle a natté. Elle me fait penser à une femme viking qui serait sortie tout droit de la série éponyme, en faisant un arrêt dans un quartier punk. En somme, je suis fan.

— Bon, alors, voyons un peu ce que tu as préparé.

Elle disparaît dans la cuisine et Rory se tourne vers moi avec une fausse mimique apeurée, les yeux exorbités et la bouche tordue. Je ricane et le pousse à la suite de sa sœur.

— Allez, moi aussi je veux savoir si je vais mourir empoisonnée ce soir ou si j'ai une chance de survivre.

Je ravale bien vite ma taquinerie en voyant les délices qu'il a mitonnés. Donc, c'est officiel, j'ai rencontré l'homme parfait. Il veut monter sur un ring avec moi, il me fait rire toutes les cinq minutes, il fait l'amour comme un dieu, il est beau à se damner et il cuisine des bons petits plats. Dommage que je sois anti-mariage, j'aurais mis un genou à terre direct pour faire ma demande. Reste plus qu'à découvrir ses défauts, maintenant.

Le bruit de mixeur, c'était pour la préparation d'un guacamole dans lequel Niamh plonge un doigt gourmand.

— Mmm, *brother,* il est encore meilleur que celui de Mae, et c'est pas peu dire. Et ça ?

— C'est les galettes végétales. J'ai mélangé sarrasin et boulgour avec des courgettes et un peu de curry, ça devrait être bon.

— Je n'en doute pas. Tu as toujours été le meilleur cuisinier de nous deux, je ne peux pas t'enlever ça.

Je dois avoir l'air d'un poisson hors de l'eau. Je suis scotchée. Sur une plaque, il a même préparé des *potatoes.* Pas acheté, non. Crues et recouvertes d'épices, elles attendent d'être enfournées. Ce mec est plus que l'homme parfait, c'est mon héros. Je déplore l'absence d'un bon steak, mais je m'en remettrai. Il a aussi fait une salade où j'aperçois roquette, pignons, tomates séchées et feta. Le rêve.

— Riley, tu veux boire quoi ? Alcool ? Thé ?

Je sors de ma contemplation et bafouille :

— Une bière, c'est parfait, merci.

J'ai faim, mon estomac s'échine toujours à me le faire comprendre à grands coups de grognements. Nous nous installons au salon, dispersés entre les deux gros poufs et le canapé vermeil où s'écroule Niamh avant de dégainer une cigarette. Une Vogue, plus précisément. Avec sa dégaine de rockeuse, c'est la classe incarnée.

— T'en veux une ?

— Non, merci, j'essaye de ne fumer qu'en vacances.

— Oh, et tu y arrives ?

— Avec le sport, je n'ai pas trop le choix, je suis obligée de ménager mes poumons.

Elle se redresse pour taper sa cigarette dans le cendrier vert pomme.

— Tu fais quoi comme sport ?

— De la boxe thaïe, principalement, et aussi un peu de lutte et de judo.

— Ah ouais, c'est carrément la classe, ça ! Attention, frère, je crois que t'en as enfin trouvé une qui va pouvoir te botter le cul. Ce serait pas trop tôt.

Niamh s'enfonce dans le canapé d'un air narquois, un genou replié contre la poitrine, tirant sur sa Vogue avec un chic indéniable.

— Justement, ricané-je. C'est prévu.

Je lui lance mon rictus le plus provocateur.

— Pff, n'importe quoi. C'est toi qui vas mordre la poussière.

— Que tu crois.

On se jauge, sourcils froncés, yeux plissés, avant d'éclater de rire.

— Fais gaffe, intervient Niamh, lui aussi, il se défend. Il a été champion de boxe junior quand on était au collège. Deux fois.

— Oh, il ne m'avait pas dit ça, susurré-je. Alors comme ça, tu voulais me prendre par surprise avec tes talents cachés ?

— T'as tout compris, *honey*.

Mae arrive sur ces entrefaites et Rory nous laisse faire les présentations pendant qu'il file à la cuisine.

Elle est plus petite que moi, qui ne suis pourtant pas grande. Les jambes légèrement arquées et les pieds minuscules, elle a tout aussi peu de poitrine. Comme Niamh, elle a les bras recouverts de tatouages dans un style japonais travaillé qui s'accorde bien avec ses origines asiatiques manifestes. Son métissage se remarque dans l'amande effilée de ses yeux, dans son visage large, un peu plat, aux pommettes hautes, dans l'ambre de sa peau et la raideur d'ébène de ses cheveux. Elle est sublime.

— Riley, si tu continues à dévisager ma copine avec cet air-là, je vais me poser des questions…

Je sursaute et m'excuse, rouge de honte.

— T'inquiète, je te comprends, je suis la première à m'extasier devant cette créature de rêve.

Disant cela, Niamh attrape la main de Mae et l'attire vers elle pour frotter sa tête contre son ventre. Mae me lance un sourire gracieux et passe un bras autour des épaules de sa compagne en lui caressant la joue.

— Vu l'odeur, j'en déduis que ton frère a encore assuré en cuisine ?

— Comme d'hab', un vrai chef ! Vu qu'on l'héberge, on se permet d'exploiter ses talents, tu comprends, ajoute-t-elle en se tournant vers moi. C'est comme avoir ma mère à la maison, mais sans les bavardages incessants.

— Ouais, et lui, au moins, sait ce que cuisiner végétarien signifie.

— T'es dure, elle fait gaffe, maintenant.

— Oui, elle s'assure que j'ai un plat de pâtes à manger quand je viens.

Niamh hausse les épaules.

— Qu'est-ce que tu veux, elle a pas l'habitude. Ce n'est pas contre toi.

— Je sais, je sais.

Mae se vautre sur le canapé et allonge ses jambes sur Niamh, rejetant la nuque en arrière sur l'accoudoir.

— C'est toujours mieux que mes parents. Je te jure, vivement qu'ils repartent à Cork, ils me rendent folle. Linh par-ci, Linh par-là, j'en peux plus. Et maintenant que Môssieur est avocat, c'est devenu vraiment abusé.

Je laisse à Mae l'intimité de raconter sa journée et rejoins Rory dans la cuisine. Me rappelant mes bonnes manières avant de franchir la porte, je me retourne :

— Je vous rapporte quelque chose à boire ?

— *Yeah, thanks, love,* deux bières.

J'adore comment les Irlandais prononcent *love,* comme s'il y avait un *f* à la fin. En règle générale, de toute façon, je suis dingue de leur accent, même s'il diffère selon les régions. Celui de Mae, par exemple est très léger, contrairement à celui, typique d'Irlande du Nord, de Rory et Niamh. Mes oreilles ne sont pas capables d'en saisir toutes les nuances, mais j'apprends.

J'enlace Rory par la taille et me penche pour observer ce qu'il prépare.

— Je sens qu'on va se régaler.

— Y a intérêt.

Il me lance un sourire en biais avant de poser un baiser sonore sur mon front. Je m'écarte pour le laisser libre de ses mouvements et me cale contre le plan de travail. Je jauge son corps, les muscles de son cou qui se contractent à chaque geste, même anodin. La carrure de ses épaules, sa taille plutôt imposante. Je réfléchis en silence à la meilleure manière de l'aborder sur un ring.

— Alors, tu es partant pour un petit combat amical un de ces jours ?

Il plisse les yeux et me lance un regard malicieux.

— Tu n'as pas trop peur ?

Je ricane.

— Je ne suis pas en sucre, crois-moi. Et on peut fixer des règles, retenir nos coups, ou même ne pas frapper au visage. Tu pratiques toujours ? Tu saurais où on pourrait faire ça, à Dublin ?

— Non, j'ai arrêté à dix-neuf ans, quand j'ai commencé à bosser. Je continue à faire du sport dès que je peux, mais c'est tout. Les joies du monde du travail ont eu raison de ma motivation… Bref, je ne connais pas vraiment d'endroit, surtout ici. Mais Mae fait du krav maga dans un club, tu pourras lui demander. Sinon, je vais au parcours sportif du Herbert Park dès que je peux. Je me disais qu'on pouvait se faire un petit combat amical sur la pelouse.

Il retourne les galettes et lève un sourcil interrogateur.

— Ça t'irait ?

— Ma foi, oui, la pelouse, c'est bien. Ce dimanche ?

— Pourquoi pas. Je dirai à Niamh et Mae de venir, pour me soutenir. Quoique, à tous les coups, elles vont retourner leur veste en ta faveur. Solidarité féminine, tout ça… Au fait, je change de sujet, mais si ça te tente de rester ce soir, plus tard, je veux dire, j'ai trouvé le documentaire dont je te parlais cet après-midi, sur

YouTube, avec des sous-titres français. On pourrait le mater…

Je me retiens de trop sourire.

— Oui, avec plaisir, il m'intrigue bien. Mais, pour info, tu n'es pas obligé d'avoir une excuse pour me proposer de rester. J'en ai envie, de toute façon.

Un rire nerveux s'échappe de sa gorge, il rougit même un peu. L'homme serait-il plus timide que je ne le croyais ? Il n'en avait pourtant pas l'air le premier soir où on s'est rencontrés. Mais l'alcool désinhibe, c'est bien connu. J'attrape son T-shirt, que je vais finir par déformer à force, et l'oblige à abandonner galettes et spatule pour se pencher vers moi. Je saisis sa bouche, la mords presque, avec tout le désir qui me brûle le ventre.

Une odeur de nourriture carbonisée lui arrache un feulement et il m'écarte avec autant de fougue qu'il avait eue à m'enlacer.

— Oups. Je dirai que c'est ma faute, promis.

Les dégâts sont mineurs, tout va bien. Je le laisse vaquer à son art culinaire en toute tranquillité et retourne au salon avec les deux bières.

La conversation s'engage facilement avec les filles, et me permet d'en apprendre davantage sur elles. Niamh est une personne surprenante. En plus de faire de la peinture et du street art, elle est graphiste, illustratrice et, à ses heures perdues, tatoueuse. Et de toute évidence, vu l'appartement qu'elle se paye, elle n'a aucun problème pour trouver des clients et des acheteurs. Mae aussi s'essaye au tatouage depuis quelque temps, mais son travail, son art, c'est les cocktails. Elle est venue à Dublin depuis Leeds, en Angleterre, pour intégrer l'European Bartender School, et elle n'est jamais repartie.

— On s'est rencontrées il y a un peu plus de quatre ans, Mae n'avait pas un seul tatouage à l'époque, t'imagines ? Des amis communs lui ont recommandé de venir me voir, surtout que je fais des prix plutôt sympas parce que je n'ai pas de local à payer, et, comment te dire… Disons que je ne l'ai pas laissée repartir.

— Pff, tu aurais essayé que tu n'aurais pas pu, de toute façon. Je t'aurais harcelée jusqu'à ce que tu craques.

Mae se penche vers son amoureuse et frotte son nez contre le sien avant de l'embrasser. Adorable. Elles vont tellement bien ensemble, c'est dingue. Leur amour et leur complicité font plaisir à voir, surtout après quatre ans de relation.

Le repas est, comme prévu, un régal pour les papilles. J'en oublie même l'absence de viande. Nous dégustons nos burgers dans un silence religieux, seulement interrompu par nos soupirs de plaisir à faire douter un aveugle quant à la nature de notre activité.

Après un limoncello maison plus que goûteux, nous passons une petite heure à discuter avec les filles avant de nous éclipser dans l'atelier de Niamh, qui fait aussi office de chambre pour Rory pendant son séjour.

La pièce n'est pas très grande, mais son espace est optimisé. Sur deux étagères sont stockés papiers, bombes de peinture, boîtes de rangement et autres matériels créatifs que je suis bien en peine d'identifier. Contre le mur du fond sont alignés une table à dessin inclinée et un bureau long avec deux grands écrans d'ordinateur. La partie gauche de la pièce est réservée au tatouage, avec une table et une lampe à bras fixée au mur. C'est évident, Niamh est une femme organisée, au moins autant qu'elle est créative. Côté fenêtre, c'est le coin de Rory. Un canapé-lit déplié, un drap en boule, et un large sac de sport ouvert sur un tas de vêtements. En face, une penderie supporte le poids d'un nombre d'habits bien supérieur à ce qu'elle peut accueillir. J'aperçois notamment le costume trois-pièces qu'il portait quand on s'est rencontrés.

— Dis donc, monsieur est coquet, on dirait...

Il désigne la penderie d'un geste vague tout en installant son ordinateur sur un tabouret à côté du lit.

— Il n'y a pas que mes affaires, il y a aussi des fringues à ma sœur... Mais oui, c'est vrai, j'aime bien la mode. Ça va avec ma passion pour la photographie, je suppose.

— Oh, je ne savais pas que tu faisais de la photo... ça fait longtemps ?

— Ouais, plutôt. J'ai dû attendre mes seize ans, Noël, et plusieurs mois d'argent de poche pour m'offrir mon premier vrai appareil photo, mais depuis, j'ai un peu étoffé mon matériel. Je me suis même installé une chambre noire chez moi, à Belfast. J'ai déjà exposé une ou deux fois là-bas. J'ai fait quelques mariages pour des amis ou par le bouche-à-oreille. J'ai un compte Instagram, aussi, tu pourras aller voir, si tu veux.

— Avec plaisir...

Décidément, cet homme réserve bien des surprises.

Nous nous installons, Rory allongé et moi lovée contre lui, la tête sur son torse. L'envie de lui sauter dessus disparaît à la minute où le documentaire *Searching for Sugar Man* et son incroyable bande-son envahissent la pièce. Je plonge tête la première dans cette enquête captivante, sur les traces de ce musicien hors cadre, hors normes, de ce poète de la rue oublié du monde. Je ne fais aucun commentaire, scotchée que je suis devant l'écran. Et à la fin, impossible de retenir mes larmes quand, après toutes ces années d'anonymat, il rencontre enfin la scène qui lui revient, son public, sa gloire.

Je suis toujours muette quand le générique défile. Le T-shirt de Rory est mouillé sous ma joue, il doit le sentir. Il a passé un bras autour de moi et il me caresse les cheveux. Je remonte et fourre mon nez dans la chaleur de son cou, inspirant son odeur musquée.

— Merci, murmuré-je. Et tu avais raison, il me fait beaucoup penser à mon père… même dans la dégaine, ils se ressemblent beaucoup.

Je me demande si mon père est aussi humble que lui, aussi simple et profond à la fois. Une chose est certaine, j'ai bien l'intention de le découvrir. Ma motivation pour la retrouver vient de regrimper dans les sommets.

14.

Marianne

Inde, décembre 1999.

JE TIRE UNE LONGUE BOUFFÉE SUR LE SHILOM avant de le passer à mon voisin, Laurens, un jeune Hollandais aux cils blonds presque transparents. Il est arrivé il y a deux jours et n'a littéralement rien fait d'autre que fumer, au point que ses yeux bleus disparaissent sous ses paupières empesées de haschich. Il me lance un sourire d'où s'échappe un nuage épais de fumée, rigole et se penche vers moi avec un air de confidence :

— Ton mec, il a franchement la classe, hein ? Tu crois que c'est naturel, ou il le fait exprès ?

La question me fait lever un sourcil perplexe et je jette un regard par-dessus les flammes dansantes du feu. Nobody, assis en tailleur, le visage dissimulé dans l'ombre de son chapeau, chantonne une de ses compositions sans se soucier du monde. Il enlace sa guitare avec la délicatesse d'un amant. Penché sur elle, il lui murmure des mots doux qui n'appartiennent qu'à eux.

Oui, il dégage un charme envoûtant. Et il est beau. De mon point de vue autant que de celui de la plupart des femmes qui croisent sa route, comme en témoignent leurs regards papillonnants. Est-ce qu'il le fait exprès ? Non, justement. S'il essayait, l'effet serait annulé. C'est parce que son charisme est naturel qu'il est aussi marquant. Ou bien je suis juste trop amoureuse pour être objective.

Ma contemplation muette a fait fuir l'esprit dispersé de Laurens qui s'est rabattu sur la fille à sa gauche. Tant mieux, il me fatigue. Il n'est pas méchant, mais ça se voit qu'il est un peu paumé, et ses conversations ne volent pas bien haut. Quand il ne part pas dans un de ses discours mystiques sur le sens de la vie, de l'existence et de tout ce qui est. Ceux-là, ce sont les pires. Je les fuis comme la peste. Ici, à Goa, ils prolifèrent comme les champignons hallucinogènes.

Karma par-ci, bouddhisme par-là, merci bien. Tous ces préceptes, en eux-mêmes, sont passionnants, je ne les rejette pas. Je pense qu'ils contiennent de véritables pépites de vérité. *Siddhartha*, d'Hermann Hesse, n'est pas un de mes livres favoris pour rien. Ce que je refuse, c'est la fascination aveugle, exaltée, de tous les perchés du monde qui se précipitent en Inde pour y trouver je ne sais quelle réponse à je ne sais quelle question. Ou peut-être que ça m'énerve autant car c'est aussi mon cas. Sauf que je ne suis pas perchée. Je suis spirituelle, oui, mais ça ne m'empêche pas de rester pragmatique. Et surtout, je n'ai pas besoin de parler à tout bout de champ des compréhensions que m'ont apporté mes vagabondages. J'ai la désagréable impression que tous ces gens essayent surtout de se convaincre eux-mêmes, qu'ils cherchent à se valider en étalant leurs opinions de la sorte. Ce qui est humain, mais inutile, et triste. On peut passer une vie entière sans recevoir de personne ce qu'on aurait pu, depuis longtemps, s'offrir à soi.

Je continue de fixer Nobody. *My love,* je l'appelle ainsi, à présent. C'est niais, mais je n'arrive pas à m'en empêcher. Lui m'appelle *love,* tout court, ou *luv,* avec son drôle d'accent irlandais. Pour rire, je l'appelle mon amour, en français. Il adore ça. En vérité, je ne rigole pas. Je suis très sérieuse, trop sérieuse. Et le dire dans ma langue natale rend la chose encore plus réelle.

Tout mon être se tend vers lui, chaque heure, chaque minute. Même quand je ne le regarde pas, je le vois. Je suis consciente, toujours, de sa présence. C'est épuisant, et tellement grisant.

Sous l'ombre de son chapeau, je retrouve ce plissement discret entre ses sourcils qui se forme lorsqu'il est concentré. Je goûte l'ourlet rebondi de sa lèvre, la virgule vaporeuse de son sourire quand il déniche une note timide au creux d'une mélodie. Derrière le rideau châtain de ses cheveux, je trace le dessin de sa mâchoire, la courbe parfaite de sa gorge. Je le connais comme mon propre corps. Comme si nous n'étions qu'un.

Il a senti mon désir de lui, il le sent toujours. Il relève le menton. Dans ses prunelles dansent les flammes entre nous. Le feu crépite, pétille, à l'image du brasier qui s'agite dans mon bas-ventre. Ma libido n'a jamais été un long fleuve tranquille, elle a ses exigences. Mais avec lui, ça dépasse tout ce que j'ai connu. Aimer chamboule mes croyances. Libertine même en couple, à d'autres. Ça fonctionnait bien, jusqu'à maintenant. Et puis vient ce frémissement de l'âme, ce tremblement du cœur, et l'autre emplit tout l'espace.

M'enfuir en courant, j'y pense encore. J'ai si peur. De tout perdre, parce que la vie n'est pas juste ; elle est aléatoire. De me tromper, parce qu'être sûr est impossible. Mais mon élan est noyé sous un autre, plus fort, plus impérieux. Celui de la curiosité. Celui qui pousse le scientifique à tenter l'expérience. Celui qui fait sauter en parachute. Ce besoin viscéral de *savoir*. D'essayer, encore. D'y croire, encore. L'élan qui nous fait tomber, et nous relever. L'élan de la vie. Sinon, nous sommes morts. Morts à l'intérieur, morts dans l'âme, morts dans le cœur. Et je ne veux pas mourir. Je veux vivre.

Je me coule dans l'obscurité pour le rejoindre. Je m'assois à ses côtés et glisse ma main au creux de sa nuque, sous la moiteur de ses cheveux. Il fredonne l'une de ses compositions. Félin, il repose son visage contre mon bras et ferme les yeux. Je caresse la base de son crâne, là où se niche le musc de son odeur. S'il pouvait, il ronronnerait. Il pose sa guitare, remonte jusqu'à mon épaule, se frotte contre moi comme un chaton et s'allonge pour reposer sa tête sur mes cuisses, le visage enfoui contre la chaleur de mon ventre. Il enroule ses bras autour de moi et me serre, presque trop fort.

Je n'aurais pas cru qu'il saurait se montrer si vulnérable lorsque je l'ai rencontré. Il a l'air si sûr de lui, et pourtant, dans l'intimité, il fond comme un sucre mouillé entre mes doigts. J'entends la remarque de Suzie, aussi claire que si elle était là : « Dis donc, il est pas sevré, ton mec. » C'est idiot. Qui l'est vraiment ? Au fond de quel être humain ne se dissimule-t-il pas un enfant meurtri, par la vie, les autres, lui-même, n'attendant qu'un geste pour se révéler, pour *dire*. Réprimez-le, et il hurlera plus fort. Je le sais, j'ai essayé. Cette enfant, je la porte chaque jour au creux de moi. Cette petite fille qui pleure son insouciance. Cette petite fille qui attend une mère disparue, et la force d'un père qui ne se relèvera jamais. Qui a vu la beauté de la vie devenir noire. Cette petite fille qui a porté le monde sur ses épaules, et qui n'aurait pas dû. Je l'enlace, cette essence de moi. Je lui parle. Je la rassure. Je ne l'abandonnerai jamais. Je lui dis, je lui répète. Je l'aime, aujourd'hui, pour toujours.

Et c'est ce même amour que j'offre à l'enfant lové contre moi. Cet enfant dont les prunelles reflètent une douleur innommable. Ce petit garçon qui appelle un oubli qui ne s'oublie pas. Qui aspire à un amour qu'il ne se permet pas. Qui a vu ce qu'il n'aurait pas dû voir. À cet enfant, je caresse le visage. Je murmure des mots doux. J'offre ce qu'il se refuse. Aimer l'autre pour sa force est facile. L'aimer pour sa vulnérabilité, là est le véritable présent.

Il s'endort, je l'entends à son souffle serein. Mes jambes s'engourdissent, fourmillent, ça m'est égal. Je me perds dans l'ondulation reptilienne des flammes. Une envie de chanter s'empare de ma voix. Je remarque à peine que les conversations s'éteignent alors que j'entonne le premier couplet de « *Stars* », de Janis Ian. La chanson est longue ; retenir les paroles m'a demandé du temps. Et pourtant, tous les soirs, je la réclamais à maman. *Pas Marianne ?* elle me demandait. Parfois, je disais oui. Je l'aime beaucoup aussi. Mais « *Stars* » est unique. Elle ne se raconte pas, elle se vit.

Un silence accueille son écho. Seul un shilom tourne encore, de main en main. Je sens les regards sur moi, d'autres tournés vers le ciel qui transparaît entre les feuillages. Un premier sifflement perce l'atmosphère ouatée lorsque j'arrête de chanter. D'abord doux, un deuxième, un troisième, puis un hurlement de loup sous la lune, un autre, et bientôt chacun y va de son cri.

Autour du feu, les têtes et les mains s'agitent, s'élèvent vers les étoiles, et nos cœurs se gonflent ensemble. Quand l'atmosphère retombe, je goûte les sourires sur les visages. Là est le pouvoir de la musique. Elle crée le bonheur.

— *Namaste, sister. Bom bolenath.*

— *Bom Shankar,* répliqué-je en prenant le shilom que m'offre le gars à ma gauche.

Je le lève à hauteur du front avant de tirer avec la pleine puissance de mes poumons. Je les emplis jusqu'à la dernière particule et recrache un nuage dense qui masque un instant la lueur du feu. Le *charas* gras m'envahit les papilles et son effet hypnotisant m'enflamme les yeux. Délicieux.

Nobody s'est réveillé pendant que je chantais, mais il refuse le shilom d'un signe de tête, toujours lové contre moi, trop confortable dans le cocon de sa somnolence.

Nous rentrons à la hutte peu de temps après, et cette fois, c'est moi qui me glisse dans ses bras. Nous faisons l'amour. Lentement. Langoureusement. Notre jouissance nous laisse à demi évanouis. De mon corps engourdi, je ne perçois que la caresse de Nobody dans mes cheveux. Je m'absorbe dans la course de son cœur, dans le soulèvement essoufflé de sa poitrine. La sueur de son torse mouille ma joue. Il commence à fredonner.

Come over to the window, my little darlin'.
I'd like to try to read your palm.
I used to think I was some kind of gypsy boy
Before I let you take me home.

Il me berce en chantonnant, et je m'éteins peu à peu. Lutter serait aussi impossible qu'inutile. À travers la brume du sommeil, je distingue d'autres mots. Trois, exactement.

— I love you.

Mais Morphée ne me laisse pas répondre et m'emporte avec lui.

Le lendemain nous cueille peu après l'aube, dans l'atmosphère encore fraîche du début de journée. Nous avons un objectif précis : trouver une maison vers Anjuna. Du moins, commencer les recherches. Nous enfourchons la moto après une douche rapide, pressés de dévorer notre petit déjeuner sur la route.

Nous avons autant l'un que l'autre envie de retrouver un peu de la folie joyeuse d'Anjuna et de ses *rave parties* jusqu'au bout de la nuit. Nous pourrions en profiter même sans loger là-bas, simplement en faisant un peu de route, mais Arambol est autant un havre de paix qu'une bulle de laquelle il n'est pas aisé de sortir.

Une douce nostalgie me saisit en revoyant le banian et sa place grouillante de vie et de couleurs. Notre premier arrêt, le Scarlet Cold Drinks de Chapora, frémit toujours de la même animation, et même davantage à l'approche des fêtes. Ça va, ça vient, ça discute, ça se raconte les dernières nouvelles, ça fume, ça revend du haschich, ça joue de la musique et, surtout, ça boit des jus de fruits. Je salive dès mon réveil à la seule idée de tremper mes lèvres dans un jus de mangue frais.

— Marianne ! Hey, Marianne !

C'est Marieke, tout sourire, qui me fait des grands signes depuis l'une des grandes tables du fond entourée de banquettes. Elle est avec un groupe de gens que je ne connais pas, contrairement à Nobody qui pousse une exclamation ravie avant de s'élancer vers l'un d'eux.

Sa réaction bouscule quelque chose en moi que je ne saurais nommer. Bien sûr qu'il connaît des gens ici. Je le sais. Ce n'est ni surprenant ni problématique. Alors pourquoi ai-je l'impression que le monde se dérobe sous mes pieds ? Une main aigre me serre l'estomac et je prends difficilement sur moi pour enlacer Marieke et la saluer avec toute la gaieté qu'il se doit.

Je jette des regards en biais à Nobody qui parle avec un grand gaillard aux cheveux et à la barbe aussi longue que Merlin, mais d'un roux flamboyant, et j'en déduis à son accent qu'il est irlandais lui aussi. Maintenant que j'y pense, je crois qu'il parlait à ce même gars la première fois où je l'ai vu.

— Alan, je te présente Marianne.

— Ah, c'est donc dans ses bras que tu avais disparu ces dernières semaines !

Le regard que me lance Nobody ferait fondre même un iceberg.

— J'y crois pas, ricane le grand rouquin. Tu ne t'es pas juste perdu dans les draps, t'es carrément dans un autre monde.

Il assène une bourrade dans l'épaule de Nobody et me gratifie d'un sourire carnassier.

— Tu dois être sacrément exceptionnelle, chère Marianne, pour lui faire cet effet. Je ne l'ai jamais vu comme ça. Tu es sûre que tu veux être avec lui ? Parce que je suis pas mal non plus, tu sais.

— Ah oui ?

Je joue faussement l'intéressée et Alan me fait un clin d'œil coquin avant de rire à gorge déployée. On dirait un Viking, que ce soit dans son attitude ou sa carcasse imposante. Après réflexion, il est peut-être Écossais. Nobody fait la moue et rigole jaune sous son sourire. J'efface sa jalousie d'un baiser et me tourne vers Alan.

— Sans vouloir te vexer, tu n'as aucune chance.

— Ça, je m'en étais douté ! Vous vous asseyez avec nous ?

Le temps de commander chacun nos jus et nous rejoignons le groupe à la table. Marieke m'attire à côté d'elle et me passe un bras sur les épaules d'un air de conspiratrice. Elle était aux premières loges pour notre rencontre, elle a bien droit au reste de l'histoire. À peine l'ai-je rejointe qu'elle attaque :

— Alooors, dis-moi tout ! Vous avez l'air d'avoir drôlement fusionné, vous deux, on dirait une seule personne dans deux corps différents ! Tu l'as retrouvé à Arambol ?

Je lui raconte en quelques mots les dernières semaines, et elle me lance un regard surpris.

— Alors ça... chuchote-t-elle à voix basse. C'est génial, mais je ne m'y attendais pas. Honnêtement, j'ai une copine qui a eu une aventure avec lui l'année dernière, et une autre cette année, les deux auraient bien eu envie que ça aille plus loin, mais il leur avait fait comprendre qu'il n'était pas du genre à s'engager, ni même à tomber amoureux. Apparemment, il devrait revoir ses affirmations. En tout cas, tu lui as fait un sacré effet !

Elle me fait un clin d'œil complice et je lui réponds d'une moue crispée. Je sais qu'il a eu pas mal d'aventures ici. Et moi aussi d'ailleurs, alors pourquoi cette jalousie absurde qui me prend soudain aux tripes ? Malgré toute mon ouverture d'esprit, je n'aime pas l'imaginer avec d'autres femmes. C'est idiot, je le sais, mais je n'aime pas. Je préfère que le passé reste à sa place, voilà tout. Je chasse les images désagréables de ses anciennes conquêtes et je change habilement de sujet.

— Ma sœur arrive dans deux semaines avec son mec, le 26. Elle veut absolument loger à Anjuna ou dans les environs, et avec Nobody, on s'est dit que ce serait bien de trouver un coin où loger tous les quatre, si tu as un plan...

— Vous voulez des chambres ou une petite maison pour vous seuls ?

— On ne sait pas trop. Plutôt une maison, pour avoir la cuisine… Enfin, ça dépend du genre de guest house que c'est. Pas un hôtel en dur, déjà, mais peut-être un bungalow, et on pourrait réserver celui d'à côté. Au mieux, une maison pas trop chère. Pas besoin qu'elle soit grande ou en bon état, ça peut être un peu pourri, ce qui compte, c'est que ce soit vivable.

— Attends, je vais demander à Chandra. Il vit ici depuis quasiment toujours, il a une maison vers Chapora et il connaît plein de bonnes adresses. Il a peut-être même une ou deux chambres de dispo… Chandra ?

Un beau gars d'une trentaine d'années, assis à l'autre bout de la table et en pleine conversation avec une brunette aux yeux énamourés, se retourne vers nous. Son regard d'un bleu acier, contraste marquant avec sa peau cuivrée et les cheveux d'ébène qui encadrent son visage, me frappe et m'hypnotise presque. Il a le sourire assuré de celui qui connaît son charme. Et c'est vrai qu'il est beau. Vraiment très, très beau. Sans parler de sa voix chaude qui roule avec un accent surprenant, beaucoup trop charmant.

Marieke lui explique la situation.

— Tu as bien fait de me demander. Mes voisins, un groupe de trois Israéliens, bougent à Gokarna dans une semaine jusqu'à mi-janvier, et ils cherchent quelqu'un pour garder la maison. Elle est dans un état assez délabré, mais elle est pas chère, et elle a tout ce qu'il faut. Ça vous intéresse ?

Je croise le regard de Nobody qui a écouté l'échange et il approuve d'un signe de tête.

— Oui, ça pourrait bien. Il y aurait moyen de voir la maison aujourd'hui, tant qu'on est dans le coin ?

— Pas de problème. Je rentre chez moi dans quinze minutes, vous n'avez qu'à me suivre. Quand je suis parti, j'ai vu leurs motos dans le jardin, donc normalement ils sont chez eux.

— Super, merci !

Il m'adresse un sourire un peu trop charmeur auquel je réponds à demi avant de reporter mon attention sur Marieke. Nous bavardons ainsi jusqu'à ce que ce soit le moment d'y aller. En enfourchant la moto, renfrogné, Nobody marmonne qu'il n'est pas fan de ce mec et de son air de bellâtre. Je réprime un sourire. De toute évidence il est jaloux, et je le comprends.

— Tu le connais ?

— Ouais, je l'ai déjà vu pas mal de fois. Son père est italien et sa mère indienne. Il a grandi ici, à Goa. Il a un frère, Govinda, qui est DJ. Lui, il fabrique et vend des shiloms, comme son père. Il est très réputé pour ça... Mais je n'aime pas comment il se comporte avec les femmes. Toujours en train d'en draguer une différente chaque jour.

— Et c'est ça que tu lui reproches ? Pourtant, d'après ce que j'ai entendu, tu n'es pas si différent...

Il me jette un regard que j'ai du mal à identifier. Blessé, ou mal à l'aise, peut-être, je ne sais pas bien. Toujours est-il qu'il ne répond pas et fait démarrer la moto d'une main crispée. Serait-ce notre première dispute ? Chandra se positionne à notre hauteur sur sa belle Enfield et nous invite à le suivre.

Nous quittons la place du banian et bifurquons rapidement vers un coin que je ne connais pas. Plusieurs maisons sont dispersées dans la jungle le long de la route bosselée qui descend pour longer le petit port de Chapora, principalement occupé par les pêcheurs et leurs bateaux. Un parfum salin d'algue et de poisson nous prend au nez. Nous quittons les abords rocheux de la plage pour remonter un petit chemin en terre qui serpente entre les cocotiers et nous nous arrêtons devant une maison de plain-pied qui a vu passer un certain nombre d'années. Entourée d'un porche dans le plus pur style colonial, elle affiche une façade délabrée, amputée de quelques morceaux ici et là, et couverte d'une peinture jaunâtre.

Deux motos sont garées devant les marches qui mènent au porche et la porte principale à deux battants est ouverte sur le salon d'où s'échappe une musique électro peu à mon goût. Chandra éteint son moteur et cale son Enfield sur la béquille avant de venir vers nous. Je le mate sans vergogne, ce que je réalise avec une pointe de honte alors qu'il s'approche de nous. Quelle idée d'être aussi beau, franchement. Ces yeux, bon Dieu, ces yeux.

En désignant le chemin qui continue vers le flanc de la colline, il nous indique que sa maison est juste un peu plus loin.

— Hey Chandra, qu'est-ce que tu nous amènes ?

Une jeune femme à la peau mate et au visage d'une beauté anguleuse nous contemple depuis le haut des marches, poings sur les hanches et sourire aux lèvres. Ses longs cheveux bruns sont coiffés en une myriade de petites tresses où sont enfilées plumes et perles. Elle porte pour seul vêtement un voile de coton noué derrière la nuque qui dévoile admirablement la rondeur de ses hanches et les pointes dressées de ses seins. Je ne manque pas de remarquer le regard de Nobody et fronce les sourcils malgré moi. C'est le jour des tentations.

Chandra lui explique que nous sommes intéressés pour reprendre leur maison le temps de leur séjour à Gokarna. La fille, Aminata, se présente à nous et nous invite à entrer. Elle baisse la musique et appelle un certain Eli qui émerge de l'une des chambres, aussi peu vêtu que sa partenaire. Une toison noire couvre son torse et la transparence du tissu noué autour de ses hanches dissimule à peine son sexe, d'une taille qui attire irrésistiblement l'attention. Il se balance au rythme de sa marche et je fais un effort considérable pour ne surtout pas y prêter attention tandis qu'il nous salue d'un sourire amputé de quelques dents.

Ils nous font visiter, en plus du vaste salon, les deux chambres et la cuisine à l'arrière de la maison, partiellement ouverte sur la jungle. Il n'y a pas de frigo et deux gros feux sur support en fonte sont disposés sur un plan de travail rudimentaire, reliés à une bouteille de gaz par un tuyau épais et gras. Un coin en brique noirci est dédié à la cuisine au feu de bois et une série de casseroles noires de suie est empilée à côté. La salle de bains est basique, carrelée d'une faïence saumon fendue à de nombreux endroits, et le plafond habité par une belle colonie d'araignées. On accède par l'extérieur aux toilettes à la turque, installées dans une petite cabine en bois dont la porte, gonflée par les années de mousson, ferme à peine. Une bassine d'eau de pluie permet de « tirer la chasse ». Les chambres ne sont pas plus reluisantes, meublées du minimum requis : un lit grinçant, à peine assez grand pour deux, une étagère branlante et une petite table. Ce qui sauve l'atmosphère est la décoration plutôt chaleureuse qu'ils ont apportée au lieu, à coups de tentures et de tissus multicolores. Le prix, 1 500 roupies pour les trois semaines, est plus que parfait. Nous convenons de revenir le matin de leur départ, dans six jours, pour rencontrer le propriétaire et nous arranger avec lui.

Chandra nous propose de passer chez lui, fumer un shilom et boire un chaï, mais Nobody refuse avant même que je n'aie le temps de le faire. Il déclare que nous avons un truc de prévu à Arambol et qu'il est temps pour nous de rentrer. Ce qui est on ne peut plus faux.

Il remercie Chandra pour son aide, un peu sèchement à mon goût, et démarre alors que je suis à peine installée. Sa jalousie flatte mon ego, mais je trouve sa réaction exagérée. C'est vrai que Chandra n'a cessé de flirter avec moi, et draguer quelqu'un manifestement en couple, en plus devant son copain, c'est carrément déplacé. Sur ce point, je rejoins l'agacement de Nobody. Si la situation était inversée, je serais irritée, moi aussi. Mais il n'y a pas de raison de s'en prendre à moi. Je n'ai rien fait pour lui plaire. Enfin, je crois. Bon, je ne peux pas dire que ça m'ait dérangée. Et je me suis peut-être laissée un peu prendre au jeu. Mais pour ma défense, je n'ai pas l'habitude d'être en couple. Surtout pas en couple monogame. D'ailleurs, nous n'avons jamais abordé le sujet, il serait peut-être temps.

Il roule jusqu'à Siolim et s'arrête sur le bord de la route peu avant le pont, devant un petit stand qui propose du jus de canne à sucre et des sachets de mangue et de banane séchées. Il descend sans un mot, commande une bouteille de jus, et j'ose à peine m'approcher. L'électricité qui se dégage de lui est palpable. Finalement, c'est lui qui se tourne vers moi, le regard flamboyant.

— Je déteste ce mec. Je déteste la manière qu'il a de te regarder, de te parler. Ça se voit, tout ce qu'il veut, c'est te mettre dans son lit. Ça me rend dingue. Et toi, t'es là, tu lui souris, tu fais rien pour le repousser… Est-ce qu'il y a un truc que j'ai mal compris dans notre relation ? Tu crois peut-être que je suis comme ça avec toutes les filles, mais c'est faux. Je ne dis pas « je t'aime » en l'air. D'ailleurs, je ne dis pas « je t'aime » tout court, tu vois. Et je ne propose pas à toutes les filles qui passent de me rejoindre en Irlande, que ce soit bien clair. Donc si pour toi tout ça, là, ce qu'il y a entre nous, c'est juste un truc passager, pour t'amuser, j'aimerais être au courant. Parce que pour moi, non. Et j'ai absolument aucune envie que tu flirtes avec le premier beau gosse qui passe, voilà. Alors dis-moi franchement, il te plaît ? Tu veux coucher avec lui ?

Je le contemple, bouche bée devant la virulence de sa réaction. C'est à la fois touchant et complètement démesuré. Je ne l'ai jamais vu dans cet état. Mais ce que je vois au fond de ses prunelles suffit à me détendre. Je vois un garçon, qui se tient en face d'une fille, et qui a peur. Un petit garçon qui met son cœur entre ses mains, et qui attend. Finalement, il est bien plus courageux que moi.

Je fais quelques pas vers lui, assez près pour passer une main douce sur sa joue. Il est raide, crispé. Je sens sa nervosité sous ma paume. J'ai attendu si longtemps pour lui dire, alors que je le sais depuis plusieurs semaines. Sûrement qu'il me fallait le temps d'ouvrir cette porte verrouillée à triple tour…

— Je t'aime, juste toi. Je n'ai même pas de mots suffisants pour exprimer tout l'amour que je ressens. Et moi non plus, je ne dis pas ça à la légère. C'est la première fois que j'ai envie de sauter la tête la première dans l'inconnu avec quelqu'un. Alors oui, Chandra me plaît, c'est vrai. Et si tu n'existais pas, nous aurions sûrement eu une aventure ensemble. Sauf que tu existes, et la place que tu as prise dans mon cœur ne peut pas être partagée. Je ne voyais pas de mal à être sympathique avec lui, surtout qu'il n'a rien dit de déplacé, mais je ne m'attendais pas à ce que tu le prennes aussi mal, et j'en suis désolée. Je vais mettre davantage de distance entre lui et moi quand on le reverra, mais sache que je n'ai pas l'intention d'aller voir ailleurs, et j'espère que toi non plus…

Adieu mes idéaux de libertinage et de relation libre polygame. Balayés en un souffle de Cupidon. Je trouve cette possessivité idiote, mais je ne vois pas comment être autrement, et apparemment, lui non plus. Il s'est détendu sous mes paroles. Ses épaules se relâchent et il m'attire contre lui pour me serrer à m'étouffer. Je ris et resserre mon étreinte. Il me soulève pour me faire tourner dans les airs, enfouissant son visage au creux de mon cou. Nous rions en chancelant quand il me repose au sol, et scellons notre réconciliation d'un baiser.

— Je suis à toi, et tu es à moi. Nous sommes à nous.

— Oui, à nous, rien qu'à nous.

15.

Riley

Irlande, fin août 2019.

— ÇA TE TENTERAIT DE VENIR AVEC MOI ?

Je me dresse sur un coude face à Rory.

— Comment ça ?

Allongé sur le dos, un bras replié derrière l'oreiller et l'autre m'enlaçant les épaules, il contemple le plafond. Il tourne vers moi un regard très sérieux.

— Pour le *road trip*, tu voudrais m'accompagner ?

— Euh, je…

En théorie, j'en meurs d'envie. Pas de doute là-dessus. Dès l'instant où il a parlé de ses projets, j'ai eu envie de me transformer en petite souris pour me glisser dans sa valise. Ça fait maintenant une semaine qu'on passe tout notre temps libre ensemble, et l'idée qu'il s'en aille m'attriste plus que je ne voudrais l'admettre. Mais est-ce que c'est une bonne idée ? Je n'ai pas envie d'abandonner mes recherches, et en même temps, je pourrais profiter du *road trip* pour interroger des gens sur la route, dans les pubs. Dans ses paroles de chansons, mon père évoque plusieurs lieux disséminés un peu partout en Irlande, ce serait l'occasion parfaite pour y passer.

— Bah, laisse tomber, je te proposais juste ça comme ça, fait-il en se levant.

Ses gestes sont raides, sa mâchoire contractée. J'ai dû rester silencieuse plus longtemps que je ne le pensais.

— Je te fais un thé ?

J'acquiesce en réprimant un sourire amusé. Il est vexé comme un pou. J'attrape sa main au vol et stoppe son élan. Je ne sais même pas pourquoi j'ai hésité.

— J'aimerais beaucoup venir avec toi.

Il se radoucit et ses traits se détendent jusqu'à s'étirer en un grand sourire.

— Super. Alors tu n'as plus qu'à aller faire ton sac, parce qu'on part demain.

Mon ventre fait un petit bond de joie.

— Tu es sûr de toi ? Tu n'as pas envie de faire ce voyage en solo ?

— Au départ, oui, c'était l'idée… Mais si tu m'embêtes, je te laisse sur le bord de la route, et c'est réglé !

Il me fait un clin d'œil.

— Ha ha, très drôle. Si tu fais ça, sache que ma vengeance sera terrible.

J'enfile le jogging et le T-shirt qu'il m'a prêtés.

— Ah oui ?

— T'as raison, fais le malin. Rira bien qui rira le dernier.

Je saute hors du lit et lui claque un baiser sur la bouche avant de sortir de la pièce.

— Par contre, ajoute-t-il en m'emboîtant le pas, je te préviens, ce sera pas le grand luxe. J'avais l'intention de passer une nuit dans une auberge de jeunesse ou dans un camping de temps en temps, histoire de prendre une douche chaude, manger dans un pub ou un restaurant pas cher un jour sur deux, mais la majorité des nuits, ce sera dans le coffre de la Volvo, et les repas sur un réchaud à gaz… Ça ne te dérange pas ? Vu que c'est une voiture break, il y a la place pour dormir, mais il ne faut pas que tu prennes trop d'affaires.

C'est là où je vois qu'il me connaît encore mal. S'il savait à quel point la description qu'il vient de me faire a tout pour me faire rêver.

— Ne t'en fais pas pour moi, je suis pas une délicate. Et ça ressemble assez à ce que j'aurais fait seule, de toute façon, c'est parfait.

Il semble soulagé. Pour qui il me prend, une petite princesse ?

— Ah, et par contre, comme je te l'ai dit, je ne reviens pas à Dublin après. Je fais la Wild Atlantic Way et je continue vers Belfast. Mais une fois là-bas, tu pourras prendre un train, il y en a tous les jours… Enfin à condition que tu aies encore envie de repartir après être tombée follement amoureuse de moi.

— Pff, c'est ça, tu peux toujours rêver, mon chou !

Il fait une moue de Caliméro et je l'embrasse avant de filer à la salle de bains. Je fais la maligne, mais je sais bien que je suis en train de craquer complètement pour lui. Je ne pense qu'à lui, j'ai envie de le voir tout le temps, et à chaque fois que je le regarde, mon cœur s'emballe. Ce sont des symptômes indéniables. Enfin, j'ai bien le droit de le faire mariner un peu. Après tout, je ne sais pas ce qu'il ressent, même si les signes sont plutôt prometteurs. En une semaine passée ensemble, nous n'avons pas eu un seul accrochage. C'est peut-être normal au début d'une *love story*, mais pas pour moi. La plupart des mecs me gavent assez vite. Au bout de trois jours, je me lasse, et là, c'est loin d'être le cas. Chaque jour, je le trouve encore plus charmant, plus intelligent, plus drôle. Et puis, il sait se battre et il n'a pas peur de mettre des coups, enfin ! J'en ai marre de tous ces gars qui se retiennent juste parce que je suis une fille. Je suis ceinture noire, bon sang ! Mais non, Rory, il y va franco. On a récolté quelques bleus chacun, mais on s'est bien amusés. Il va sans dire que c'est moi qui ai gagné, sous les applaudissements de Niamh et Mae. Je les adore. Elles sont géniales, et tellement accueillantes. Elles m'ont même proposé de rester loger chez elles avec Rory, ce qui nous a franchement arrangés parce qu'on a du mal à passer plus de quelques heures loin l'un de l'autre. Quand j'y pense, heureusement qu'il m'a proposé de l'accompagner, sinon j'aurais été forcée de monter clandestinement dans sa voiture, sans lui laisser le choix.

Le lendemain, nous quittons l'appartement de Niamh et Mae dans la fraîcheur du matin. Prendre peu d'affaires n'a pas été difficile, pour une fois, étant donné que mon sac était prévu pour seulement quelques jours en Irlande. Même avec les achats que j'ai faits depuis, ça reste raisonnable.

J'adore la voiture de Rory. Elle est parfaite. Une vieille Volvo, longue et carrée, rouge, qui sent la cigarette, la liberté et les souvenirs du passé. Les véhicules neufs me rendent malade, littéralement. À peine le contact mis, les haut-parleurs s'enclenchent sur « *Baba O'Riley* ».

— Haha, j'y crois pas, tu as tout prévu !

— Eh oui, qu'est-ce que tu crois ! Et puis, j'adore cette chanson, de toute façon. En route ?

— En route !

Je n'ai pas eu beaucoup de temps pour prévoir les endroits où je voulais m'arrêter pour enquêter, et je me plonge, malgré la légère nausée que provoquent les virages, dans la lecture des chansons de mon père. Même si je les connais par cœur, je n'ai pas envie de risquer de manquer un indice. Il y en a une en particulier, « *The Emerald Road* », la Route d'Émeraude, où il parle beaucoup de ses années de voyage à travers l'Irlande. Sauf que tout ça, c'était avant l'Inde. Plus de vingt ans se sont écoulés depuis. Enfin, je fais avec ce que j'ai. De toute façon, je ne veux pas chambouler l'itinéraire de Rory, qui me plaît aussi beaucoup. Je vais devoir faire mes recherches à l'aveuglette. Ce sera au moins une bonne raison pour boire des bières dans des pubs.

Le programme d'aujourd'hui, c'est nature. Même en prenant les petites routes, il n'y a qu'une heure pour parvenir au cœur du Parc national des Monts de Wicklow. Le détour en vaut vraiment la peine, et j'ai une pensée amusée pour Astrid qui va être verte de jalousie en apprenant que j'y suis allée.

Une pluie fine nous accompagne pendant notre randonnée, mais ça m'est bien égal. Au bout d'un mois en Irlande, j'y suis habituée. Et de toute façon, la beauté du paysage retient toute mon attention. Nous ne parlons presque pas. Tantôt il marche devant, tantôt c'est moi, et parfois nous avançons d'une même allure, faisant des pauses pour grignoter ou boire un peu. La boucle dure cinq heures, mais ce n'est qu'en arrivant à la voiture que je réalise la fatigue qui plombe mes pieds. Je vais bien dormir ce soir.

Nous trouvons un coin tranquille, en bordure de l'un des petits lacs qui peuplent le parc, où nous décidons de nous installer pour la nuit. Ce n'est certainement pas autorisé, mais tant que personne ne vient nous déloger, tout va bien. Le coffre ouvert nous sert d'abri contre la pluie et nous préparons une casserole de pâtes à la sauce tomate avant de nous effondrer, au chaud et enlacés. Nous nous endormons après une étreinte courte, mais délicieuse.

La ville médiévale de Kilkenny, notre étape du lendemain, avive quelques espoirs en moi. En plus d'être un lieu touristique très attractif, berceau de la célèbre bière rousse, ma favorite, la Smithwick's, elle possède pas moins d'une cinquantaine de pubs : autant de chances que mon père ait déjà joué dans l'un d'eux. J'espère juste que Rory ne va pas me haïr au bout du quinzième pub visité.

Bonne nouvelle, Rory ne me hait pas. Par contre, il est encore plus pompette que moi, et on en est seulement au dixième bar. On n'aurait pas dû boire autant au premier, mais la bière artisanale qu'ils font dans leur brasserie était vraiment délicieuse. Ce soir, on est bons pour dormir à Kilkenny, parce qu'il n'y a pas de Sam dans le coin pour nous conduire. Ce qui m'arrange, parce que j'ai bien l'intention de montrer la photo de Nobody dans chaque établissement de la ville.

Mes efforts sont récompensés à la onzième tentative, dans un pub aussi charmant que minuscule, The Hole in the Wall, avec sa superbe décoration élisabéthaine, hors du temps. Le patron le reconnaît sans même avoir besoin d'y regarder à deux fois lorsque je lui montre la photo.

— Bien sûr que je le connais. Par contre, ça fait un bail que je ne l'ai pas vu. Il est porté disparu ou quoi ? Pourquoi tu le cherches ?

Il me regarde de haut en bas, pas agressif, mais légèrement suspicieux.

— Non, non, il n'est pas porté disparu. Enfin, pas que je sache…

Voilà, j'ai le cœur qui s'emballe. Comme à chaque fois qu'un nouveau fil me relie à mon père, la même question s'impose : vais-je aimer ce que je vais découvrir ?

— Je le cherche, c'est tout...

— Ah...

Si je veux le faire parler, je n'ai qu'une solution.

— Je pourrais avoir deux demi-pintes de Smithwick's ?

Là, j'ai droit à un sourire. Pendant qu'il me sert, j'admire la décoration, et surtout la poutre massive, au moins aussi vieille que le lieu, qui sert de comptoir. Rory revient des toilettes avec une mine un peu plus fraîche que tout à l'heure.

— Alors ?

Je lui adresse un sourire victorieux.

— Apparemment, il a déjà joué ici !

Sur ce, le patron pose la pinte devant moi et me scrute quelques secondes avant de parler.

— C'est un bon gars, Nobody, même s'il a jamais voulu me dire son nom. Un drôle d'animal, mais un sacré bon musicien. C'est pas courant qu'on accepte des *pavees* dans le coin, mais lui, il est toujours seul, et il crée jamais de problèmes. Enfin, sauf quand on vient lui chercher des noises.

— Comment ça ?

— Bah, il s'est bien battu quelques fois, que ce soit ici ou dans un autre pub de la ville, mais il les calme rapidement, les lascars. Et puis, quand il est là, tout le monde file droit dans le pub, pour ceux qui le connaissent un peu. S'agit pas de manquer de respect à quelqu'un en sa présence, quoi. Enfin, tout ça ne me dit pas ce que tu lui veux.

— C'est compliqué, une histoire de famille... Vous auriez une idée de comment le joindre, ou comment le trouver ?

À mon grand regret, il secoue la tête et me fournit la même réponse que tous les autres avant lui. Ce n'est donc pas aujourd'hui que je vais retrouver mon père, mais c'est un petit pas de plus en sa direction. Nous restons encore pour une bière supplémentaire, et je me délecte des quelques informations et anecdotes que le patron, Billy, me raconte. Ça nourrit ma curiosité, mais je reste frustrée de ne pas en apprendre davantage. Juste un indice concret, c'est tout ce que je demande. Une piste à suivre, n'importe quoi. Au final, ce que m'a raconté Billy n'est pas bien différent des autres patrons de pub. Mon père est énigmatique, charismatique, très bon musicien, un brin justicier et bagarreur. Rien de nouveau sous la pluie d'Irlande.

La bonne nouvelle, c'est que sa dernière visite remonte à six ans, donc plus récemment que dans n'importe quel pub de Dublin où je l'ai cherché. À part ça, je ne suis pas plus avancée.

Un nuage de déprime me plane au-dessus de la tête. Un gros, tout noir, avec des éclairs.

— Je le retrouverai jamais. Je vais continuer à errer de pub en pub, et tout ce que j'aurai, c'est un carnet d'anecdotes bien rempli, mais aucune information concrète sur lui. Ça me gave, j'en ai marre.

Je me laisse tomber sur un banc humide, les bras ballants, la tête oscillant dangereusement. Rory, pas plus frais que moi, a au moins le mérite d'essayer de me réconforter en m'attirant contre lui.

— Il ne faut pas que tu abandonnes. Je trouve qu'au contraire, c'est très bon signe si tu continues à trouver des lieux où il a été. Ça veut dire qu'un jour ou l'autre, tu vas en trouver un qu'il fréquente encore.

— Mais avant il venait régulièrement dans tous ces endroits, au moins une fois par an. Pourquoi il ne vient plus ? C'est possible qu'il n'habite même plus en Irlande.

— Ou peut-être qu'il a tout simplement décidé d'arrêter de vivre sur la route et qu'il s'est posé quelque part. Et dans ce cas, il te suffit juste de persévérer jusqu'à trouver où.

— Mouais... Mais pendant combien de temps ? En attendant, j'ai une vie, des choses à faire...

Rory ne répond rien et me serre un peu plus fort contre lui.

— N'anticipe pas trop. Pour l'instant tu es là, on a encore plein de lieux à voir, et quand tu rentreras à Dublin, tu feras le point.

— Oui... enfin, ça me gêne de t'emmerder avec ça. Tu as autre chose à faire de ton *road trip* que la tournée des pubs à chaque ville qu'on croise.

— Ah oui ? Ma foi, c'est un programme qui me convient.

Je le pousse en riant.

— T'es bête. On va finir alcooliques.

— Tous les Irlandais le sont, tu ne le savais pas ?

— Pff, n'importe quoi.

Le silence s'installe et la bruine se fait plus forte, jusqu'à nous pousser vers l'abri confortable de la voiture, garée sur un parking en bordure de la ville. Ce soir, je bénis d'autant plus les petits rideaux qui nous permettent d'avoir un semblant d'intimité. Tant pis pour les autres pubs. De toute façon, je n'aurais certainement rien appris de plus. Enfin, j'espère.

Le lendemain, un petit déjeuner copieux et un bon thé noir nous remettent d'aplomb pour la route. Nous rejoignons la côte à Waterford et nous nous régalons d'un plat de fruits de mer et de poisson avant de pousser vers l'adorable village de Cobh et ses maisons colorées, à quelques kilomètres de Cork.

Les jours suivants, nous oscillons entre ville et nature, nous arrêtant dans les quelques pubs inspirants que nous croisons, mais aucun nouvel indice ne vient éclairer mes recherches. Tant pis, je me console en profitant de ce *road trip* inespéré avec un homme que j'en viens à apprécier, pour ne pas dire aimer, davantage chaque jour.

Nobody

Irlande, octobre 1981.

On a pris la route avec Papa Nelly. On a quitté le camp pour cheminer jusqu'à la côte ouest. Il n'y a que nous, les deux chevaux et Mikey, le gros chat roux qui roupille dans la roulotte à longueur de journée.

Je me détends. Est-ce que j'ai déjà été détendu, de ma vie, je sais pas. Je crois pas. Mais là, ici, au milieu de nulle part avec seulement l'horizon à perte de vue, je me sens enfin à ma place. Papa me raconte des anecdotes sur ma mère quand elle était petite. C'était son parrain. Je me rappelle, elle m'en a parlé plusieurs fois. C'était de lui dont elle était vraiment proche. Je comprends pourquoi. Lui, au moins, ne me traite pas comme un gosse. Il me parle normalement, ça me plaît. Il m'emmerde pas, il me laisse faire ce que je veux tant que je suis respectueux. Un bon deal.

Je tripote ma dent branlante. C'est une dent de lait. J'en ai perdu deux autres sur le coup. Faut dire que Bill y est pas allé de main morte, cet enfoiré. L'accueil au camp n'a pas été des plus chaleureux. En fait, jusqu'à ce que Papa arrive, je me suis battu presque tous les jours. M'en fous, les coups, je connais. J'ai promis à ma mère. J'ai promis que je ne les laisserais pas me repousser. Ça a été dur, mais je savais que seul, à treize ans, je pouvais pas survivre. Qu'à un moment ou un autre, ils allaient me foutre en foyer et m'y laisser pourrir jusqu'à ma majorité.

Je respire enfin. Ici, je suis libre. Papa m'apprend à monter à cheval. Il n'a pas de selle, juste un tapis avec une sangle et une sorte de licol bricolé qui sert de rênes. Le gros Enbarr est encore trop large pour moi, mais Ennis est aussi douce que facile à manier. Alors pendant que Papa conduit la roulotte, moi je fais des tours, je pars devant, je reviens.

Papa m'apprend la guitare et l'harmonica. Le soir au coin du feu, il me chante les chansons des ancêtres, celle que ma mère me chantait au berceau. Il me chante la route, la liberté. Il me chante l'espoir au coin des étoiles, au détour du chemin. Elle me manque. Je vois son sourire dans la danse des flammes. J'entends sa voix qui fredonne dans le souffle du vent. Ses yeux qui brillent dans le firmament. Je sais qu'elle est mieux là-haut que sous les coups de mon père. Je sais qu'elle se repose, et qu'elle est heureuse pour moi. Ça n'empêche pas la douleur de me fendre en deux.

Dans mes rêves, c'est le paternel qui vient encore me pourrir la vie. Je le tue, chaque nuit. Et chaque matin, je me réveille en sachant que j'ai fait ce qu'il fallait. Papa ne me demande rien. Il attend que je me sente prêt à lui raconter. Un jour, je le ferai. Tout ce qu'il sait pour l'instant, c'est que ma mère est morte. Ça lui a fait un coup quand il a vu sa bague qui se balançait au cordon autour de mon cou. C'était celle de sa femme, il l'avait donnée à ma mère pour son mariage. Il m'a dit que le jour où elle était partie avec mon père avait été l'un des plus tristes de sa vie, après la mort de sa femme et de sa fille en couches. Mais ma mère avait décidé qu'elle voulait une vie différente, une vie sédentaire. Moi, je pense qu'il faut pas lutter contre ce qu'on a dans les veines. Je le comprends depuis que je suis sur la route. Ma place, elle est là, nichée entre l'horizon et le monde.

16.

Marianne

Inde, décembre 1999.

Le jour du départ pour la maison de Chapora arrive plus vite que nous ne l'aurions cru. Il faut dire que les jours filent à toute vitesse quand nous sommes ensemble, dans notre bulle. Ce petit accroc de jalousie nous a encore davantage rapprochés, car il a permis de clarifier notre envie d'être exclusifs, ce qui est une première pour les libertins que nous sommes. J'ai l'impression que notre couple est une fleur qui s'épanouit de jour en jour et que rien ne semble pouvoir faner. J'ai tellement hâte de le rejoindre en Irlande dans quelques mois et de commencer cette aventure ensemble sur la route. Ce que nous vivions ici est magique, plus que cela même, intemporel. Ce projet que nous nourrissons me donne envie pour la première fois de vivre non plus seulement dans le présent, mais aussi dans le futur.

Je suis curieuse de voir la tête de Suzie quand elle s'apercevra que je suis complètement transie d'amour, et que je lui dirai mes projets d'avenir avec Nobody. Elle va adorer, j'en suis sûre. C'est la première à me répéter que je dois mettre plus d'imprévu et de folie dans ma vie. Elle était littéralement surexcitée quand je lui ai dit que je partais en Inde plutôt que de chercher un nouvel emploi à Paris. Sauf qu'elle et moi avons une conception de la folie bien différente. J'appréhende son séjour ici, avec toutes les tentations qui pullulent à chaque coin de rue. Sans parler de la présence de Pete qui ne manquera pas de l'influencer.

Je chasse ces anxiétés inutiles tandis que Nobody gare la moto devant la maison. Je me range à ses côtés avec mon scooter et l'aide à décharger nos deux sacs qui menacent d'entraîner la moto au sol. Un homme brun, aux cheveux longs et à la barbe fournie, nous accueille depuis le haut des marches, et je suppose que c'est un des trois autres colocataires de la maison. Aminata le rejoint et nous présente aux autres. La propriétaire, une Indienne bien en chair dans son sari orange et vert, nous détaille d'un regard approbateur avant de nous expliquer les conditions et détails en rapport avec la maison. Elle habite un peu plus loin, en bordure du petit port. Son mari est pêcheur et sa famille possède l'endroit. Elle nous indique qu'elle viendra collecter le loyer chaque fin de semaine et s'en va en nous souhaitant la bienvenue dans le quartier.

Le groupe d'Israéliens s'en va peu de temps après, avec leurs sacs et les trois motos qui les emmèneront jusqu'à Gokarna, une plage plus sauvage au sud de l'État de Goa. Avec Nobody, nous avons prévu d'y faire un tour après le nouvel an, et de continuer ensuite vers Hampi avant de remonter vers le nord, direction

Varanasi puis Delhi. Ce périple promet d'être fort en dépaysement, car nous traverserons la moitié de l'Inde, par des régions peu ou pas touristiques. Nobody trépigne, je le sens. La route lui manque. Il a toujours été en mouvement. Avant l'Inde, il a traversé les États-Unis en stop et vécu plusieurs mois en Californie où il a travaillé dans une ferme qui cultivait le cannabis. Avant ça, il a vécu sur les routes, un peu partout en Europe. Toujours avec sa guitare et sa moto, qu'il a vendue pour partir aux États-Unis. Il ne m'a pas raconté grand-chose de sa jeunesse. Quasiment rien, en fait. Je sais qu'il n'est pas encore prêt à me raconter cette partie-là de sa vie, et je le respecte. Cela viendra en temps et en heure, je ne suis pas pressée.

Nous installons nos affaires dans l'une des chambres et baptisons les lieux avec un shilom garni du délicieux charas que nous ont laissé les Israéliens en remerciement. Allongés, le temps d'en savourer les effets, nous nous endormons l'un et l'autre sans nous en rendre compte. Des coups à la porte nous réveillent en sursaut, l'esprit brumeux. Nobody se lève le premier et passe la tête par l'encadrement de la chambre avant de laisser échapper un grognement.

— C'est Chandra, lâche-t-il en se tournant vers moi.

Je fais une grimace qu'il ne voit pas et me lève à mon tour en espérant que le bel Italien ne soit pas d'une humeur trop charmeuse. Je n'ai pas besoin d'un amoureux stressé la veille de l'arrivée de ma sœur. Je le suis déjà bien assez moi-même. J'ai appelé mon père hier pour Noël, et en plus d'avoir essayé de me culpabiliser pour l'avoir laissé seul pendant les fêtes, il a râlé parce que Suzie ne lui avait pas téléphoné. Je ne suis pas franchement surprise, mais ça m'inquiète un peu. J'espère qu'elle ne va pas rater son avion ou je ne sais quelle autre de ces étourderies dont elle a le secret. Nobody me répète de ne pas me faire de souci, mais pour ce qui touche à ma sœur, j'ai du mal à m'en empêcher.

Chandra me salue d'une accolade chaleureuse que je ne peux refuser, même si je l'écourte avec gêne. Il nous demande si nous sommes bien installés et renouvelle son invitation à passer le voir chez lui, que Nobody détourne poliment sans y répondre. De mon côté, j'essaye de ne pas me montrer trop avenante avec Chandra, mais la tâche est plus dure que je ne m'y attendais car il est vraiment sympathique, et terriblement séduisant. Le rembarrer me semble rude et impoli, et je pense qu'une part narcissique de moi-même apprécie son intérêt à mon égard. Après tout, s'il me fait confiance, Nobody devrait accepter que je sois naturelle avec les gens que je rencontre. Je comprends son agacement, puisqu'il sait et sent bien qu'avec Chandra, nous nous plaisons, mais après tout, ce n'est pas interdit. Je ne pourrais pas lui en vouloir si l'inverse se produisait, même si je serais aussi agacée que lui.

J'écourte avec diplomatie la visite du beau tentateur avant que Nobody, que je vois bouillir en silence, ne déborde. Quand sa moto s'éloigne enfin, il commence à peine à desserrer les dents.

— Je n'y arrive pas avec ce mec, franchement. J'ai envie de le frapper à chaque fois qu'il te regarde, et ça m'énerve encore plus d'être aussi jaloux. C'est con, je le sais, surtout que je te fais confiance et que tu es libre de faire ce qu'il te plaît, mais il y a quelque chose en lui qui me fait sortir de mes gonds. Et puis, j'ai entendu assez d'histoires sur lui pour savoir qu'il traite les femmes comme des objets à collectionner.

Je tente de l'apaiser avec quelques baisers et la tentative porte ses fruits lorsque je l'entraîne vers la chambre avec une étincelle coquine au fond des yeux. Il me suit, souriant, et oublie bientôt jusqu'à l'existence de Chandra tandis que cette fois nous baptisons le lit de nos jouissances amoureuses.

Nous passons le reste de la journée à nous imprégner de notre nouveau chez nous, tantôt en faisant le ménage, tantôt en jouant de la guitare. Cet après-midi est rythmé par Bob Dylan et la poésie aussi douce que provocante de ses chansons. Il est un modèle pour nous deux, autant dans ses mélodies que dans ses paroles, et peu à peu nous glissons vers l'écriture d'une nouvelle composition à quatre mains et deux voix.

Le lieu est paisible, la chaleur pas trop étouffante, le silence seulement troublé par de discrets chants d'oiseaux ou les chamailleries de quelques singes aux alentours. Dans le jardin en friche, plusieurs papayers généreux offrent quantité de leurs fruits mûrs et sucrés, et quelques cocotiers bas nous permettent de nous servir sans trop de difficultés.

Les jours suivants, nous savourons ces instants de calme avant l'agitation inévitable que vont apporter Suzie et Pete dans leur sillage, sans parler des célébrations de la nouvelle année qui vont nous emporter dans leur tourbillon de fêtes et de débauche. L'endroit est parfait pour savourer du LSD, et nous passons deux jours à planer dans la maison, juste nous deux, avec nos guitares et notre créativité. Rien ne pourrait être plus parfait, et je vois l'arrivée de ma sœur se rapprocher avec appréhension, car je sais qu'elle va faire éclater cette bulle de douceur en un rien de temps.

Le jour J, la chambre de Suzie et Pete est prête et nous avons fait quelques courses, même si je doute que nous mangions beaucoup à la maison. Autant Nobody et moi sommes plutôt de nature casanière, ou du moins peu attirés par l'effervescence extérieure, autant c'est loin d'être le cas de ma petite sœur qui s'en nourrit comme un ogre affamé. Enfant déjà, elle ne supportait pas de rester à l'intérieur, même un après-midi, préférant tout au calme et à l'absence de nouveauté. Elle court depuis toujours après la chimère d'un éternel amusement, au détriment d'elle-même et de ses propres ambitions. Comme son rêve de devenir styliste, perdu dans les vapeurs alcoolisées de la vie nocturne londonienne.

Lorsqu'elle émerge du hall des arrivées, avec ses cheveux courts blond platine aux pointes rose fluo et sa dégaine grunge de rockeuse, elle pousse un cri de joie qui résonne dans tout le hall et fait se tourner les têtes dans notre direction. À l'instant où je la serre contre moi, je réalise à quel point elle m'a manqué. Son odeur, sa présence, sa joie pétillante, inaltérable. Elle m'enlace avec force et je ne peux m'empêcher de rire. Toujours aussi délurée, il y a au moins ça de rassurant. Ce qui l'est moins, c'est sa pommette droite marbrée d'un hématome oscillant entre le bleu et le verdâtre qui remonte jusque sous une large paire de lunettes de soleil digne d'une star de cinéma. Elle est seule, et je comprends rapidement qu'il doit y avoir corrélation entre l'absence de Pete et l'état de son visage.

— Ma grande sœur d'amour, je suis trop contente de te voiiir !

Elle me secoue comme un prunier en martelant chaque mot et m'écarte à bout de bras pour me regarder par-dessus ses lunettes de soleil.

— Ça fait du bien de te contempler avec de vraies couleurs, ce bronzage te va à merveille !

Elle glousse et trépigne sur place comme une petite fille.

— J'ai tellement hâte de me prélasser sur la plage ! L'hiver à Londres, merci bien, c'est une horreur !

Je ravale les questions qui me brûlent les lèvres et je l'entraîne, bras dessus bras dessous, vers Nobody et le taxi qui nous attendent plus loin.

— Je suis impressionnée, ton sac n'a pas l'air très lourd.

— Ni très rempli...

Elle dit ça d'un ton étrange et quelques secondes plus tard me retient le bras pour m'arrêter. Elle enlève ses lunettes et me regarde l'air penaud. Son visage est salement amoché, et je sens une colère sourde bouillonner en moi. Si c'est Pete qui lui a fait ça, je vais le tuer.

— Disons que je n'ai pas vraiment eu le temps d'emporter beaucoup de choses...

Je la laisse prendre son temps pour parler, mais intérieurement je hurle. La seule idée qu'on puisse faire du mal à ma petite sœur provoque en moi des pulsions sanguinaires. Un jour, alors que j'étais en troisième et Suzie en sixième, elle est revenue avec le menton égratigné parce qu'un des idiots de sa classe avait fait exprès de la faire tomber en cours de sport. Je l'ai attendu à la sortie, et je lui ai donné une baffe mémorable devant tous ses copains. Et encore, je me suis retenue de faire davantage.

— C'est Pete ?

Elle hoche la tête, et quand je vois ses yeux se remplir de larmes, mon cœur se serre. Je l'attire contre moi et la berce en lui caressant les cheveux tandis qu'elle relâche ses pleurs et la pression.

— Pleure un bon coup, et puis on en parlera plus tard, hein. Il s'agirait pas que cet idiot nous gâche nos premiers moments en Inde, pas vrai ? Ce soir, on fait la fête !

Elle glousse entre mes bras et lève un regard où je retrouve son pétillement habituel.

— T'inquiète, je lui ai rendu ma part de coquards ! Mais j'avoue, j'ai bien besoin de faire la fête...

— Je n'en attendais pas moins de ta part. Allez, c'est l'heure de l'aventure !

Je la presse une dernière fois contre moi et nous reprenons notre marche vers le parking. En arrivant, je remarque le regard surpris et interrogateur de Nobody qui passe de l'hématome de Suzie à moi avec inquiétude. Je lui fais un signe discret pour le détendre et éviter qu'il ne pose des questions avant de les présenter l'un à l'autre. Je sens que Suzie est un peu surprise, mais elle ne fait aucune remarque et nous nous installons toutes les deux à l'arrière du petit van noir et jaune tandis que Nobody enfourche la moto. Aussitôt le taxi parti, elle se colle à la fenêtre. Comme une gamine, elle pousse des exclamations, montre du doigt et commente tout ce qu'elle voit.

— C'est dingue comme la vie grouille ici, j'hallucine ! Il y a des gens partout... et toutes ces vaches ! Je le savais, mais je ne croyais pas qu'il y en aurait autant. C'est beau, toutes ces femmes en sari, j'adore. Toutes ces couleurs ! Oh là là, je sens que je vais me faire une orgie de fruits ici ! Oh, toutes les noix de coco, t'as vu ? C'est dingue ! C'est marrant, il y a plein de petites gargotes et d'échoppes en bord de route, ils vendent quoi ? C'est de la canne à sucre ?

Les questions fusent sans même qu'elle attende les réponses, et je finis par arrêter d'essayer. Je savoure son engouement, heureuse de la voir si enjouée malgré l'épreuve difficile qu'elle vient de traverser. Suzie a toujours eu cette capacité incroyable de rebondir, qu'importe ce qui lui arrive de dur ou de négatif. Son optimisme semble à toute épreuve. Je l'envie pour cela. Elle vit chaque jour avec une intensité que j'aimerais ressentir davantage dans mon rapport aux choses. Comparée à elle, je me sens parfois tellement détachée, regardant ma propre vie en spectatrice blasée. Mais tout cela a changé depuis que je suis arrivée en Inde, et l'arrivée de Suzie ne va faire que renforcer cela. L'absence de Pete m'enlève un poids sur la poitrine. Même si ce revirement a laissé des séquelles sur le visage de ma petite sœur, c'est mieux ainsi.

Le trajet se poursuit au rythme des exclamations de Suzie, et lorsque le taxi nous dépose à quelques centaines de mètres de la maison, elle sautille d'impatience. Tout ce à quoi elle pense est prendre une douche rapide et vite, vite, aller se promener, manger et, surtout, faire la fête comme une folle. Je n'arrive pas à empêcher mon esprit de vagabonder sur ce qui a pu pousser Pete à la frapper, à ne pas l'accompagner, mais je repousse une fois encore mes questions dans un recoin de mon esprit et essaye de m'imprégner de la légèreté de Suzie qui semble avoir déjà oublié que la moitié de son visage est bleuie par un hématome.

Elle accueille la maison comme si elle faisait le tour d'un véritable palais et je rigole en la voyant bondir d'une pièce à l'autre. Nobody aussi, sourire en coin, la regarde comme on contemplerait un faon qui découvre pour la première fois les joies de la prairie. Je suis avec les deux personnes que j'aime le plus sur cette terre, et mon cœur palpite de joie. Suzie fait néanmoins un peu la moue en découvrant la salle de bains et son système de robinets, de seaux, de bassines, et surtout d'eau froide.

— C'est vrai qu'il fait chaud, hein, je veux pas faire ma frileuse, mais bon, c'est bien, l'eau chaude, quand même… Et les pommeaux de douche, aussi…

Je rigole devant sa tête de petite souris contrariée.

— Si j'ai réussi à m'y faire, tu y arriveras aussi. Tu vas voir, on s'habitue. Il suffit de le faire au moment de la journée où il fait le plus chaud.

Elle ressort un quart d'heure plus tard, sa serviette enroulée autour de la poitrine, dévoilant ses jambes menues où s'épanouissent d'autres hématomes verdâtres. Je me mords la lèvre pour retenir une exclamation et prends une profonde inspiration pour repousser la colère qui gronde dans ma gorge. Elle me lance un petit sourire espiègle, me pique mes tongs et se précipite au jardin dans l'une des flaques de soleil qui perce à travers les arbres.

Sa tenue est plus que dénudée et je croise les doigts pour qu'aucun Indien ne passe dans le coin et ne se fasse des idées. Elle est si jolie, avec ses cheveux courts tout ébouriffés et son minois de petite fée. Elle a les yeux fermés et goûte le baiser chaud des rayons sur sa peau. Son hématome n'en paraît que plus vif, et je note intérieurement de nous arrêter à la pharmacie d'Anjuna dès que possible pour acheter une crème ou un baume.

Un bruit de moto me fait froncer les sourcils et, avant que je n'aie le temps de dire quoi que ce soit à Suzie, Chandra débouche sur le sentier. Sans surprise, son regard s'accroche sur ma sœur qui n'arrange rien en le gratifiant d'un grand sourire et d'un signe de la main. Puisque le sentier passe juste devant la maison, il s'arrête et rend son salut à Suzie qui s'avance déjà vers lui. Pas besoin d'être médium pour voir qu'elle a jeté son dévolu sur une nouvelle proie, et réciproquement. Le contraste entre son air mutin et l'hématome qui marbre sa pommette est étrange, et je remarque d'ailleurs le regard de Chandra qui s'y attarde. Plutôt que de rester un témoin passif de la scène, je me lève et m'avance sous le porche. Nobody fait je ne sais quoi dans la chambre, et tant mieux, ça lui évitera un agacement inutile.

— Salut Chandra, je te présente ma sœur, Suzie.

— Ah, la fameuse !

Il dit ça seulement pour attirer l'attention de ma sœur, et ça marche car elle rebondit aussitôt en faisant une révérence avec sa serviette de bain.

— Oui, en chair et en os !

L'air de rien, Chandra se renseigne :

— Et il y avait aussi quelqu'un d'autre, non ? Un petit ami ?

— Il a préféré prendre la tangente en me laissant un souvenir, dit-elle en montrant son hématome. Donc non, pas de petit ami.

Chandra fronce les sourcils et son regard s'enflamme de colère.

— L'enfoiré. Bon débarras.

Au moins, sur ce point, nous sommes d'accord.

— Vous allez faire la fête ce soir ?

Il s'adresse plus à elle qu'à moi, et cela ne me surprend pas lorsqu'elle affirme, sans même me consulter, que oui, nous allons faire la fête. Moi qui pensais qu'elle serait au moins un peu fatiguée, que nenni. Chandra ne loupe pas l'occasion.

— Venez à Shiva Valley, mon frère Govinda y joue de minuit à deux heures, et il envoie du lourd.

Suzie se tourne à peine vers moi pour me consulter avant d'accepter avec un grand sourire. Je ne sais pas comment elle fait pour parvenir à être aussi belle et sexy malgré son visage tuméfié, mais elle l'est, et comme d'habitude, son charme a fait mouche. Quoique Chandra n'a pas l'air bien difficile, de toute façon. En deux temps trois mouvements, il a changé de cible. Avec un peu de chance, il a compris que j'étais avec Nobody, et personne d'autre, que ça ne changerait pas, et qu'il valait mieux arrêter de flirter à chaque fois qu'il m'adressait la parole. Il nous dit à ce soir, avec un regard appuyé pour Suzie, et s'éloigne en slalomant entre les cocotiers.

À peine a-t-il disparu que Suzie grimpe les quelques marches du porche avec un air de conspiratrice, en écarquillant ses grands yeux bleus.

— Mais il est carrément ca-non, ce mec ! Et cet accent, brrr, je suis complètement fan !

— Ouais, mais c'est aussi un sacré dragueur. Ne va pas espérer une amourette avec lui, je pense qu'il brasse pas mal de nanas dans son lit.

— Pff, une amourette ! Non, merci bien, j'ai eu ma dose. Là, ce que je veux, c'est un beau mec pour me faire l'amour comme une bête, et je crois bien que mes souhaits viennent d'être exaucés. Ce gars, là, il peut me prendre où il veut, quand il veut ! En plus il habite juste à côté, c'est par-fait !

Elle me fait tellement rire. Toujours aussi positive, prête à croquer la vie. Nobody arrive à cet instant et lève un sourcil interrogateur devant toute cette agitation. Suzie s'éclipse pour s'habiller et j'explique à mon amoureux la scène qui vient de se jouer. Il fait la moue en entendant le nom de Chandra, mais semble néanmoins satisfait d'apprendre qu'il ne me tournera plus autour.

— Enfin ça veut aussi dire qu'on risque de le voir plus souvent…

— Bah, si ça peut rendre ta sœur heureuse. Par contre, s'il lui fait du mal, je le bute.

Il a à peine l'air de rire et je lui enfonce une bourrade dans l'épaule dans l'espoir de le décrisper.

— Relax, s'il y en a un qui devrait s'inquiéter, c'est plutôt lui. Dans une semaine, il sera amoureux transi et elle passera à autre chose, comme à chaque fois.

— Tu sais ce qu'il s'est passé avec Pete ?

— Non… mais ça ne m'étonnerait pas qu'il ait mal réagi à son désir de le quitter, peut-être de venir en Inde sans lui, je ne sais pas. Elle peut parfois manquer de tact, et avec des gars comme lui, ce n'est pas une très bonne idée.

— Il avait déjà été violent ?

— Pas que je sache, mais honnêtement, je ne suis pas surprise…

L'entrée de Suzie dans le salon interrompt notre conversation et j'étouffe une exclamation de surprise devant la tenue qu'elle arbore fièrement, bras écartés.

— T'en dis quoi ?

— Euh…

Les yeux charbonneux et les cheveux soigneusement ébouriffés au gel, elle est vêtue d'une minijupe à motifs écossais, vraiment, vraiment mini, et d'un crop top moulant noir qui laisse voir son ventre et les strass de son piercing au nombril.

— T'as pas quelque chose avec un peu plus de tissu ?

— Ha ha, t'es sérieuse ? T'es devenue nonne en Inde, ou quoi ?

— Bah, disons qu'on n'est pas à Londres, quoi…

— Pff, ça m'est égal. Je suis bien comme ça. Et puis, j'ai un petit short en coton noir dessous, tu vois, donc c'est pas comme si on voyait ma culotte à chaque fois que je me baisse. Par contre, avec les tongs, même si elles sont noires, ça fait bizarre. Je sens que mes Doc Martens vont me manquer. Elles vont moisir dans un coin de la chambre, les pauvres…

Je pousse un soupir d'impuissance et hausse les épaules.

— Habille-toi comme tu le sens, mais ne t'étonne pas si les Indiens te matent partout où tu iras. Et ne t'éloigne pas trop toute seule la nuit sur la plage, il y a déjà eu des agressions.

— M'en fiche, ça leur fera leur attraction de la journée, c'est pas mon problème.

— Je suis sérieuse, Suzie, vraiment. Ça peut être dangereux.

— Oui, maman…

Je marmonne une remarque, mais préfère éviter de poursuivre le débat. Suzie est une tête de mule, et plus j'essaierai de la convaincre, plus elle se braquera. Elle est donc vêtue ainsi, avec son éternel blouson en cuir roulé dans le coffre du scooter, lorsque nous prenons la route, précédées de Nobody et sa moto, en direction de Chapora, de la fête, et de la folie nocturne.

17.

Riley

Irlande, septembre 2019.

JE SUIS OFFICIELLEMENT AMOUREUSE. De Rory, oui, dur de le nier. Mais de l'Irlande, surtout. Je voudrais que ce séjour ne s'arrête jamais. Mon cœur appartient à cette terre. Chaque jour j'en prends plein les yeux, et plein le cœur. Les paysages, les petits villages pittoresques, l'ambiance des pubs, l'hospitalité des gens. J'ai joué dans la rue à Dingle, Galway et Sligo, et je ne me remets toujours pas du super accueil que j'ai reçu. Je pourrais en faire mon métier tellement ça rapporte. Sûrement parce que c'est l'été, mais même. Et je prends mon pied. Par contre, côté recherches, c'est le calme plat. Mais alors plat de chez plat. Rien, *nada, niente, nothing,* que dalle. Enfin si, toujours la même rengaine.

Notre escale à Galway m'a presque donné de l'espoir, parce qu'Aaron avait l'impression d'avoir déjà vu mon père, sauf qu'il était incapable de se souvenir où, quand, comment, ou même d'être sûr que c'était lui, ce qui a été vraiment très, très frustrant pour moi. Depuis, j'ai plus trop le goût de faire des recherches. Je ne sais plus à quel morceau d'espoir me raccrocher.

Par contre, revoir Aaron était vraiment chouette, tout comme le fait de retourner là où tout a commencé pour Rory et moi. Ça me semble si loin et si proche à la fois. Revoir la petite ruelle où nous avons fait l'amour pour la première fois, complètement beurrés, nous a fait beaucoup rire. Elle était beaucoup plus crade et glauque que dans mes souvenirs, et beaucoup moins discrète, surtout.

Ça fait trois jours que nous nous sommes installés ici, sur cette plage du bout du monde quelque part sur la côte sauvage du Donegal. Je ne sais pas où exactement, je n'ai pas Internet sur mon smartphone, et ça m'est égal. J'ai prévenu Astrid que j'allais bien, c'est déjà suffisant. On suit la côte, et notre flair. Pas de GPS, pas de carte, juste nous et la route. Cela fait presque trois semaines qu'on est partis de Dublin, et j'ai l'impression qu'une vie entière s'est écoulée. Belfast se rapproche, nous ne sommes plus qu'à une centaine de kilomètres, et je voudrais rallonger la route pour que jamais elle ne s'arrête.

C'est la providence qui nous a fait prendre ce petit chemin de terre et de sable. Depuis notre arrivée, personne à l'horizon, juste nous et l'océan. Nous passons nos journées à jouer dans les vagues, à faire des acrobaties dans le sable, à nous battre en riant à gorge déployée. Il m'apprend à faire des saltos arrière, et moi je lui montre quelques passes et mouvements qu'il ne connaissait pas. Bon, hier, je lui ai presque pété le nez. Il a pissé le sang pendant plusieurs minutes, mais il l'a bien pris et on s'est tapé un fou rire à s'en tordre le ventre pendant que le rouge lui dégoulinait sur les dents. Il s'est vengé, évidemment, et j'ai mangé plus de sable que je ne l'aurais voulu. J'ai encore des grains qui crissent entre les dents.

Il a une batterie solaire, alors on peut écouter de la musique autant qu'on veut sur sa petite enceinte. On pousse le rock à fond, on est seuls au monde. On chante, on danse nus sur le sable. On est libres. On est heureux. Je veux saisir ces instants et ne jamais les laisser partir. Jamais.

Je pense à mes parents. Eux aussi ils se croyaient libres, sauvages, indomptables, inséparables. Eux aussi croyaient que ce bonheur durerait pour toujours. Cela fait deux nuits que je me réveille en sueur, des larmes sur les joues. Je crois que j'ai peur. Je crois que je suis amoureuse. Alors je danse, je cours, je ris. Je bouscule ma terreur, je lui tire la langue, je fais la course avec Rory sur la plage, et dans ces moments, éblouie par le soleil des jours heureux, j'oublie tout.

Comme dans cette chanson qu'on écoute en boucle, Rory et moi, « *Blinded by the Light* ». C'est l'impression que j'ai en ce moment, d'être aveuglée par la lumière. Et ma mère m'a toujours dit de ne jamais fixer le soleil, car c'est comme ça qu'on finit par se brûler, irrémédiablement. Mais c'est là qu'est la vraie vie. Dans cet inconnu lumineux, quand on ne voit pas plus loin que l'éblouissement du présent, et que rien d'autre n'importe. Comme le chante Bowie, « *We Can Be Heroes* ». Être les héros de notre propre vie. Être nous, juste nous, pour un jour, ou l'éternité.

Le soir, on se réchauffe autour de notre petit feu de camp, et on chante, on danse, on joue, encore et encore. Moi à la guitare, lui à l'harmonica. On n'a besoin de rien de plus. Le bonheur est là.

En regardant les étoiles, ce soir, j'ai la sensation que ma quête touche à sa fin. Je suis en paix. Après avoir écumé les pubs de Killarney à Sligo, en passant par la péninsule de Dingle, Galway, Westport, et je ne sais encore quel autre bled dont j'ai oublié le nom, j'accepte enfin l'évidence. Je ne retrouverai jamais mon père, et c'est OK. J'ai fait tout ce que j'ai pu. J'ai interrogé le plus de gens possible. Rien n'y a fait. Depuis Kilkenny, je n'ai fait qu'entendre la même histoire dans des bouches différentes, sans jamais rien apprendre de nouveau. Mon père est vivant, et pourtant il demeure un fantôme sans nom.

— Je crois que pendant tout ce temps, ce n'était pas lui que je cherchais. C'était moi.

Rory est allongé à mes côtés, le regard perdu comme le mien dans l'immensité étoilée, mais il s'en détache pour se tourner dans ma direction.

— Comment ça ?

— Eh bien… je ne sais pas, je ne saurais pas vraiment mettre des mots dessus, mais je ne me suis jamais sentie aussi bien. Toute ma vie, j'ai cru être le produit de ce drame, de cette tragédie qui a frappé ma famille… Je crois que j'ai toujours porté une sorte de culpabilité inconsciente pour ce qui s'était passé, même si je sais bien que ce n'était pas ma faute. Je sais, désormais, que je ne suis pas que la fille de personne. Je n'ai peut-être rien appris qui me permette de le retrouver, mais au moins assez pour avoir l'impression de le connaître un peu plus. Et de savoir que mon père est vivant, là, quelque part dans ce monde, je crois que ça me suffit.

— Ça veut dire que tu vas arrêter de le chercher ?

Je laisse passer une étoile filante avant de me tourner sur le côté, face à lui.

— Oui, j'arrête. Il est temps de lâcher prise.

— Oh…

— Quoi ?

— Eh bien… je sais pas, je ne m'y attendais pas… Mais il y a encore de l'espoir, pourtant.

— De l'espoir ? Non, franchement, je n'en vois plus, là. Je n'ai rien appris de nouveau, et pourtant, j'ai l'impression d'avoir tout essayé…

Rory a un air étrange, préoccupé.

— Ça va ?

— Oui, oui, ça va. Hum. Oui, oui, t'inquiète, je pensais juste, euh, à des trucs…

Malgré toute notre joie et les bons moments que l'on passe depuis notre arrivée sur notre petite plage paradisiaque, ça fait plusieurs fois que je le surprends avec cet air soucieux, sourcils froncés, regard lointain, et je commence à m'en inquiéter un peu. Parfois, c'est comme s'il voulait me dire quelque chose et se ravisait au dernier moment.

— Rory, tu peux m'en parler, tu sais, s'il y a quelque chose qui te tracasse…

— Non, non, je t'assure, tout va bien.

Il me sourit et se penche pour m'embrasser, mais je sens qu'il est encore pensif. Il passe un bras sous ma nuque et m'attire contre lui. Après quelques minutes de silence, il lâche :

— Ça veut dire que tu vas rentrer en France ?

— Ça t'embêterait ?

Il ne dit rien pendant quelques instants, avant d'inspirer un grand coup. Je sens sa poitrine qui se soulève, son cœur qui s'accélère légèrement.

— Disons que, enfin, je… Tu l'as sûrement remarqué, mais, enfin… je, hum… bah, je suis raide dingue de toi, quoi.

Je fais un effort considérable pour ne pas rire, et je le gratifie d'un baiser qui vaut toutes les réponses du monde. Si on oublie le pincement qui m'attrape le bout du cœur. Car oui, je vais repartir. Je le sais, et il le sait. Je veux découvrir le monde. Je veux être libre. Oui, mais je l'aime. Ça ne fait que trois semaines, mais c'étaient les meilleures de toute ma vie. Et ce n'est pas parce que Rory était là, même si sa présence a embelli mon voyage. Pour la première fois de ma vie, je n'avais que la route et l'avenir devant moi. Toute ma vie, j'ai attendu de pouvoir voyager. C'est mon rêve qui devient réalité. Et je ne compte pas m'arrêter là, avec ou sans Rory. Je balaye ces préoccupations pour me concentrer sur le plus important : le présent. Lui, devant moi. Sa peau, son odeur, sa chaleur.

La réalité, et nos estomacs affamés, nous rappellent le lendemain et nous quittons notre havre sauvage pour la civilisation, ses magasins, ses pubs, ses bières fraîches et ses plats chauds. Mon corps ne s'en plaint pas, mais mon cœur saigne un peu, le temps de faire le deuil de notre paradis du bout du monde.

Rory m'a proposé de loger quelques jours chez lui, à Belfast. Enfin, chez sa mère. Avant, il vivait dans une colocation avec des potes, mais il l'a quittée quand il est parti à Dublin. Retour à la case maman, donc. Il ne parle pas beaucoup de son père. Tout ce que je sais, c'est qu'il est en prison depuis un sacré bout de temps. De ce que j'ai déduit, c'était un membre de l'IRA, et il s'est fait coffrer. Pourquoi ou comment, je l'ignore, mais apparemment, il croupit là-bas depuis une bonne quinzaine d'années. Le peu de fois où il l'a évoqué, Rory était partagé entre la rancœur et la fierté. Aucun de nous deux n'a eu beaucoup de chance côté père, c'est peut-être pour ça qu'on se comprend si bien. Tous les deux élevés par une mère seule, à la différence que lui avait des frères et sœurs.

Belfast n'est plus qu'à quelques heures de route, tout comme notre séparation. Même si je reste quelques jours avec lui, ce n'est que pour mieux retarder l'inévitable. Je ne vais pas rester indéfiniment ici. Mon voyage en Inde est trop important pour tout laisser tomber. Surtout pour un mec. C'est une promesse que je me suis toujours faite, ne jamais tout abandonner pour un homme. Mais plus l'échéance se rapproche, et plus je trouve mille raisons de la repousser.

Le passage à Derry nous émeut tous les deux. Cette ville a une âme vibrante, profondément rebelle, à jamais marquée par son histoire. Je me demande si mon père était engagé, d'une manière ou d'une autre, dans la rébellion irlandaise. Ça lui ressemblerait bien, en tout cas.

Je me croyais en paix avec ma décision, baignée par la quiétude de notre petit coin de paradis, mais depuis hier, une tristesse sourde m'engourdit les sens. Je n'ai plus envie de parler, je n'ai plus envie de rire. Je me cache pour pleurer, mais Rory n'est pas dupe. Il ne pose pas de questions, par respect. Au fond, il sait pourquoi je pleure.

Je fais mon deuil. Le deuil d'un père mort-vivant que je ne connaîtrai jamais. J'enterre mes espoirs, je laisse repartir les rêves, je dis adieu aux retrouvailles. Il n'y en aura pas. Pas pour nous. Je n'ai même pas cherché à me renseigner sur lui à Derry. Rentrer dans un pub est une souffrance, maintenant. Un rappel amer de mon échec. Même la beauté époustouflante et pittoresque de la Chaussée des Géants n'aura pas réussi à me remonter le moral. Je ne suis pas en paix, je suis en plomb. Je viens à peine de passer la phase de déni pendant laquelle j'ai bêtement cru que tout allait bien, qu'abandonner ne me posait aucun problème. J'espère que Rory ne sera pas là pour la phase de colère, parce que ce ne sera sûrement pas beau à voir.

Pour ce qui est du marchandage, je crois que j'y suis, en alternance avec la tristesse. Je recommence à considérer l'éventualité d'écumer les pubs de Belfast. Juste au cas où. En fait, je regrette de ne pas avoir essayé à Derry. Je m'en veux.

La pluie tambourine sur les vitres de la voiture, Rory conduit doucement. Sous les trombes d'eau, on n'y voit presque rien. De toute façon, j'ai les yeux trop gonflés de larmes pour voir quoi que ce soit.

Je m'endors là-dessus, et c'est Rory qui me réveille doucement. J'ai les paupières collées.

— On est arrivés.

— Déjà ?

Je me frotte le visage, et je grimace en imaginant ma tête à effrayer un monstre. Super, pour une première rencontre avec sa mère. Je n'ai qu'une envie, me lover dans les bras de Rory, inspirer son odeur et dormir en espérant que demain apporte un peu plus de joie.

Sa mère n'est pas là, et je bénis l'univers pour ce cadeau inespéré. Elle travaille souvent de nuit de par son métier d'infirmière, ça ne pouvait pas mieux tomber. L'appartement est perché au quinzième étage d'une tour de type HLM, dans l'un des quartiers pauvres de Belfast connu pour sa population catholique et rebelle.

Je file sous la douche et tente de relâcher dans l'eau toute ma tristesse, toute ma frustration, pour qu'au moins les quelques jours qu'il me reste avec Rory soient les plus agréables possible.

En sortant, une serviette enroulée autour des cheveux, je suis mon odorat jusqu'à la cuisine où Rory prépare un plat simple d'œufs et de saucisses, mais qui me fait saliver comme si je n'avais pas mangé depuis deux semaines. Je ne sais pas si c'est moi qui me fais des idées, mais Rory semble mal à l'aise, agité, tout au long du repas que nous mangeons dans un silence quasi religieux. Mon assiette finie, je tâte le terrain.

— Merci, c'était très bon...

— Mmm, pas de souci.

— Dis, il y a quelque chose qui te tracasse ? Je te sens préoccupé depuis plusieurs jours...

Il lève la tête d'un coup, comme si quelque chose l'avait piqué.

— Ça te dirait d'aller boire un verre ? Il y a un pub que j'aime bien, on pourrait y faire un tour...

— Euh, je...

— Et au passage, il y a quelque chose que je voudrais te montrer... Allez, je t'en prie, ça me ferait plaisir.

— D'accord...

Je suis perplexe. Je n'ai jamais vu Rory dans cet état. Il est fébrile, agité. Comme s'il n'y avait pas assez de moi pour plomber l'ambiance. Je sens que lui poser des questions ne servirait pas à grand-chose. Me voilà presque obligée de courir pour rester à sa hauteur alors que nous marchons en direction du centre-ville. J'espère que ça en vaut la peine, parce que je suis à deux doigts de râler un bon coup, franchement pas d'humeur à crapahuter toute la soirée. Je n'ai même pas envie de me bourrer la gueule, c'est dire. J'ai juste envie de dormir, et d'oublier tout ça jusqu'à demain.

Le quartier où Rory m'emmène est un peu plus animé. Il jette un œil sur le GPS de son téléphone avant de reprendre sa marche de plus belle, les yeux rivés sur sa destination.

— Tu vas me dire ce qu'il se passe, ou tu comptes arpenter toute la ville comme ça ?

Ma phrase semble le faire revenir un peu sur terre. Il ralentit pour revenir à ma hauteur, le regard bas.

— C'est que je n'ai pas envie de te donner de faux espoirs… mais ça fait plusieurs jours que je suis au courant de quelque chose, quelque chose que j'aurais dû te dire bien avant… et là, en te voyant aussi déprimée, je me suis dit que ça ne pouvait plus attendre…

— Quoi, qu'est-ce qu'il y a ? Tu as appris quelque chose sur mon père ?

— Oui… Aaron m'a envoyé un message il y a plusieurs jours. Il se rappelle où il a vu ton père. Et c'était il y a moins d'un an, dans un pub de Belfast.

— Il faisait un concert ? Parce que si c'est le cas, je ne vois pas pourquoi il y serait, là, ce soir…

J'essaye tant bien que mal de refouler le tsunami d'espoir qui me submerge. La désillusion serait vraiment trop dure à encaisser.

— Non, il ne faisait pas un concert. Il était serveur, derrière le bar. Il avait même tout l'air du gérant… Et, Riley, le pub en question, il s'appelle le Nobody's Pub.

— Qu… Quoi ? T'es sérieux ?

Ne pas s'évanouir. Ne pas s'évanouir.

— Oui, enfin il s'appelle Tigh Aon Duine, c'est de l'irlandais, mais en anglais ça se traduit par « le pub de personne »…

— Et tu ne connais pas ce pub ?

— Si, je crois que j'y suis déjà allé quelques fois, mais je n'ai jamais vu ton père. Ou alors, je ne m'en souviens pas. Mais le nom laisse peu de doutes…

— J'arrive pas à croire que tu m'aies caché ça pendant plusieurs jours.

— Mais je comptais te le dire ! Je voulais juste qu'on profite de nos derniers jours de *road trip*. J'avais peur que tu aies envie d'écourter pour aller directement à Belfast…

— Oui, c'est sûrement ce que j'aurais fait.

Je ne l'avoue pas, trop contrariée pour ça, mais je pense qu'il a eu raison. Ces quelques jours sur la plage du bout du monde étaient idylliques.

— J'aurais quand même préféré qu'on prenne cette décision ensemble.

— Tu as entièrement raison, j'ai merdé sur ce coup, je suis désolé.

— Oui, bon, disons que je comprends… Alors, c'est par où ? On est encore loin ?

18.

Marianne

Inde, décembre 1999.

Sans surprise, à peine avons-nous mis les pieds à la *rave* que Suzie se met en quête de drogue, et en trouve sans difficulté en moins de dix minutes. Je la vois revenir vers nous, guillerette et l'œil pétillant, avec une charmante trace de poudre sous le nez. Je me retiens de l'essuyer et me détourne, mal à l'aise. C'est ce que je redoutais, et j'avais raison. D'ordinaire, Suzie aurait de toute façon consommé de la drogue, mais avec l'histoire de Pete, elle va se précipiter droit dans l'excès. Lui faire une remarque ne ferait qu'aggraver le processus, et l'éloigner de moi par la même occasion. Je ne peux rien dire ou faire pour l'en empêcher, et je le sais pertinemment. Alors je lâche prise, et je profite.

Le cœur de la musique bat la chamade, galope sur un rythme endiablé ; les basses font trembler le sable, et les vibrations remontent jusqu'à mes mollets comme un essaim d'abeilles furieuses. Ma sœur et moi dansons comme des diablesses sauvages, un sourire béat plaqué sur nos lèvres.

La nuit est noire lorsque Chandra fait son apparition. Suzie et lui se captent rapidement et il ne faut pas plus de trente minutes pour qu'ils s'éloignent ensemble. Ma sœur me fait un signe discret et un clin d'œil avant de disparaître dans la foule, et j'ai peu de doutes quant à leurs projets immédiats. Se droguer, ou faire l'amour, ou les deux, probablement. Sur ce point, ce n'est pas moi qui vais la juger. J'ai toujours prôné la liberté sexuelle la plus complète, surtout en étant célibataire. Pourquoi se retenir de profiter de la vie ?

Nobody aussi a vu la scène et me lance un sourire amusé avant de se rapprocher de moi et de m'enlacer.

Nous retrouvons Suzie et Chandra quelque temps plus tard, assis à l'écart avec un groupe, en pleine dégustation d'un shilom odorant. Autour d'eux flotte un nuage épais et tenace qui les englobe comme la capuche d'une méduse. Nobody y reconnaît un ami à lui et nous nous joignons au cercle.

Le ciel commence à blanchir lorsque je propose à Suzie de boire un chaï et manger un bout. Nous laissons Nobody en pleine conversation et nous éloignons en périphérie de la piste. Comme pour chaque *party*, ou presque, une dizaine d'étals disposés sur des tentures à même le sol proposent tantôt du chaï, tantôt des sandwichs à l'omelette et au piment, ou encore le nécessaire pour fumer. Le stand que nous choisissons est tenu par une vieille Indienne à la peau sombre et fripée comme un fruit de la passion bien mûr. Ses bras et ses jambes maigres émergent d'un sari bleu délavé à motifs argentés, couvert de l'ocre poussiéreux de la terre battue. Elle s'active avec les gestes fluides de celle qui a fait cela des centaines de fois dans sa vie, puis nous souhaite une bonne nuit en nous adressant un sourire édenté et nous nous installons avec nos victuailles, pieds dans le sable, face à l'océan.

Je sens que le moment est venu d'aborder le sujet qui, au fond, nous tracasse toutes les deux. Elle a beau respirer la bonne humeur, je connais ma petite sœur, et je sais quand elle ne va pas bien. Elle est trop enjouée pour l'être vraiment. Je connais cette manière qu'elle a de se persuader qu'elle est parfaitement heureuse en en rajoutant des tonnes. Ce qui vaut peut-être mieux que de s'effondrer, je le lui accorde, mais à un moment où un autre, il faut l'exprimer, pour éviter d'être rongée de l'intérieur.

— Tu as envie de me raconter ?

Elle ne me répond pas de suite, fixant l'horizon étoilé de l'océan, au point que je doute d'abord qu'elle m'ait entendue.

— Ça faisait un moment que ça n'allait plus, même avant de prendre les billets. Il était de plus en plus dur et chiant avec moi, et du coup ça me gavait, donc je lui tenais tête et ça ne lui plaisait pas, ou plus, parce que c'est pour ça qu'il m'a aimée au début, pour mon caractère. Mais quand ça le concerne, tout d'un coup, il voudrait que je sois une gentille soumise. Sérieux, il m'a prise pour qui ? Bref, du coup on s'engueulait de plus en plus. Il m'avait déjà frappée une ou deux fois. Moi aussi, d'ailleurs, je n'y étais pas allée de main morte. Tu me frappes, je te frappe, je vais pas me laisser faire. Et à force d'en avoir ras-le-bol, je sais pas, un soir, j'ai déconné... Il était parti pour dealer en boîte, et moi j'étais restée à l'appart avec Matt, un de ses meilleurs potes avec qui je m'entends super bien depuis le début. En vrai, il y avait toujours eu une certaine tension entre nous… Bref, me juge pas, mais on a tapé de la super bonne coke, on a pris de l'ecsta, on a commencé à délirer, et puis sans qu'on s'en rende vraiment compte, ça a dérapé à poil dans le salon. Je ne sais même pas combien de temps on a fait l'amour, on a été complètement emportés par la force du truc. Enfin, du coup… Tu te doutes un peu que Pete n'a pas apprécié le tableau quand il est rentré. Il a carrément pété les plombs, c'était pas beau à voir. Il a défoncé l'appart, il s'est jeté sur nous, il a mis la gueule de Matt en sang et moi, bah, il m'a pas épargnée non plus. Je sais que j'ai déconné en couchant avec son pote, je n'ai pas vraiment d'excuse pour ça, mais je ne l'aurais pas fait s'il n'y avait pas déjà un gros problème entre nous. Donc j'ai pris mes affaires, enfin ce que j'ai pu, et je suis allée chez Maggie, une copine du pub où j'ai bossé. C'est là que je me suis rendu compte que j'avais nos deux billets. Il a débarqué trois jours plus tard en tambourinant sur la porte comme un taré pour que je lui rende le sien, évidemment. J'avais déjà prévu le coup, j'ai emprunté de l'argent à Maggie et je lui ai fourré le billet déchiré et la thune sous la porte. C'est lui qui avait payé, tu vois, c'était pas réglo… Il s'est excité encore un moment, il m'a traitée de tous les noms, mais il a fini par partir. Le plus fou, c'est que je ne ressens même pas de culpabilité. Je me sens libérée, plutôt. Je pensais que je l'aimais, pourtant, mais il faut croire que c'était pas si profond que ça… Et toi, d'ailleurs, tu vas m'expliquer un peu ?

Je prends un air faussement innocent.

— T'expliquer ? Quoi donc ?

— Bah, ton gars, là, Nobody ! Je croyais que c'était juste un amant pour qui tu avais un petit crush, mais c'est carrément plus que ça ! Je t'avais jamais vu comme ça, sœurette, ça fait plaisir !

— Comme quoi ? Je ne me comporte pas comme une idiote transie d'amour, rassure-moi ?

— Non, non, mais justement, ça a l'air tellement évident entre vous. On sait que vous êtes ensemble, que vous vous aimez. Je sais pas, ça saute aux yeux sans que vous fassiez quoi que ce soit. C'est presque comme si vous étiez chacun un bout de l'autre. Vous bougez de la même façon. On dirait que vous parlez par télépathie, juste en vous regardant. C'est beau à voir… Tu as l'air heureuse.

— C'est vrai, je le suis… Je ne me verrais nulle part ailleurs, ni avec personne d'autre que lui. Mais c'est le voyage aussi, l'Inde, ça me fait tellement de bien…

Suzie se décale pour faire peser son corps contre le mien.

— On est à l'autre bout du monde, ensemble, comme on a toujours dit qu'on ferait. Je suis fière de nous.

— Moi aussi, petite sœur.

Nous nous levons alors que le soleil colore le ciel de pastel. À ses pieds, Suzie ramasse une fleur et s'avance vers l'océan. Je devine ce qu'elle s'apprête à faire avant même qu'elle ne pénètre dans l'eau. Depuis toute petite, c'est un rituel qu'elle a toujours aimé. Un des rares souvenirs vivaces qu'elle garde de notre mère. À l'aube, toujours à l'aube, car c'est seulement à cet instant précis que la magie pouvait opérer, elle nous réveillait, nous faisait choisir une fleur chacune et nous emmenait près de l'eau, que ce soit une rivière, un ruisseau, la mer ou l'océan. Elle nous disait ensuite de déposer la fleur dans le courant. Nous pouvions faire un vœu, une prière, ou simplement avoir une pensée heureuse. Ainsi, le jour où nous serions tristes, en colère, ou découragées, il nous suffirait de penser à la fleur qui continuait vaillamment de voguer vers l'inconnu, vers l'aventure, et sa force nous reviendrait pour apaiser notre mélancolie et rendre notre cœur vaillant à nouveau.

Après son bain et son recueillement, je laisse une Suzie à nouveau vibrante d'énergie retourner taper du pied sur la piste, et je me dirige vers Nobody que j'aperçois assis en tailleur, goûtant lui aussi la quiétude de l'horizon. Quelques heures plus tard, nous nous écroulons tous comme des masses dans nos lits, fourbus.

Les jours suivants se passent dans la détente et la bonne humeur, et même la présence ponctuelle de Chandra ne vient pas bousculer le confortable équilibre que nous formons tous les trois. Suzie est notre meilleur public, nous prenant presque pour son jukebox personnel en nous demandant d'interpréter toutes les chansons qu'elle adore. J'ai l'habitude, car elle fait cela depuis que j'ai appris à jouer de la guitare. Sa grande favorite, c'est « *Baba O'Riley* ». L'apprendre à l'oreille n'a pas été facile, mais le résultat en valait la chandelle.

Je me rends compte au fil des jours que cela fait une éternité que Suzie et moi n'avons pas passé autant de temps ensemble, et je réalise à quel point elle a manqué à ma vie ces dernières années. Je me prends à rêver qu'elle ait, elle aussi, un coup de cœur pour l'Irlande qui lui donne envie de s'installer à Dublin. Mais c'est beaucoup demander. Je doute qu'elle soit prête à abandonner l'effervescence de la vie londonienne.

Nobody, malgré mes réticences, s'est donné comme mission de lui apprendre la moto, et nous lui faisons visiter les plus jolis recoins et trésors cachés de Goa, notamment le nord jusqu'à Querim, en faisant un arrêt obligé à la Shanti Paradise Guest House pour déguster un délicieux repas cuisiné par Rani. Nous marchons ensuite le long de la plage jusqu'aux falaises, et au-delà, pour lui faire découvrir la petite perle cachée d'Arambol.

Le Sweet Lake a tout d'une oasis, avec son étendue d'eau douce, ses palmiers et ses cocotiers bas, à la différence qu'au lieu d'être en plein désert, il est situé à une centaine de mètres à peine de la mer, coincé entre une langue de sable fin et la jungle touffue. Sa boue, jaunâtre quand elle sèche, a des vertus pour la peau, et les hippies culs nus du coin passent leurs journées à s'en enduire le corps avant de se prélasser tels des gros lézards en croûte au soleil. En s'enfonçant dans la jungle sur un sentier tracé par les passages réguliers des Robinson Crusoé, on tombe sur un lieu insolite où flottent, entremêlées, les lourdes fumées de l'encens et du charas des shiloms qui tournent sans interruption. Ici vivent les plus téméraires et sauvageons, pour un jour ou plusieurs mois, dans un confort plus que précaire entre les racines élancées du grand banian, réunis autour du feu sacré dans une routine faite de chansons, de rires et de grandes discussions philosophico-spirituelles gentiment perchées. Nous y avons passé quelques nuits avec Nobody, quand nous étions encore à Arambol, alternant les bains de boue et les sessions de musique autour du feu.

Même si c'est moins son genre d'ambiance, un peu trop *peace and love* à son goût, Suzie s'amuse de l'originalité du lieu et de ses résidents de passage. Des singes se baladent au-dessus de nos têtes et chipent de temps en temps une victuaille restée un peu trop longtemps sans surveillance.

Contrairement à moi, Suzie supporte mal le piment. Malgré les plats délicieux que j'essaye de lui faire déguster, elle peine à manger et se voit forcée la plupart du temps de commander un simple bol de riz blanc accompagné de chapatis ou de paratha. Je la plains, mais je ne perds pas l'espoir qu'elle finisse par s'y habituer.

Le jour du nouvel an arrive sans crier gare, et avec lui la myriade de *rave parties* organisées aux quatre coins de Goa, toutes plus tentantes les unes que les autres. Nous optons pour celle de Little Vagator dont tout le monde parle ces derniers jours. Elle est organisée par l'un des collectifs les plus actifs de Goa, basé à Vagator même, et dont fait partie Govinda, le frère DJ de Chandra. Un spectacle grandiose est prévu avec des danseurs jongleurs et cracheurs de feu, et j'ai hâte de voir ça.

Nous arrivons pour savourer le coucher de soleil, et l'ambiance survoltée nous entraîne sans nous laisser le choix dans son tourbillon kaléidoscopique. Pas seulement Suzie, mais tous les trois ensemble, d'un même élan, nous nous laissons emporter par la drogue qui fond sous notre langue. Nous dansons et suons avec toute la force de notre jeunesse, de nos rébellions, de nos peines et de nos victoires passées et à venir. Nous sommes seuls au milieu du monde, foule d'inconnus qui se comprennent au-delà des mots, des fous unis dans une même envolée psychédélique aux confins de leurs esprits et de leurs corps. Je déborde d'une euphorie incontrôlable. Des pleurs de joie roulent sur mes joues alors que je continue de galoper sur le rythme, frappant le sol de mes pieds nus, chaque pas marquant un nouvel envol. Les larmes se glissent dans mon sourire, voyagent sur les lèvres de Nobody qui m'embrasse de toute la fougue de son amour, pressant mon visage entre ses grandes mains chaudes et tremblantes.

Minuit explose sur la piste, dans les rires, les cris et les feux qui s'élèvent vers le ciel. Le nouveau millénaire nous salue de toute sa grandeur encore vierge, immaculée, prêt à nous accueillir, nous et nos rêves d'enfants perdus sur les routes du monde. J'embrasse ma sœur qui bondit telle une sorcière de sabbat à mes côtés, j'enlace à l'étouffer mon homme, mon unité, auprès de qui je veux voir grandir ce siècle. Tous, connus et inconnus, nous nous enlaçons et nous embrassons en poussant des cris, des hurlements à la lune pour prévenir l'univers que nous arrivons, nous et notre folie bienheureuse.

Lorsque la nuit se retire du ciel, emportant avec elle ses étoiles et ses profondeurs abyssales, nous enfourchons la moto. Cette aube est à nous, elle marque le début d'une ère nouvelle, et nous tenons à voir son premier soleil de nos propres yeux. Je ne me sens pas de conduire mon scooter et j'insiste pour que Nobody nous conduise tous les trois sur son Enfield. En nous serrant, Suzie accrochée à ma taille, ses pieds posés sur les miens, nous parvenons à trouver une posture confortable et nous laissons derrière nous la transe des basses puissantes pour retrouver les murmures de la jungle qui s'éveille. Nous avançons avec la lueur blafarde qui perce les nuages, pile à l'heure pour le rendez-vous de l'aurore. Sur la route menant au fort, nous ressentons le même écho de liberté. Comme un oiseau en plein vol, nous étendons nos ailes, prêts à décoller. Nos six bras caressent l'air qui s'engouffre entre nous, la route file à l'horizon et nous sommes libres, sauvages, vivants.

L'œuf du soleil émerge de la jungle à l'instant où nous posons le pied sur les remparts du fort de Chapora. La drogue bat encore dans nos veines, comme un chuchotement diffus et doux au creux du corps. Installés tous les trois là où, deux mois plus tôt, j'avais partagé ma première aube avec Nobody, nous restons silencieux et savourons. Assise entre ces deux êtres que j'aime plus que tout, je prends leurs mains et ferme les yeux. En cet instant, rien ne peut égaler cette perfection. Rien.

— Cette fois, c'est moi qui conduis ! lance Suzie avant de se précipiter vers la moto comme si nous allions lui courir après pour l'en empêcher.

Je rigole avant de comprendre qu'elle est sérieuse. Je coupe court à son enthousiasme.

— Non, Suzie, c'est absolument hors de question. Tu ne conduis pas depuis longtemps, je te rappelle. Et puis, tu n'es clairement pas en état.

— Pff, je suis autant en état que toi, je te signale. Allez, fais pas la maman despote, pour une fois ! C'est bon, je sens presque plus les effets du LSD, et je sais très bien conduire !

Je grogne, mais je ne cède pas.

— Non et non, franchement, Suzie, arrête.

— Et tu ne crois pas qu'on devrait demander au propriétaire de la moto, plutôt ?

Elle se tourne vers Nobody avec une moue charmeuse et maligne.

— Dis-moi, jusqu'à quel point est-ce que tu lui obéis, hmm ?

Je soupire. Provoqué ainsi, avec le charme de Suzie par-dessus le marché, c'est évident que Nobody va céder. J'essaye quand même de le ranger dans mon camp :

— Ce n'est pas une question de m'obéir ou non, c'est juste qu'elle ne conduit pas depuis longtemps, qu'on vient de danser toute la nuit, de prendre de la drogue, et qu'on est trois…

Je sens bien qu'il hésite. Son regard passe de Suzie à moi, de moi à Suzie, et je comprends que j'ai perdu lorsqu'il s'arrête sur moi avec un regard désolé.

— Après tout, c'est moi qui lui ai appris à conduire avec cette moto. Elle commence à la connaître…

— Mais c'est dangereux ! Je le sens pas…

Je suis à court d'arguments.

— Allez, Marianne, sois sympa, laisse-la conduire un peu. On n'ira pas vite et je reprendrai le volant dès qu'on s'approchera de Chapora et des routes plus animées, d'accord ?

Je lève les bras au ciel d'impuissance et Suzie pousse un petit cri de victoire avant d'enfourcher la moto.

— Mais n'allez pas dire que c'est ma faute si on se ramasse par terre ! Vous l'aurez bien cherché !

— Oui maman, lâche Suzie, provocante. Allez, grimpez !

Je m'installe derrière elle et Nobody derrière moi, et nous voilà partis. Après les premières minutes à serrer les fesses, je me détends et laisse la joie nous porter, comme le vent qui s'engouffre dans nos cheveux au rythme de la route.

Puis une ombre, le son strident d'un klaxon, et à peine le temps de tourner la tête, de crier, de dire attention. Puis le choc, et ce flottement interminable où le corps et l'esprit perdent leurs repères. Soudain il fait noir. Soudain, il n'y a plus rien. Plus de bruits, plus de pensées, plus de sensations. Juste le néant. L'absence.

19.

Riley

Belfast, septembre 2019.

Il est là. Il ne sait rien, il vit sa vie, il rigole et papote derrière son bar. Il n'a aucune idée de l'importance qu'il a pour moi.

— Riley ? Tu veux qu'on s'approche ? On peut juste s'asseoir au comptoir et prendre une bière, tu n'es pas obligée de lui parler tout de suite…

La colère que j'avais pour Rory s'est envolée, en même temps que tout le reste – émotions, pensées, rêves, questions. Mon esprit est vide, abyssal.

J'ai envie de vomir. Je suis morte de peur. Je tourne les talons avant même de m'en rendre compte. Dehors, Rory me rattrape au vol par le bras.

— Attends, respire, prends le temps. On peut rester un peu là, tranquillement, il n'y a pas besoin de t'enfuir.

Je chancelle et Rory me rattrape fermement contre lui.

— Je peux pas.

Ce sont les seuls mots qui me viennent à l'esprit. Je n'ai jamais eu aussi peur de toute ma vie. Jamais je ne me suis sentie autant en danger, aussi vulnérable, et je ne peux même pas me battre pour m'en sortir. Par contre, je peux rassembler mon courage. Ça, le courage, je connais. Quand on se retrouve sur un ring, prêt à se faire démonter la gueule, il en faut un peu. Ou être maso. Ou les deux, ce qui est certainement mon cas.

J'inspire profondément et je m'appuie contre le mur. La nausée reflue. Les images de mon père tournent en boucle dans ma tête. Lui qui sert une pinte à un client, qui parle, qui rigole. Sa voix, son visage, ses expressions. Il est vivant, voilà, il n'y a rien d'autre à dire. Il existe, en fait. C'est cette évidence absurde que je suis en train de bouffer en pleine tête. Ce n'est plus ni un fantôme ni un espoir. C'est une réalité, là, de l'autre côté de cette porte, de ce comptoir. Si je le souhaite, je peux chambouler ma vie, et la sienne, là, tout de suite.

— Oh putain…

Je me laisse glisser le long du mur, j'ai les jambes en compote. Je ne tremble plus comme une feuille à ce stade, mais comme une machine à laver des années 1960.

— Est-ce que je peux faire quelque chose pour toi ?

J'inspire, plusieurs fois. L'ironie du truc, c'est que là, ce dont j'ai le plus besoin, c'est d'une bonne pinte de bière pour faire passer le choc. Sauf que cette pinte, elle est comme mon père : de l'autre côté de cette porte, derrière ce comptoir.

Je lève les yeux et tends une main à Rory pour qu'il m'aide à me relever. Non, je ne lui en veux plus. Je comprends pourquoi il m'a dissimulé l'information, j'aurais sûrement fait pareil. Ce n'est pas comme s'il comptait ne jamais me le dire. Il voulait juste prolonger un peu notre *road trip* et éviter que je me fasse trop d'illusions et soit déçue. Maintenant que mon père est là, plus rien d'autre n'a d'importance. Je crois qu'à ce stade, je pourrais même pardonner à ma mère. Peut-être.

— Si tu veux aider, tu peux m'offrir une pinte...

— Tu... tu es sûre que tu te sens prête à y retourner ?

— Oui, mais je n'ai pas l'intention de lui dire quoi que ce soit maintenant. J'ai besoin de digérer avant. Et c'est toi qui commandes. Moi, je suis pas en état de prononcer un seul mot.

— D'accord, pas de souci, allons-y.

Mon courage n'empêche pas mon estomac de se coincer dans ma gorge lorsque je pénètre de nouveau à l'intérieur. Cette fois, nous nous avançons jusqu'au comptoir, et je suis soulagée de voir qu'apparemment personne, surtout pas mon père, n'a remarqué mon entrée avortée. Il papote avec ce qui doit être un habitué, et lève la tête lorsque nous prenons place. Je n'aurais pas pensé que croiser son regard me ferait autant d'effet. J'ai l'impression de marcher en plein dans une tornade. L'échange ne dure pas longtemps, juste assez pour qu'il nous salue d'un signe de tête et d'un sourire léger.

Cela fait presque deux mois que je me répète en boucle de ne pas me faire trop d'idées, qu'il sera certainement différent de ce que j'imagine, que je serai déçue, voire choquée. Eh bien, ce n'est pas le cas. Pas du tout. Il est exactement tel que je me l'imaginais. En fait, à part quelques rides en plus et un châtain grisonnant, il n'a pas changé par rapport aux photos. Les mêmes cheveux mi-longs, la même barbe, quoiqu'un peu plus courte. Le même genre de chemise marron roulée sur les avant-bras, les mêmes grigris au cou, les mêmes bracelets en cuir. Mon père. Et si c'est lui qui a choisi la playlist qui résonne dans le pub, alors il a toujours d'aussi bons goûts musicaux.

La panique me prend quand je le vois s'approcher. Faire comme si de rien n'était, agir avec naturel. Facile à dire.

— *Hiya,* je vous sers quoi ?

J'entends Rory poser une question, puis commander, mais pour ma part, je ne peux me concentrer sur rien d'autre que mon effort surhumain pour ne pas le dévisager. Avant de s'éclipser pour nous servir, il me jette un regard qui arrête son élan une poignée de secondes. Est-ce que c'est ma manière de le fixer qui l'a interpellé, ou autre chose ? Il fronce légèrement les sourcils avant de repartir.

— Il t'a regardée bizarrement, me chuchote Rory.

— Oui, j'ai vu… Sûrement parce que je le dévisageais comme une débile…

— Ou peut-être que ton visage lui a semblé familier. On te dit, des fois, que tu ressembles à ta mère ?

— Oui, ça arrive, sauf pour les cheveux roux et les taches de rousseur.

— Alors c'est peut-être ça…

— Je ne sais pas… mais ça pourrait m'arranger. Franchement, je ne me vois pas lui sortir comme ça, de but en blanc : « Hey, salut, je suis ta fille. Tu t'appelles comment, au fait ? »

Je me tais en le voyant revenir. J'étais tellement obsédée à l'idée de le retrouver que je n'ai même pas réfléchi à ce que je ferais une fois devant lui. Enfin, si, bien sûr que j'y ai pensé, mais ça se passait toujours comme dans un film. Je le retrouvais, lui vivant dans un petit cottage au bord d'une falaise, je toquais chez lui, je lui expliquais tout, et on parlait toute la nuit au coin d'un bon feu de tourbe. Ou alors je tombais sur lui en plein concert dans un petit pub, et je lui demandais de jouer telle chanson de lui, et il comprenait comme ça, par magie. Là, c'est la réalité. Il n'y a pas de scénariste ni de bande-son pour rendre tout parfait et fluide, comme si mon père m'avait attendue au fond de lui toutes ces années. Dans le film, il m'aurait reconnue, il *saurait* en quelque sorte déjà. Là, non. C'est juste un être humain.

Le pub gagne en animation, le concert se prépare sur l'estrade basse à gauche de la cheminée, et nous nous installons à une table avant que toutes les places ne soient prises. L'avantage, c'est que je peux davantage l'observer d'ici, sans risquer qu'il me remarque.

J'ai arrêté de réfléchir. Ce n'est pas ce soir que je lui parlerai, de toute façon. Je reviendrai dans les jours prochains, si possible quand il y aura moins de gens. Ce soir, je ne peux pas l'envisager. Il faut déjà que moi, je me fasse à l'idée que j'ai un père. Un père vivant.

Par contre, une foule d'autres questions me taraude. La plus importante, celle qui m'obsède le plus : est-ce qu'il a d'autres enfants ? Une femme ? Il a l'air aussi sympathique que me l'ont décrit ma mère et les gens croisés au fil de mon enquête. Mais peut-être qu'il a une part d'ombre. Qui n'en cache pas ?

— Merde, je crois que l'autre serveur m'a repérée.

Rory se dévisse le cou pour l'apercevoir.

— Ou bien tu lui plais.

— Non, non, je ne pense pas que c'est ça. Je bloque sur Nobody depuis cinq minutes, il doit se demander pourquoi je le dévisage comme ça. J'espère qu'il ne va pas croire que j'ai un crush sur lui.

— Ha ha, il y a moyen. Il a grave la classe, et il est plutôt beau gosse.

Je grimace.

— Arrête, tu parles de mon père, je te signale.

— Et quoi ? Je dis pas qu'il te plaît, je dis que si c'était pas ton père, ce ne serait pas si surprenant que tu craques sur lui.

— Mouais, enfin... Le gars approche de la cinquantaine, quand même. Si c'était une femme de cinquante ans, tu ne dirais pas ça.

— Détrompe-toi, j'ai déjà eu des aventures avec des femmes plus âgées. Ce n'est pas l'âge qui fait la beauté, ni l'attirance.

Me voilà jalouse, maintenant, super. J'ai vraiment les nerfs en boule.

— Bon, on rentre ?

— Euh, oui, d'accord, si tu veux... ça va ?

— Oui, oui, je crois que j'ai juste besoin de dormir.

C'est plus que de la nervosité, c'est de la colère. Et franchement, je ne sais pas pourquoi. D'un coup, je sens que je pourrais casser la mâchoire de quelqu'un juste pour le plaisir, pour me défouler un bon coup. Trop d'émotions, trop de trop.

— Je crois que je suis en surcharge émotionnelle. Non, en fait j'en suis sûre. J'ai besoin de faire le point, de m'éloigner de cet endroit, de lui, de tout ça.

Rory avale le reste de sa bière d'un trait. Moi, j'ai laissé la mienne à moitié pleine, je m'en fous. Je suis déjà sortie alors qu'il est à peine levé. Si je m'écoutais, je partirais juste en courant. Je suis à deux doigts de le faire quand Rory me rejoint. J'ai envie de crier, de pleurer, de tout casser.

Soudain, ça me frappe de plein fouet. Je veux ma maman. Je veux voir ma maman. Je veux parler à ma maman. J'ai tout à coup l'impression d'avoir trois ans. Je n'arrive plus à respirer. Je me suis toujours dit que j'étais trop émotive, mais normalement, je me débrouille pour tout enfouir bien profond. Depuis que je suis en Irlande, j'ai l'impression d'être devenue quelqu'un qui s'émeut d'un rien, qui panique pour une broutille. Sauf que ce n'est pas une broutille. C'est apprendre que mon père est vivant et que ma mère m'a menti toute ma vie. C'est voir mon père pour la première fois, sans savoir quoi faire. Je veux ma maman, et je hais ma maman.

— Riley ?

— Quoi ?

— Tu vas bien ?

— Ouais, pourquoi ?

— Euh, parce que ça fait cinq minutes que je t'appelle, et que tu restes immobile au milieu du trottoir le regard complètement vide.

— Ah, oui...

J'ai la bouche pâteuse. J'ai la tête qui tourne. Le corps de Rory m'enlace. Sa chaleur fait fondre ma colère, mes peurs, mes questions. Me fait fondre en larmes, aussi.

Je sens à peine qu'il me soulève dans ses bras comme une enfant. Je ne sais pas si je m'évanouis ou si je m'endors, mais je me réveille alors que le taxi se gare dans la grande cour de son immeuble. Je suis encore groggy et je proteste à peine quand il me soulève à nouveau.

Je retrouve le sol alors qu'il ouvre la porte, et dans un éclair de lucidité, je remercie encore une fois l'univers pour l'absence de sa mère. Je le laisse me déshabiller et me border, et lorsqu'il se couche à mes côtés, j'utilise mes dernières forces pour me lover contre lui avant de sombrer dans l'inconscience.

Le réveil est difficile, et même le café que Rory m'apporte généreusement au lit ne peut atténuer le mal de crâne qui me vrille les tempes.

— Je vais faire une super impression à ta mère, je le sens.

— T'inquiète, elle dormira encore jusqu'à quatorze ou quinze heures. Tu auras le temps de te remettre un peu avant de la voir.

— Tant mieux…

Je grogne et m'enfouis sous la couette, vite rejointe par Rory qui se coule à mes côtés, agréablement nu. J'ai beau avoir un mal de crâne démoniaque, ma libido est aussi enflammée qu'un brasier de la Saint-Jean. Et puis, l'orgasme est bon pour la migraine, non ?

Peu après, essoufflée et en sueur, confortablement calée contre lui, je me sens mieux. La brume pâteuse qui embourbait mon cerveau s'est dissipée, et je peux presque envisager de me lever. Malheureusement, l'éveil de mon esprit signifie aussi celui des questionnements.

— Rory, je ne sais pas quoi faire…

Il continue de me caresser les cheveux, mais je sens qu'il réfléchit. S'il a une idée, je suis preneuse, parce que franchement, j'ai beau retourner la question dans tous les sens, je ne vois pas d'autre solution que d'aller voir mon père et de cracher le morceau de but en blanc.

— J'ai vu qu'il y avait une soirée scène ouverte tous les vendredis soir… Tu pourrais y chanter une de ses chansons ? Ou une des tiennes… Et ça pourrait lancer le sujet, voire lui faire comprendre sans que ce soit trop choquant… Tu en penses quoi ?

Sa suggestion me fait l'effet d'un coup de fouet et je me redresse d'un coup, manquant de lui défoncer la mâchoire au passage.

— Mais oui ! C'est parfait, ça ! Tu es un génie !

Je me laisse retomber à ses côtés et fixe le plafond. Quelle chanson serait la meilleure pour lui mettre la puce à l'oreille ?

— Bah, je crois qu'il n'y a pas mieux que « *Nobody's Daughter* », la première chanson que j'ai composée, pour lui faire comprendre... Je commencerai par « *Marianne* », en disant que c'est en l'honneur de ma mère, puis par « *Who Knows Where The Time Goes* », en l'honneur de mes parents, ou peut-être « *These Are The Days* », je sais pas encore. Peut-être « *Baba O'Riley* » aussi, et je finis par « *Nobody's Daughter* ». Si avec ça il ne comprend pas un minimum le truc, je ne sais pas ce qu'il lui faut...

Mais il manque quelque chose, je le sens.

— C'est quand même un peu abrupt. Je crois que j'aimerais bien lui parler avant qu'il ne sache... Apprendre à le connaître sans cette révélation entre nous. Mais je ne vois pas comment faire.

— Mmm... là, je sais pas quoi te dire, à part de te mettre à papoter avec lui l'air de rien...

— Ça ferait un peu bizarre quand même, je sais pas... Bon, je vais y retourner ce soir, et je verrai bien.

Soudain, le soir me paraît vraiment trop loin. Je voudrais pouvoir accélérer le temps et y être, là, maintenant. Une inquiétude idiote me prend à la gorge. Et s'il n'y travaillait qu'hier soir, et qu'aujourd'hui et les jours suivants, il n'y soit plus ? Et s'il avait décidé de partir à nouveau, et que j'avais laissé passer ma chance hier comme une conne ? Je respire un grand coup pour chasser ces peurs inutiles.

— Et du coup, je pense prolonger mon séjour à Belfast... J'espère que ça ne te dérange pas trop ? Si tu veux, je peux me trouver un logement en ville, ou un *couchsurfing*...

— Mmm, oui, c'est vrai que ce serait peut-être mieux.

Je le dévisage avec des yeux ronds avant de comprendre qu'il me fait marcher. Après une bourrade bien placée accompagnée d'une grimace, je me rallonge contre lui.

— Idiot, je t’ai cru, moi.
— C’est ça qui est marrant, justement.
— Gnagnagna.

20.

Nobody

Belfast, septembre 2019.

J'IGNORE POURQUOI J'AI ACCEPTÉ. En réalité, on n'a pas besoin de quelqu'un pour nous filer un coup de main. La saison touristique est passée, et même si Declan va à l'université cette année, il continue de bosser avec nous les week-ends. Mais il y a quelque chose dans le regard de cette fille qui m'a fait dire oui. Elle est jolie, belle même, mais ce n'est pas la question, elle est beaucoup trop jeune. Je ne sais pas. Bon, elle a l'air sympathique, je suis content si ça peut lui filer un coup de main le temps de son séjour.

Peut-être que c'est son accent français qui m'a décidé. Je ne peux pas m'empêcher de penser à Marianne à chaque fois que je croise une Française, c'est comme ça. Même vingt ans plus tard, certaines choses continuent de nous hanter.

Maintenant que j'y pense, elle lui ressemble même un peu. Ou alors, je débloque complet. J'ai toujours ce même pincement au cœur en songeant à Marianne. Les histoires inachevées, ça laisse des traces. Ça faisait longtemps qu'elle ne m'était pas revenue en tête. Certains souvenirs sont si vivants qu'on croirait qu'ils datent de la veille. Si je ferme les yeux, je peux presque sentir encore l'odeur sucrée de sa peau, et entendre au loin les vagues qui nous berçaient la nuit.

Je me demande ce qu'elle devient. Le deuil de sa sœur a dû être long et douloureux. Je n'oublierai jamais l'expression de son visage quand je lui ai appris la nouvelle. Jamais je n'avais vu quelqu'un souffrir autant. Parfois, je me demande ce qui se serait passé si j'avais refusé de partir, si j'étais resté près d'elle au lieu de juste lui laisser une pauvre lettre et mon chapeau. Elle m'a hurlé au visage, hurlé qu'elle ne voulait plus jamais me revoir. Je ne peux pas m'en vouloir d'avoir obéi à son souhait. Et puis, si elle l'avait souhaité, elle aurait pu me retrouver avec la lettre. C'était son choix.

Je regarde l'heure sur l'écran du réveil et je grogne. La visite de cette fille m'a vraiment déstabilisé. Il est plus de trois heures du matin, je vais être claqué demain.

Cette façon qu'elle avait de me regarder… Je ne sais pas comment l'interpréter. J'espère que ce n'est pas parce que je lui plais. Ce serait gênant, elle est vraiment toute jeune. Ou bien elle est juste très timide. Bon, il faut que j'arrête d'y penser, que je dorme. Mais ses yeux… elle me ferait presque penser à ma mère. Bon, stop. Dormir.

J'ai rêvé de Marianne. Pas étonnant, après tout. Je me prépare un café en fredonnant l'une de nos chansons et ça me donne envie de gratter un peu ma guitare. Entre le pub et les enfants, je n'ai presque plus le temps de jouer ces dernières années. Maintenant que Declan est à l'université et qu'Aoife et Thomas sont grands, je vais avoir plus de temps. Je pourrais peut-être reprendre les concerts. La scène me manque. Pas le public, pas vraiment, mais toute cette ambiance qui l'accompagne. Ces moments où plus rien d'autre n'existe que la musique, et l'instant suspendu entre les notes.

— Perdu dans tes pensées de bon matin ?

Je sursaute et manque de renverser ma tasse. Sean se réveille à peine, et je m'étonne encore de le voir debout si tôt. L'arrêt de l'alcool, il y a bientôt un an, aura été sa plus grande victoire. Après six ans de deuil, il a enfin réussi à remonter la pente, doucement, mais sûrement.

— Declan m'a dit que tu avais engagé une fille pour aider au pub. Je serais curieux de savoir pourquoi. T'as flashé sur elle ? Parce qu'il me semble pas qu'on ait besoin de quelqu'un en plus…

— Oui, oui, je sais… je ne sais pas trop pourquoi j'ai accepté. Et non, elle ne me plaît pas. Enfin, pas comme ça. Elle est très jeune.

— T'as eu pitié d'elle ?

— Non, non… je ne sais pas trop pourquoi j'ai accepté, je te dis. Mais j'ai dit oui pour un mois seulement. Et ça pourra laisser un peu de temps à Declan pour faire sa rentrée, s'impliquer dans ses études…

— Ouais, enfin, il a besoin de cet argent, tu le sais bien.

— Je sais… Écoute, si c'est vraiment un souci je peux lui dire non. Mais je la sens bien, cette fille, elle est sympa.

— Bah, maintenant que tu as dit oui, on la garde, un mois, c'est pas grand-chose. Et tu n'as pas tort pour

Declan, bosser le soir en plus de l'université, ce n'est pas la meilleure manière de commencer sa licence… Au fait, pourquoi les petits ne sont pas levés ?

— Ils commencent plus tard aujourd'hui, une de leurs profs n'est pas là.

— Ah… Tu connais mieux leur emploi du temps que moi…

Sean se sert un café et s'assoit à mes côtés sans ajouter un mot, mais je sais à quoi il pense. Il culpabilise. Depuis qu'il est de nouveau sobre, il mesure à quel point ils ont grandi pendant que lui errait dans les brumes de l'alcool et de la dépression.

— Je ne sais pas ce qu'ils auraient fait sans toi, tu sais… Tu as été un père et une mère pour eux…

Je fais un geste vague, espérant ainsi balayer le sujet. Sean est dans une phase de remise en question, et surtout de gratitude envers ceux qui l'ont soutenu, et je commence à être vraiment gêné par ses démonstrations répétitives de reconnaissance, même si je sais que cela fait partie de son processus de guérison.

— C'est normal, tu aurais fait pareil à ma place.

— Élever tes enfants pendant que tu sombres dans l'alcool et le désespoir ? Torcher le cul de jumeaux d'un an à peine et d'un ado rebelle en souffrance ? M'occuper d'eux nuit et jour pendant que tu erres je ne sais où ? Les réconforter quand ils sont tristes, leur faire à manger chaque jour de chaque semaine, pendant presque sept ans ? Je ne sais pas, honnêtement. Je ne sais pas si je l'aurais fait.

— Si, moi, j'en suis sûr.

— Tu as toujours eu bien trop foi en moi.

— Et toi trop peu. Tu vaux bien mieux que ce que tu crois. Sinon, pourquoi Clémentine aurait-elle choisi de faire sa vie avec toi, hein ?

— Elle était peut-être juste aveuglée par l'amour. Après tout, quand elle est morte, j'ai laissé tomber nos enfants. Je n'ai pas eu la force de continuer sans elle...

— C'est le passé. C'est aujourd'hui qui compte. Que tu sois là, maintenant. Le reste, on peut pas le changer... D'ailleurs, je te laisse gérer le petit déjeuner des jumeaux ce matin. J'ai les doigts qui me démangent, il faut j'aille jouer un peu de guitare.

Je lui assène une claque amicale dans le dos, me ressers une rasade de café et le plante là pour grimper à l'étage. Aménager ces combles a vraiment été l'une de mes meilleures décisions de ces dernières années, mais parfois je me dis qu'un appart juste pour moi, ce ne serait pas si mal. Sauf qu'à l'instant où je me dis ça, je pense aux jumeaux. Ils ont bientôt huit ans, mais je ne me sens pas encore prêt à les laisser. Sean a beau s'être remis sur le droit chemin, il ne les connaît pas comme moi je les connais. C'est triste, quand on y pense... Declan, par contre, serait ravi que je lui laisse les combles pour se faire une garçonnière digne de ce nom. Enfin, ce n'est pas pour tout de suite.

Je pose mon café sur la table basse et attrape ma guitare. J'ai beau en avoir eu d'autres, plus performantes, plus récentes, aucune ne remplace ma Gibson Folk, c'est comme ça. Mes chansons ne sonnent pas pareil sur les autres. Il n'y a qu'elle qui sait faire ressortir mes mélodies telles que je les entends dans ma tête.

Mes doigts sont rouillés. Je ne me souviens plus la dernière fois où j'ai joué, à part quelques berceuses pour les jumeaux. Rencontrer cette fille a rallumé en moi une étincelle que je ne m'explique pas, et je me surprends à avoir hâte de la revoir. Il va vraiment falloir que je me calme, ça ne va pas du tout. Tout ça juste parce qu'elle me fait penser à Marianne, c'est idiot.

21.

Riley

Belfast, septembre 2019.

JE CONNAIS SON NOM. Mon père n'est plus personne. Enfin, presque. Disons qu'il a un prénom. Tadhg, encore un truc imprononçable. Ça se dit « *Taïgue* », comme *tiger*, mais sans le « r ». Ça signifie poète, ou conteur. En y pensant, je me dis que ça lui correspond presque trop pour être son vrai nom.

Un mal pour un bien, c'est ce qu'on pourrait dire. Disons que ma panique aura eu l'avantage de m'obtenir exactement ce que je souhaitais : du temps auprès de mon père, et l'occasion de lui parler. Gagner un peu de thune au passage ne sera pas plus mal, même si ce n'est pas du tout comme ça que j'avais prévu notre première conversation. Je voulais juste lui demander si je pouvais m'inscrire pour la scène ouverte, mais ça ne s'est pas tout à fait passé ainsi. Mon cerveau, quand il a compris que j'étais sur le point de m'inscrire pour chanter LA chanson, a tout verrouillé. Résultat, je lui ai demandé du travail. Finalement, l'idée n'est pas si mauvaise. Des soirées scène ouverte, il y en a tous les vendredis. Je pourrai toujours y participer plus tard.

Du coup, me voilà, un torchon sur l'épaule, en train d'écouter les instructions de mon père et de hocher sagement la tête, alors que mon esprit est à mille lieues de ce qu'il est en train de m'expliquer. Je ne peux pas me concentrer. Il y a mon père en face de moi. Il me parle, à moi. Je dois avoir l'air d'une débile à le dévisager comme ça, il faut vraiment que je reprenne le contrôle.

La soirée se passe sans souci, tout comme les cinq jours suivants. J'ai assez traîné dans des pubs pour avoir vu comment se débrouillaient ceux qui sont chargés de débarrasser les tables et les verres au fur et à mesure. Je n'ai pas encore assez de dextérité pour empiler des tours de Babel dans chaque main, mais chaque jour qui passe je m'améliore.

La programmation des concerts, toujours des petits groupes locaux, est vraiment géniale. Souvent, le pub ferme ses portes et seuls restent une poignée d'habitués et les musiciens, comme à Galway. Ça pousse la chansonnette de partout, mais je n'ai pas encore osé. Avec la présence de mon père, je n'arrive pas à être naturelle, pas encore. Ça vient doucement, ceci dit. Déjà, mon ventre ne fait plus un rodéo à chaque fois qu'il m'adresse la parole, c'est un bon début.

On discute de temps en temps. Rien de bien important. Il est calme, mais on sent qu'il a une sacrée expérience de la vie. De ce que j'ai compris, il a arrêté de faire des concerts ces dernières années pour s'installer ici, avec Sean et ses trois enfants. Ils l'appellent « oncle », mais je ne sais pas si c'est affectueux ou si cela signifie qu'ils sont vraiment de la même famille. Si c'était le cas, ça voudrait dire que j'ai gagné un oncle et des cousins en plus d'un père.

Declan est sympa avec moi, mais il me regarde un peu bizarrement, comme s'il me surveillait. Ou bien c'est juste moi qui deviens paranoïaque.

— Riley ?

Je sursaute. Je ne l'avais pas entendu arriver, tout absorbée que j'étais dans l'essuyage des verres. Mon père n'est pas là aujourd'hui, du coup il m'a demandé de venir pour filer un coup de main à Declan. Celui-ci s'appuie dos au comptoir, face à moi, bras croisés.

— Je peux te poser une question ?

Mon ventre fait une vrille. Je pose le verre en tremblant. Ça y est, je suis démasquée, j'en suis certaine. Je ne sais pas comment, mais il sait.

— Oui, vas-y.

— Est-ce que tu as un crush sur Tadhg ?

Il sourit d'un air entendu, mais n'a pas l'air de se moquer pour autant.

— Pardon ?

— Tu m'as bien entendu. Est-ce que tu as craqué sur mon oncle ?

— Je… non, non, bien sûr que non…

— Ah, j'en étais sûr !

Ma bouche se tord en grimace et je sens mon visage qui s'enflamme. Et merde.

— Je t'assure que tu te trompes.

— Vu ta réaction, on ne dirait pas… Mais si ce n'est vraiment pas le cas, est-ce que tu peux m'expliquer pourquoi tu passes ton temps à le regarder ? Et c'est OK, tu sais, si tu as le béguin pour lui. Il est un peu vieux pour toi, mais il est beau gosse, et il a un sacré charisme, ça peut se comprendre.

Comment me sortir de ce bourbier ? Plus je vais nier, plus il va être certain d'avoir raison.

— C'est plus compliqué que ça... Mais crois-moi, je n'ai aucune attirance pour ton oncle.

— Mouais...

Il ne va pas abandonner comme ça. Il n'a aucune intention de bouger, et me dévisage en attendant que je m'explique.

— Je ne te dois aucune explication.

— C'est vrai...

Il ne bouge toujours pas. Après tout, je pourrais lui dire. Quel mal il y aurait à ce qu'il sache ? Je pose le torchon et plonge mon regard dans le sien. Il a beau me mettre mal à l'aise, ce n'est pas un mauvais gars, au contraire. Il est franc, honnête, généreux, je ne crois pas qu'il me créerait des ennuis. En fait, il pourrait même être un allié, et un bon entraînement pour m'habituer à le dire à quelqu'un d'autre que Rory, ou Astrid, ou des inconnus. Je me racle la gorge pour me donner du courage. J'hésite un instant à la jouer subtile, mais à quoi bon ?

— C'est mon père.

Voilà, la bombe est lâchée. Son masque d'assurance tranquille se fissure et il ouvre deux gros yeux ronds.

— Quoi ?

— Tadhg, c'est mon père.

— Euh, attends, va falloir que tu me donnes plus que ça.

— Il a rencontré ma mère en Inde il y a vingt ans. Ils sont tombés amoureux, mais un accident a fait qu'elle a coupé les ponts et est rentrée en France avant d'apprendre qu'elle était enceinte. Elle m'a menti toute ma vie en me disant qu'il était mort, et j'ai découvert la vérité il n'y a pas longtemps.

Il a la bouche ouverte comme un poisson hors de l'eau. J'espère qu'il va se reprendre avant que mon père n'arrive. Je commence à douter sérieusement d'avoir bien fait de lui dire tout ça. Il déglutit et se redresse légèrement.

— Ta mère... Elle s'appellerait pas Marianne, par hasard ?

C'est mon tour d'être sur le cul.

— Si... comment tu le sais ?

— Parce que c'est sa chanson préférée. Il la chante tout le temps, et à chaque fois, il la dédie à cette femme qu'il a connue il y a longtemps, en Inde, qui lui a appris ce qu'aimer voulait dire, blablabla. Il a même écrit une chanson pour elle. Il ne l'interprète pas souvent, mais je l'aime bien, c'est une de ses meilleures.

— Oh...

Nous restons silencieux, le temps de digérer chacun notre surprise. Lui a l'air bien plus chamboulé que moi.

— Je suppose qu'il n'est pas au courant.

Je secoue la tête.

— Si tu savais la galère que ça a été pour le retrouver sans connaître son nom...

— Je serais curieux d'entendre ça... T'inquiète, il ne sera pas là avant plusieurs heures.

Alors je lui raconte. Depuis mon enfance à croire que mon père était mort, élevée seule par une mère en deuil, jusqu'à la découverte de son existence, puis l'enquête qui m'a menée ici et mon hésitation sur la meilleure manière de lui annoncer. Tout le long, Declan est resté silencieux, à l'écoute.

— Le connaissant, je pense qu'il va plutôt bien le prendre. Bon, il va être complètement bouleversé, normal, mais il sera heureux une fois la surprise passée. Cela dit, c'est vrai qu'aller le voir et lui sortir ça de but en blanc, c'est violent. Ton mec a raison, la meilleure manière de faire serait sûrement par une chanson. Au moins assez pour que ça l'interpelle et que vous puissiez en parler… Dans deux jours il y a la scène ouverte, et il y a encore quelques créneaux pour t'inscrire, si tu veux. Je peux même m'arranger pour te donner plusieurs chansons à la suite.

— Je sais pas…

Je suis consciente que la seule chose qui me fait hésiter est la peur. Et succomber à la peur n'est pas dans mes habitudes.

— Tu as raison. Je vais le faire. Et… Declan ?

— Oui ?

— Est-ce que tu accepterais de me parler de lui ? Je veux dire, de sa vie, de ce qu'il a fait ces dernières années ? Qui tu es pour lui ?

Il sourit, acquiesce, et mon cœur s'emballe un peu.

— Mon père et Tadhg se connaissent depuis qu'ils sont gosses. Ils vivaient dans la même rue, à l'époque. Tadhg a quitté Belfast assez jeune, je ne sais pas pourquoi, et ils ne se sont revus que bien plus tard. Mon père avait déjà repris le pub, avec ma mère, mais ils avaient pas mal de dettes et risquaient de le perdre parce qu'ils avaient eu la connerie de le mettre en hypothèque. Tadhg bossait ici en échange du logement et de la bouffe, mais ils avaient même plus de quoi payer un employé. Tu vois, mon père avait des problèmes de jeu. Encore maintenant, il est obligé de faire gaffe pour pas replonger… Bref. C'est en majorité comme ça qu'il s'est endetté. Et un jour, il est allé parier pour les courses et il a embarqué Tadhg avec lui. C'était la première fois que Tadhg y allait, mais il s'y connaissait plutôt bien en chevaux, tu vois, vu qu'il a grandi avec les *pavees*. Et donc pour voir, il a fait un pari. Juste comme ça, quoi. Et bim, il a gagné le gros jackpot. Mon père n'en revenait pas, il était vert. Je le sais parce qu'il me l'a racontée plein de fois, cette histoire. Alors il a demandé à Tadhg : « Et tu vas faire quoi, avec tout cet argent ? Repartir au bout du monde ? » Mais Tadhg a haussé les épaules et répondu qu'il n'avait pas besoin d'autant d'argent, qu'il ne saurait même pas quoi en faire. Et deux jours plus tard, sans lui demander son avis, il a réglé toutes les dettes de mon père. Il a nettoyé l'ardoise, et le reste, il l'a filé à ma mère, pour qu'elle fasse rénover les combles. Comme ça, il aurait un endroit où crécher l'hiver, entre ses tournées. Et il a fait jurer à mon père de ne plus jamais parier. Et mon père ne l'a plus jamais fait, même si ça ne l'a pas empêché de continuer à faire des conneries... Pour remercier symboliquement Tadhg, ma mère a renommé le pub. C'est pour ça qu'il s'appelle Tigh Aon Duine.

Declan s'interrompt et son visage s'assombrit. La peine qui se dessine sur son visage me serre le cœur.

— Elle est morte pas longtemps après, d'une rupture d'anévrisme... J'avais huit ans, mes petits frères à peine un an. Mon père l'a très mal vécu, et si Tadhg n'avait pas été là, franchement, je pense qu'on serait tous dans des foyers à l'heure qu'il est, et mon père sûrement mort dans un caniveau avec une bouteille de whisky vide à la main... Mon père est sobre depuis un an seulement. Il a mis du temps à s'en sortir. Et tout ce temps-là, c'est Tadhg qui nous a élevés. C'est lui qui nous emmenait à l'école, c'est lui qui faisait les courses, la cuisine, qui faisait tourner le bar, qui se réveillait la nuit quand les petits faisaient des cauchemars...

Declan cesse de tripoter le verre vide et plante ses yeux dans les miens.

— Ton père, c'est le meilleur homme que je connaisse, et il n'y a personne au monde que je respecte autant que lui.

Je ne dors pas de la nuit, blottie dans les bras de Rory, le regard braqué sur le mur, ressassant en boucle ma conversation avec Declan et toutes ces révélations.

Mille questions tournent et retournent dans mon esprit, mais il y en a une en particulier qui revient sans cesse : est-ce que je le dis à ma mère ? Même si elle ne mérite pas mon pardon, cette découverte la concerne aussi. Je ne peux pas le nier, ni l'éviter bien longtemps. C'est elle qui a décidé de le faire fuir à l'époque, mais je sais qu'elle l'a regretté. Toutes ces années, elle a été rongée par la culpabilité. J'ai toujours pensé qu'elle n'avait jamais fait son deuil, alors qu'en vérité elle ne s'est jamais pardonné de l'avoir éloigné.

Je n'arrive décidément pas à dormir. Une tisane m'aidera peut-être. Je m'extirpe avec délicatesse de l'étreinte de Rory et me glisse jusqu'à la cuisine en étant la plus silencieuse possible pour ne pas réveiller sa mère, Molly, que j'ai fini par rencontrer il y a quelques jours. Une femme dure au premier abord, qui a souffert, c'est évident, mais généreuse, et gentille une fois qu'on la connaît mieux. D'après Rory, j'ai de la chance, elle m'aime bien. Ce n'était pas le cas de son ex que Molly ne pouvait pas encadrer.

À gestes mesurés, je mets une casserole à chauffer sur le gaz et m'installe au petit comptoir en espérant qu'Instagram me change un peu les idées.

— Tu n'arrives pas à dormir ?

Je sursaute. Molly, en robe de chambre, se sert un verre d'eau, tandis que je me lève pour éteindre l'eau frémissante.

— Non, je réfléchis trop… J'espère que ce n'est pas moi qui t'ai réveillée ?

— Non, non, je ne dormais pas. J'ai toujours une nuit en dents de scie avant de retrouver mon rythme. Il te reste un peu d'eau chaude ?

Je lui tends la casserole avec un sachet de tisane et nous nous installons ensemble à la petite table du salon. Molly est au courant de mes recherches, et aussi de ce que j'ai prévu pour révéler la vérité à mon père.

— Honnêtement, je suis terrorisée.

— C'est normal. Qui ne le serait pas, à ta place ?

— Hmm, c'est vrai.

— Et tu ne veux toujours pas en parler à ta mère ?

— Je ne sais pas… pas encore.

— Si je peux me permettre, je comprends que tu lui en veuilles. Ce qu'elle a fait est difficilement pardonnable, mais c'est aussi compréhensible. Et à mon avis, deux mois de silence alors que tu es seule à l'étranger est une punition suffisante. C'est déjà dur pour un parent de savoir son enfant loin, alors sans avoir aucune nouvelle… Et lui en vouloir ne te servira à rien, si ce n'est lui exprimer à quel point tu es contrariée.

— Oui, ce point-là, je pense qu'elle l'a compris… Je… Honnêtement, j'aimerais tellement qu'elle soit là…

— Il ne tient qu'à toi de le lui dire.

— Je sais… Mais j'ai besoin d'aller au bout de cette quête toute seule. Et puis, de toute façon, elle va m'appeler pour mon anniversaire…

— C'est quand ?

— Dans trois jours, le 28.

— Ah, eh bien, je te préparerai un bon gâteau. C'est quoi que tu aimes ?

— Merci, c'est très gentil, mais vraiment il ne faut pas…

— Tss, c'est ton anniversaire, tu auras un gâteau, un point c'est tout !

Molly est vraiment adorable, je n'en reviens pas. Je ne suis pas étonnée que ses deux enfants soient aussi sympas et généreux, même si grandir avec un père en prison n'a pas dû être facile.

— Je… ma mère me prépare toujours un gâteau aux carottes. C'est mon péché mignon… Mais vraiment, on peut juste en acheter un, ce sera très bien, ne t'embête pas.

— Puisque je te dis que ça me fait plaisir !

Je n'arrive pas à retenir les larmes qui me brûlent les yeux. Ça doit être la fatigue.

— Riley ?

— Oui ?

Je renifle et lève les yeux pour la regarder.

— *Luv*, fais-moi plaisir. Appelle ta maman, d'accord ?

J'acquiesce, penaude.

— Je l'appellerai demain.

— Bien… Allez, viens.

Elle se lève et m'ouvre ses bras. J'hésite un instant avant de me laisser faire. Elle me berce avec tellement de douceur que mes larmes redoublent de plus belle. Elle a raison, j'ai vraiment besoin de ma maman.

Et pourtant, le lendemain, quand je me réveille, je me refuse toujours à l'appeler. Je crois que j'ai envie de garder mon père pour moi toute seule encore un peu. C'est mon secret.

Je lui envoie un texto, c'est déjà bien. Et presque chaleureux, le texto. Je lui dis même que je vais l'appeler bientôt pour lui donner des nouvelles. C'est le mieux que je puisse faire pour l'instant.

Cet après-midi-là, Rory m'emmène à la découverte de Belfast et de son histoire. J'aime beaucoup cette ville.

Pas parce qu'elle est particulièrement belle, mais parce qu'elle est forte, puissante, chargée de mémoire. Tous ces affrontements, le clivage de toute une population, les murs de la paix, comme ils les appellent. Rory le dit si bien, Belfast n'est pas une ville qui se visite, c'est une ville qui se vit. Belfast est un monde.

Il connaît presque toutes les fresques murales que l'on croise, et pour chacune d'elles, m'en explique l'histoire et la signification. C'est ici, à Belfast, que l'amour et la passion de Niamh pour le street art sont nés. Pareil pour Rory et la photographie. J'adore son travail. Il n'utilise que des vieux argentiques et des pellicules qu'il développe à l'ancienne, dans une chambre noire qu'il a installée lui-même et qui coupe sa chambre en deux. Il y a à peine assez de place pour le lit. Il a fait plein de clichés de notre *road trip*, et je ne me suis jamais trouvée aussi belle sur une photo. Il faut dire que le noir et blanc a ce don de rendre une photographie plus belle, intemporelle.

Finalement, je ne regrette vraiment pas d'avoir pris mes Doc pour ce voyage. L'Irlande et la pluie, c'est vraiment une grande histoire d'amour. Il y a un dicton marrant, ici à Belfast. On dit qu'il y a sept types de pluie différents : lundi, mardi, mercredi, jeudi, vendredi, samedi et dimanche. J'adore. Je me sens de plus en plus chez moi dans cette ville. Elle me ressemble, je trouve. Ou plutôt l'inverse. Cabossée, pleine de contradictions et d'affrontements, mais profondément courageuse et combattante.

Le jour J arrive beaucoup plus vite que je ne l'avais prévu. Beaucoup, beaucoup, plus vite. J'ai la sensation d'avoir à peine cligné des yeux, après ma conversation avec Declan, et de m'être aussitôt téléportée ici, sur cette estrade, avec tous ces yeux braqués sur moi. Et parmi eux, pas n'importe lesquels. Les yeux de mon père. Je suis terrorisée, électrique, vibrante. Et je ne me suis jamais sentie aussi vivante.

Une part de moi aurait souhaité que ma mère soit là pour me voir monter sur scène pour la première fois. Pour partager avec elle cet instant.

Je m'éclaircis la gorge.

22.

Nobody

Belfast, 27 septembre 2019.

JE SUIS CURIEUX D'ENTENDRE comment chante la petite Riley, et ce qu'elle va chanter. Elle a l'air nerveuse d'être sur scène. C'est peut-être la première fois qu'elle y monte. Je reconnais le stress des premiers concerts, même en petit comité. Elle m'a dit qu'elle avait joué un peu dans la rue, mais ce n'est pas pareil, le public en attend beaucoup moins.

Elle me lance un regard indéchiffrable et je lui adresse un petit sourire en espérant que ça l'encourage à se lancer.

— Ce soir, les chansons que je souhaite interpréter ont toutes un lien avec ma famille. Et même si je ne peux pas vous expliquer exactement pourquoi, sachez que cette soirée est très importante pour moi, et pas seulement parce que c'est la première fois que je joue sur une scène, devant un vrai public, mais parce qu'une personne très spéciale à mes yeux est ici, dans cette salle... Hum, et donc je vais commencer par une reprise, que je voudrais dédier à ma mère... Elle a été mon nord et mon sud, mon héros, mon modèle, et m'a appris à toujours garder la tête haute, et le cœur vaillant. Cette chanson porte son nom.

Elle a les yeux qui brillent, j'espère que l'émotion ne lui coince pas trop la voix.

Au second accord à peine, je reconnais la chanson. Comment ne pas la reconnaître. « *So long, Marianne* ». Je la connais par cœur, même après toutes ces années. C'est une drôle de coïncidence que sa mère s'appelle Marianne, mais c'est un prénom courant en France.

Riley fait honneur à la chanson. Lorsqu'elle termine, je me joins aux autres pour l'applaudir. Elle n'arrête pas de me jeter des coups d'œil, ça doit la rassurer. Je repense aux taquineries de Declan qui affirme que Riley a un faible pour moi et je croise les doigts pour que ce soit faux.

— La seconde chanson que je voudrais interpréter est cette fois en l'honneur de ma tante, que je n'ai jamais connue, mais qui adorait cette chanson. C'est grâce à elle que je porte mon nom, Riley, et aucune chanson au monde ne me remonte le moral autant que celle-ci...

« *Baba O'Riley* ». Dans le genre coïncidence, ça fait fort. C'était aussi la chanson préférée de Suzie. Si elle avait pu, elle nous aurait demandé de la chanter en boucle. Des années que je ne l'ai ni jouée ni entendue. Elle me remue trop les tripes. Le pardon est un chemin long et périlleux, même vingt ans après. Je n'oublierai jamais son visage. Elle était là, à quelques mètres de moi. Les yeux vides, grands ouverts. Elle me regardait, le front sanglant. Elle était déjà partie trop loin pour se laisser rattraper. Ce regard blanc, mort, m'a fixé pendant des années, jusque dans mes rêves. Le sien, et celui de Marianne lorsqu'elle a appris.

Cette fois-ci, j'oublie d'applaudir avec les autres. Elle me regarde encore, comme si elle cherchait quelque chose au fond de mes yeux. Du courage, peut-être ? Je sais comme cela peut aider, de garder un point d'ancrage lorsque l'on joue sur une scène pour la première fois, mais j'ai la sensation qu'elle m'interroge plutôt que de se raccrocher à moi. Cette fois, elle ne détourne pas le regard pour son petit discours. Elle reste rivée à moi, et j'en suis presque mal à l'aise.

— La prochaine chanson, je souhaite la dédier à mes parents. À l'amour, au temps qui passe, et aux espoirs oubliés. Aux blessures qui ne cicatrisent jamais vraiment, et restent toujours là, témoins d'une autre époque, d'un autre temps, où le soleil brillait sur la mer, et que le parfum de la mangue et de l'encens flottait dans l'air…

Elle me fixe encore quelques secondes avant de baisser la tête et de pincer les premières cordes. Je reconnais encore une fois l'air avant même qu'elle ne commence à chanter.

For who knows where the time goes?
And I am not alone while my love is near me
And I know it shall be so until it's time to go

J'ai les larmes aux yeux lorsqu'elle achève la chanson.

Je me suis approché sans trop m'en rendre compte, et il me faut encore quelques secondes pour reconnaître le chapeau qu'elle porte. Mon chapeau, le chapeau de Papa. Je le reconnaîtrais entre mille, même vingt ans plus tard. J'ai regretté plusieurs fois de l'avoir laissé à Marianne. Une part de moi a toujours espéré qu'il lui donnerait un jour envie de me retrouver. Puis je me suis fait une raison.

— Cette dernière chanson, je voudrais la dédier à mon père. Un poète sans nom, un rêveur, un vagabond, un *Nobody*. Pendant dix-neuf ans, je l'ai cru mort, avant de découvrir la vérité. J'ai arpenté les routes d'Irlande pour le retrouver, sans rien d'autre qu'une photo et mon espoir, ma certitude au fond des tripes. J'ai rêvé de cet instant. Je l'ai imaginé de toutes les manières possibles. J'ai été la fille de Personne pendant tellement d'années. Aujourd'hui, je suis la fille de mon père.

Elle entame la chanson, mais je ne l'entends qu'à peine. Une ouate de coton m'isole du monde. Nous isole. Car elle me regarde, les yeux brouillés de larmes. Elle me regarde, moi.

Ma fille.

23.

Riley

Belfast, 27 septembre 2019.

ÇA Y EST, IL A COMPRIS. Il sait. Je continue de chanter, mais je ne suis plus là. Je ne suis plus sur scène, je ne suis plus devant cinquante personnes. Je suis seule avec lui. Avec mon papa. Mon papa, qui me regarde avec des yeux écarquillés, brillants.

Tout le monde applaudit. Je les entends, derrière le mur trouble de mon émotion. Je les vois aussi, dans le flou qui entoure la seule chose importante à mes yeux. Mon père. Mon père qui s'avance au bas de l'estrade. Mon père qui m'attend, qui me tend la main pour m'aider à descendre. Pas Tadhg le gérant du pub, non, mon père, qui pour la première fois me voit, qui sourit en caressant timidement mon visage, qui m'attire contre lui. Son odeur, sa chaleur. Mon papa.

— Viens, murmure-t-il. Viens avec moi.

Je réalise que tout le monde nous regarde, et ils continuent même à applaudir. J'ai envie de m'enfoncer dans un trou, très loin, très profond. On se croirait dans le final d'un film hollywoodien à deux balles, la honte. Je file dans le sillage de mon père en tentant d'ignorer les regards tournés vers moi. Je jette néanmoins un coup d'œil vers le bar, où Rory et Declan m'adressent deux grands sourires et un clin d'œil complice.

Le brouhaha de la salle s'étouffe une fois la porte refermée. Je suis mon père dans un escalier grinçant jusqu'au dernier étage de ce que je suppose être les appartements de la petite famille. Mon cœur tambourine à mille à l'heure.

Son petit studio lui ressemble. Un désordre ordonné fait de vieilles photos, de partitions de musique, d'instruments plus ou moins poussiéreux et de bouquins éparpillés un peu partout.

Il m'a à peine regardée depuis qu'on est montés, et il me propose une bière sans même se tourner vers moi. Je crois que s'il pouvait disparaître dans le frigo, il le ferait. Et moi aussi d'ailleurs.

Nous nous retrouvons assis l'un en face de l'autre, une bière en main, moi sur le pouf et lui sur le canapé, et tous les discours que j'avais préparés se sont évaporés. Lui aussi semble incapable de mettre un mot derrière l'autre. Au moins, on est sur la même longueur d'onde.

Il se racle la gorge :

— Alors tu, euh, ta… ta mère… Ta mère est Marianne ?

Je le bénis en silence d'avoir fait le premier pas et je hoche la tête.

— Et donc tu, tu es née…

— Le 28 septembre 2000…

— ... Mais c'est ton anniversaire demain, alors. Quoique, non, il est minuit passé, je crois.

— Euh oui, oui, c'est vrai... Plutôt original comme cadeau d'anniversaire, un père...

Mais pourquoi j'ai dit ça ? Quelle conne, ça y est, il va paniquer.

— Ha, oui, en effet. Sacré cadeau. Et bon anniversaire, du coup...

— Je... je suis désolée.

— De quoi ?

— Eh bien, de la nouvelle, enfin, du choc. Je ne savais vraiment pas comment m'y prendre pour te le dire...

— C'était bien, comme ça. Je veux dire, avec la musique, les chansons... Tu es très douée, ça m'a beaucoup touché.

— Merci...

— Et dis-moi, ta mère est au courant que tu es ici ? Enfin, que tu m'as retrouvé ?

Voilà le moment que je n'attendais pas avec impatience. J'essaye de retenir la colère qui gronde dans ma gorge.

— Non, elle ne le sait pas. Elle sait que je suis en Irlande, et elle sait que je sais qu'elle m'a menti toute ma vie...

— Menti ?

— Ma mère m'a toujours dit que tu étais mort en même temps que Suzie. J'ai découvert la vérité par hasard, en venant à Dublin.

— Ah oui, c'est ce que tu as dit sur scène... Mais pourquoi mort ? Et comment tu as pu découvrir ça par hasard ?

Je prends une profonde inspiration, une grosse gorgée de bière, et je me lance. Je lui raconte toute l'histoire, depuis ma découverte de sa photo au Whelan's jusqu'à mon coup de fil avec ma mère, puis ma décision de mener l'enquête, les heures à jouer dans la rue, le *road trip*. Il m'écoute sans m'interrompre, attentif. Lorsque je termine sur le fait que Declan et Rory m'ont encouragée à chanter ce soir, il sourit.

— Je savais bien que Declan me cachait quelque chose... Mais je suis content que tu te sois confiée à lui, tu as eu raison, c'est un bon garçon. Et est-ce que ta mère t'a dit pourquoi elle ne m'avait jamais contacté ? Pourquoi elle ne t'a pas dit mon vrai nom ?

— Ton vrai nom ?

— Oui, dans la lettre, je lui ai dit mon nom, et comment me contacter si elle le souhaitait. Je lui avais donné l'adresse de Sean, justement.

— Ah... mais elle a déchiré la lettre sans jamais l'avoir lue.

— Oh, je vois...

Il inspire un grand coup et se laisse aller en arrière dans le moelleux du canapé en se passant une main sur le front.

— Je peux te laisser un peu seul, si tu veux... pour digérer tout ça...

Il me regarde d'un air indéchiffrable et met trop de temps à répondre à mon goût. J'aurais voulu qu'il me dise aussitôt que non, non, que je ne le dérange pas, au contraire, qu'il est l'homme le plus heureux de la terre. Mais ça, c'est dans mes rêves à moi.

— Je veux bien qu'on aille prendre l'air, marcher un peu, si ça te va ?

— Euh, oui, oui...

Nous marchons un moment sans parler. Le silence me soulage, léger, fluide. Il n'y a pas tant à dire, maintenant que la vérité est sortie.

C'est vrai que marcher apaise les pensées. Je ne sais pas où on va, je ne connais pas assez la ville pour reconnaître, mais j'ai l'impression qu'il suit une direction bien précise. Nous nous écartons vite du centre pour des quartiers plus résidentiels. Les maisons sont de plus en plus basses, la brique est sur toutes les façades. J'ai l'impression d'avoir fait un bond dans le temps, dans l'un de ces films que j'ai regardés qui se passe pendant les Troubles. On longe l'un des murs de la paix, côté catholique, si je ne me trompe pas. Je sais que malgré la fin officielle de la guerre civile il y a une vingtaine d'années, les murs et certaines des portes sont encore fermées chaque nuit. Mais le voir de mes propres yeux, c'est différent. Après tout ce temps, la population est encore séparée, parquée pour la nuit derrière des cloisons et des portes blindées. J'ai failli ne pas croire Rory lorsqu'il me l'a expliqué.

Le quartier que l'on arpente depuis dix bonnes minutes semble toujours le même. De longues rues aux façades en brique, sur un étage, toutes collées les unes aux autres, typiques des zones ouvrières à la mode britannique.

Mon père ralentit et je le sens se tendre imperceptiblement. Il scrute les maisons, les portes, et enfin se plante devant l'une d'elles au milieu de la rue pavée et déserte. Il met un moment à parler.

— C'est la première fois que je reviens ici. Quarante ans, il m'aura fallu.

Il inspire profondément avant de continuer à voix basse.

— J'ai grandi ici, dans cette maison. Elle a été rénovée, depuis… À mon époque, c'était un vrai taudis. Deux autres familles vivaient avec nous.

Il fait une pause.

— C'était en mai 1981. Mon père, comme tous les jours, est rentré complètement soûl. En colère, galvanisé par les révoltes qui agitaient la ville après la mort de Bobby Sand en prison. Je ne sais pas ce que ma mère lui a dit pour l'énerver. Pas sûr qu'elle ait dit quoi que ce soit… Quand je suis arrivé dans le salon, elle saignait déjà beaucoup. Il l'a balancée contre le radiateur. J'ai entendu le craquement de son crâne. Je ne pouvais pas le laisser continuer…

Je ne sais s'il attend vraiment une réponse de ma part. Il ne me regarde même pas.

— J'ai tué mon père.

24.

Nobody

28 septembre 2019, Belfast.

ELLE ACCUSE LA NOUVELLE SANS BRONCHER, sans ciller. Elle tourne vers moi un regard dur, et pendant un instant je me dis que j'ai réussi à bousiller la relation avec ma fille en deux heures à peine.

— Tu as bien fait.

Voilà qui est dit.

— Mon geste n'a pas servi à grand-chose de toute façon, elle est morte quelques minutes après… Tu sais, tu lui ressembles beaucoup. Elle avait une crinière rousse, comme la tienne. Elle était très belle, aussi…

— Merci. Je m'étais toujours demandé de qui je tenais cette couleur de cheveux… Et c'est à cause de ça que tu as changé de nom ? Pour ne pas qu'on te retrouve ?

— Oui, en partie… Mon père répétait toujours que personne ne pouvait se mesurer à lui, que personne ne pouvait la lui faire à l'envers. Un jour, au cinéma, j'ai vu un western qui s'appelait *Mon nom est Personne*, tu le connais ?

— Oui, je l'ai souvent regardé, moi aussi… Je m'imaginais que c'était toi.

— Ah… Oui, en effet… Eh bien, quand j'ai vu ce film, je me suis dit que comme ce personnage, je pouvais prendre mon père au mot. Si personne ne pouvait l'arrêter, alors je deviendrais personne… et c'est ce que j'ai fait.

Je m'éclaircis la gorge en espérant que ça aide le nom de mon bâtard de père à mieux passer. Pourquoi est-ce que j'ai voulu venir ici, maintenant, aussi vite ? J'aurais pu attendre avant de lui dire, avant de lui raconter. Ça n'aurait pas été un mensonge, juste une omission temporaire. Mais dès l'instant où j'ai compris que j'étais père, j'ai revu cette façade. J'ai entendu le *crac* du crâne de ma mère contre le radiateur. J'ai entendu sa voix chaude et aimante chuchoter mon nom. Mon vrai nom.

— William… Tadhg est le prénom que je me suis choisi, bien plus tard, pour ce qu'il signifiait. Un poète, un philosophe… Mais le nom que m'a donné ma mère est William. William Kelly.

Elle pleure. Je ne m'en étais pas rendu compte. Je lève un bras maladroit pour entourer ses épaules, en espérant qu'elle ne me repousse pas. Au contraire, elle se rapproche et se blottit aussitôt contre moi.

Ma petite fille.

25.

Marianne

Belfast, 28 septembre 2019.

AUJOURD'HUI, JE VAIS LUI DIRE. Je vais lui avouer que je suis à Belfast depuis presque une semaine. C'est absurde, je ne vais pas continuer à attendre qu'elle m'appelle. Ou alors, je m'en vais. Je suis idiote d'être venue, je m'en veux. Depuis que j'ai posé le pied en Irlande j'hésite à repartir.

Quand Astrid a finalement lâché le morceau, que Riley était à Belfast, et surtout qu'elle avait retrouvé Nobody, je n'ai pas du tout réfléchi. J'aurais dû. J'ai raccroché, je suis allée sur Internet, j'ai pris un billet de dernière minute et le lendemain matin, je décollais de Montpellier, direction Paris, puis Belfast. Et tout ça pour quoi ? Riley m'en voudrait bien trop de faire irruption sans prévenir. Alors j'attends, je croise les doigts pour qu'elle m'appelle. J'ai eu un sursaut d'espoir en recevant son texto il y a trois jours, puis plus rien.

Aujourd'hui, c'est bien le seul jour de l'année où j'ai le droit d'appeler sans qu'elle me reproche d'être trop intrusive, de ne pas lui laisser le temps de respirer. Je n'imagine pas ce qu'elle dirait si elle apprenait que je suis là. Finalement, je remercie presque Astrid d'avoir été aussi intraitable sur ce point. Elle a refusé catégoriquement, et malgré toutes mes tentatives, de me donner l'adresse, de me dire dans quel quartier résidait Riley, ou même où et comment elle avait retrouvé son père. Riley peut être fière d'avoir une amie aussi fidèle, même si ça ne m'arrange pas.

J'arrête de tergiverser plus longtemps et je compose le numéro de Riley. Il est midi passé, donc je suis certaine de ne pas la réveiller. Elle répond au bout de trois sonneries à peine, un record, ces derniers temps.

— Bon anniversaire, ma chérie.

— Merci, maman…

Elle a une petite voix.

— Tout va bien, ma puce ?

— Oui, oui… Tout va bien…

Si j'apprends que Nobody lui a fait du mal d'une quelconque manière, je lui arrache les yeux à la petite cuillère.

— Tu es sûre ?

— Maman…

J'attends qu'elle continue. J'ai bien appris avec les années et son caractère inflammable que la brusquer ne fait que l'éloigner davantage.

— J'aimerais bien que tu sois là…

Mon cœur rate un battement.

— Vraiment ? Qu'est-ce qui ne va pas ? Ce sont les recherches de ton père qui t'attristent comme ça ?

— Non, non… Enfin, justement… Maman, je l'ai retrouvé.

Ça y est, elle va enfin me parler.

— Il est comme tu me l'as décrit toutes ces années… Il est vraiment super. En fait, je travaille dans son pub, enfin le pub de son ami, depuis une dizaine de jours. Mais je ne lui ai avoué la vérité qu'hier.

Je m'étrangle à moitié en essayant de parler. Je commence à trembler.

— A-alors, il sait ? Et comment est-ce qu'il a réagi ?

Une bile acide me remonte dans la gorge.

— Il l'a plutôt bien pris. Il m'a raconté son histoire, pourquoi il se faisait appeler Nobody.

J'ai un pincement en me souvenant de sa promesse de m'expliquer le jour où je viendrais en Irlande.

— Maman…

— Oui, ma chérie ?

— Je crois qu'il t'aime encore.

— Ne dis pas de bêtises. Ça fait longtemps.

— Mais toi, tu ne l'as pas oublié.

— Non, c'est vrai, mais moi, j'ai des raisons d'avoir continué à penser à lui. Je te voyais grandir sous mes yeux tous les jours. Et je ne pourrais pas dire que je l'aime encore. C'est si loin, tout ça…

— Oui, mais si vous pouviez vous revoir… Ce serait peut-être aussi fort qu'à l'époque.

— Ce serait différent, forcément… Mais il n'y a qu'en se voyant qu'on pourrait le savoir.

— Et tu serais prête à venir ? Comme cadeau d'anniversaire, hein, tu pourrais ? Bon, je sais que tu n'arriverais pas aujourd'hui, mais j'aimerais que tu sois là…

— Ça veut dire que tu me pardonnes, ma chérie ?

Des sanglots me répondent et je fais un effort surhumain pour ravaler les miens.

— Je suis toujours en colère, tu sais… Mais, maman, tu me manques… J'ai envie de te voir, de te parler, de te raconter, ça me fait tellement bizarre de te garder à l'écart…

Son aveu a brisé les digues qui retenaient mes larmes et je ne peux plus me retenir.

— Ma puce, je suis tellement désolée… Si tu savais comme je m'en veux…

Elle pleure aussi. Je prends une profonde inspiration pour calmer mes sanglots.

— Tu es où, là, tout de suite ?

— Dans un parc à côté du pub, pourquoi ?

— Et le nom du parc, c'est quoi ?

— Euh, Dunville Park, je crois. Mais pourquoi tu me demandes ça ?

— J'arrive, ne bouge pas.

— Mais…

Je ne la laisse pas répliquer de peur qu'elle me dise de ne pas venir. Je préfère ne pas lui laisser le choix. Elle essaye de me téléphoner, mais je coupe la sonnerie. Pas question qu'elle change d'avis, ou qu'elle me sorte des arguments que je ne pourrais pas contrer. J'ai un besoin immédiat et égoïste de voir ma fille, là, tout de suite.

Dunville Park est à vingt minutes à pied depuis mon hôtel, mais à mon allure, quinze minutes à peine me suffisent pour parvenir en vue des grilles en fer forgé et des pelouses vertes.

Je me fige.

J'avais imaginé beaucoup de scénarios, mais pas celui-ci. Je vois ma fille, dos à moi, et sa crinière rousse reconnaissable entre toutes. Et face à elle, je vois un homme. Un homme qui ne me sera jamais inconnu. Un homme qu'une foule entière ne pourrait me dissimuler. Il m'a vue. Il s'approche. Je ne peux pas bouger. Riley est restée là-bas, sur l'herbe. Elle aurait dû être seule. On se serait parlé, on aurait fait la paix, j'aurais pu la prendre dans mes bras et la bercer doucement, comme quand elle était petite.

Il a vieilli. Il a des rides que je ne connais pas. Ses cheveux ont grisonné. La virgule de son sourire est toujours là. L'éclat, l'étincelle dans ses yeux, elle aussi.

Je ne peux toujours pas bouger ni parler. Il est tout près, juste devant moi. Il me regarde.

— Je suis désolée.

Finalement, c'est moi qui ai parlé en premier. J'ai presque sursauté en entendant ma propre voix.

— Tu n'as pas à t'excuser.

— D'accord...

On reste l'un en face de l'autre un moment. Longtemps peut-être. Il se rapproche. Il caresse mon visage, m'entoure de ses bras. Son odeur a le goût des souvenirs immortels. Je laisse aller ma tête contre sa poitrine.

Je suis rentrée à la maison.

ÉPILOGUE

Goa, 1er janvier 2020.

LE BONHEUR NE PRÉVIENT PAS. Et pourtant il est là. Discret, il grandit, avant de se révéler comme un coup de foudre, flamboyant, vibrant. Nul ne sait s'il durera. Mais en cet instant magique, il est le seul souverain de l'âme et du cœur, et il vous enveloppe tout entier.

La jungle est calme, tranquille. La brume s'élève vers le ciel rougeoyant de l'aurore. Vingt ans. Il y a vingt ans exactement, c'est un autre trio qui se tenait là. Un trio à qui la vie n'a pas joué les meilleurs tours.

Aujourd'hui, je suis la fille d'un homme et d'une femme que l'existence a trop longtemps tenus éloignés et qui, enfin, peuvent contempler l'aube d'une nouvelle année, d'un nouvel avenir. Aujourd'hui, je suis la fille de mon père. La fille de William Kelly. Aujourd'hui, nos visages baignés par l'or du soleil, nous bouclons la boucle, assis tous les trois sur les pierres rougeâtres du chemin de ronde du fort de Chapora. La jungle s'étire à nos pieds, jusqu'à l'horizon. Mon père d'un côté, ma mère de l'autre, et leurs mains dans les miennes. Nous laissons nos pensées voguer, entre nos souvenirs et notre avenir.

Je songe à Rory, qui dans la froideur humide de l'hiver irlandais pense sûrement à moi aussi. Ces derniers mois ont été parfaits, et j'ai hâte de m'installer pour de bon à Belfast. Apprendre à connaître ce père, ce pays, et cet amoureux. Et redécouvrir ma mère aussi, car depuis ses retrouvailles avec mon père, elle a changé. Je lui ai pardonné à l'instant où je l'ai aperçue, debout dans le parc. Ce n'est pas ma mère que j'ai vue, mais une femme qui avait fait des erreurs. Une femme qui avait aimé, et pleuré, désiré, et regretté. Une femme qui avait fait de son mieux. Je n'ai pas pensé *je lui pardonne.* Je lui ai pardonné, c'est tout.

Elle n'est pas restée très longtemps avec nous, à Belfast. Je crois qu'elle avait besoin de digérer tout ça. Et puis elle est revenue. Et là, elle n'est plus repartie. De ma vie, je ne l'ai jamais vue aussi légère, lumineuse. Nous avons fait plusieurs concerts, tous les trois ensemble sur la scène du pub. On a tous pleuré la première fois. Surtout mon père, en fait. Peut-être que tout ce temps, il ne s'était pas pardonné. Quand il a chanté « *Baba O'Riley* », c'est là qu'il a versé le plus de larmes. Pourtant, l'accident n'était pas de sa faute. C'est ce chien qui a déboulé sous les roues de la moto qui en est responsable. Mais la culpabilité ne se contrôle pas.

Mes parents ont passé presque trois mois à panser leurs plaies et leurs regrets. Parfois, ils restaient la journée entière là-haut, enfermés dans l'appartement des combles, et je les entendais rire depuis la cuisine. Je les entendais jouer de la musique, parler, et rire à nouveau, encore et encore. J'ai réalisé que je ne connaissais pas le rire de ma mère. Le vrai rire, avec la gorge déployée et le sourire qui remonte dans les yeux. Elle chante maintenant, en faisant la vaisselle. Elle chante en faisant la cuisine. Elle chante, juste pour le plaisir, parce qu'elle est heureuse. Elle a enfin fait son deuil, le vrai, dans les tripes.

Avant de venir au fort de Chapora, nous sommes passés par la plage où avait eu lieu la *rave* du nouvel an, vingt ans plus tôt. Cette année, pas de fête là-bas, alors nous avions l'endroit pour nous tout seuls. Nous avons fait un grand feu sur le sable, et nous avons chacun déposé une offrande pour Suzie. Et tandis que les flammes consumaient les bûches, que le bois de santal et l'encens diffusaient dans l'air leurs parfums enivrants, nous avons joué. Des heures, tantôt en solo, tantôt en duo, ou en trio, nous avons joué ces chansons qui nous ont bercés depuis tant d'années.

Et quand l'aube a blanchi le ciel, immergés dans le roulis tranquille des vagues, nous avons chacun déposé une fleur, et ensemble nous avons chanté. Le refrain de l'aube.

CHANSONS CITÉES

Par ordre d'apparition dans le roman

- « *So long, Marianne* » et « *Suzanne* » (1967) de Leonard Cohen, dans l'album *Songs of Leonard Cohen*.
- « *The Boys Are Back in Town* » (1976) du groupe de rock irlandais Thin Lizzy.
- « *The Irish Rover* » est une chanson de folk traditionnelle irlandaise très souvent chantée dans les pubs. Elle évoque avec une exagération humoristique l'équipage et la cargaison du voilier *Irish Rover*, ainsi que son destin tragique. La version chantée par The Pogues et The Dubliners possède deux couplets qui ne font pas partie de la version traditionnelle.
- « *Seven Drunken Nights* » est une chanson humoristique de folk traditionnelle irlandaise, interprétée, entre autres, par The Dubliners. Variation de la chanson folklorique écossaise « *Our Goodman* »,

elle raconte l'histoire d'un ivrogne crédule revenant nuit après nuit dans l'espoir de prendre en flagrant délit l'amant de sa femme, seulement pour faire face à chaque fois à des explications de plus en plus invraisemblables.

- « *These Are the Days* » (1989) du chanteur et compositeur irlandais Van Morrison, dans son album *Avalon Sunset.*
- « *Grace* » (1985) chanson originale de Frank et Seán O'Meara. En hommage à Grace Gifford, nationaliste irlandaise, artiste et grande figure de la lutte pour l'indépendance qui épousa le poète Joseph Plunkett, dans la chapelle de la prison de Kilmainham, quelques heures avant que celui-ci ne soit fusillé par les troupes britanniques pour sa participation à l'Insurrection de Pâques 1916.
- « *Dirty Old Town* » (1949) chanson écrite par le Britannique Ewan MacColl, rendue internationalement populaire par les Dubliners, puis par les Pogues. Ayant été surtout popularisée par ces deux groupes de musique irlandaise mondialement connus, le grand public pense souvent qu'il s'agit d'une chanson traditionnelle irlandaise. En Irlande, beaucoup de gens pensent d'ailleurs que cette chanson se réfère à Dublin. Même en Angleterre, le grand public ignore souvent qu'elle fut écrite par un Anglais du Lancashire, d'origine écossaise de surcroît. Mais la magie de cette chanson fait qu'elle s'adapte finalement très bien à de nombreuses villes industrielles du Royaume-Uni, d'Europe en général ou encore des États-Unis.
- « *Will You Go Lassie, Go* » (1957), aussi connue sous les titres « *Purple Heather* » et « *Wild Mountain*

Thyme », est une chanson folk enregistrée pour la première fois par Francis McPeake. Il s'agit d'une variante d'une chanson traditionnelle, « *The Braes of Balquhidder* », écrite par Robert Tannahill. Mes versions préférées sont celles de Judy Collins et Joan Baez.

- « *Back Home in Derry* » est une chanson engagée, sa version la plus notable étant celle de Christy Moore en 1984 dans son album *Ride On*. Elle a été écrite par le nationaliste Bobby Sands pendant son emprisonnement. Mort après une grève de la faim de 66 jours dans la prison de Maze, il est considéré en Irlande, et au-delà des frontières, comme un héros de la cause républicaine, mais également de la défense de la liberté et de la dignité des prisonniers politiques. La chanson a été reprise par de nombreux artistes.
- « *Tupelo Honey* » (1971) de Van Morrison, dans l'album éponyme. Nom inspiré d'une variété de miel estimée de saveur douce et légère qui provient des fleurs du tupelo, un arbre que l'on trouve en Amérique du Nord et en Asie.
- « *Who Knows Where the Time Goes?* » (1967) est une chanson écrite par la chanteuse et compositrice anglaise de folk-rock Sandy Denny. De nombreuses reprises de cette chanson ont été faites au fil des ans, notamment par Judy Collins, Eva Cassidy, Nina Simone, 10 000 Maniacs et Cat Power. Avec une carrière d'à peine dix ans, Sandy a marqué son époque et reste encore une influence notoire. Elle est considérée comme une pionnière du folk-rock britannique et un de ses acteurs les plus importants. On dit que sa facilité naturelle à chanter et le son de sa voix servent encore aujourd'hui de guide à de nombreuses chanteuses de folk.

- « *Stars* » (1974) chanson de Janis Ian de son album éponyme. Janis Ian est une chanteuse américaine engagée, écrivaine, auteure-compositrice-interprète et multi-instrumentiste, la guitare restant son instrument de prédilection.
- « *Harvest Moon* » (1992) de Neil Young, auteur-compositeur, chanteur et guitariste de folk, country et rock américano-canadien.
- « *A Hard Rain's a-Gonna Fall* » (1963), de l'auteur-compositeur Bob Dylan, fait partie de l'album *The Freewheelin' Bob Dylan*. Sa structure de questions-réponses est inspirée de la chanson traditionnelle écossaise « *Lord Randall* ».
- « *Colors* » (1965), écrite et enregistrée par l'auteur-compositeur-interprète britannique Donovan.
- « *Baba O'Riley* » (1971) est une chanson écrite par Pete Townshend du groupe rock britannique The Who. Elle apparaît sur leur album *Who's Next*.
- « *Song for Ireland* », chanson interprétée par Phil Colclough, coécrite avec sa femme June. Les paroles sont inspirées d'un de leurs voyages sur la péninsule de Dingle. Célèbre, la chanson a été reprise par de nombreux artistes dont Enya, Luke Kelly et The Dubliners.
- « *Romeo and Juliet* » (1980) du groupe rock britannique Dire Straits. Elle a été écrite par Mark Knopfler et enregistrée sur l'album *Making Movies*.
- « *Blinded by the Light* » (1973) est une chanson écrite et interprétée par Bruce Springsteen. La reprise par le groupe de rock britannique Manfred Mann's Earth Band a connu un fort succès et c'est cette interprétation en particulier qui est citée par Riley.

- « *Heroes* » (1977) est une chanson écrite et composée par David Bowie et Brian Eno. Elle est parue en 1977 sur l'album éponyme.

PAROLES

Page 146 : « *Who knows where the time goes?* », de Sandy Denny

Car qui sait où va le temps ?
Et je ne suis pas seule, tant que mon amour est près de moi,
Et je sais qu'il en sera ainsi, jusqu'à ce qu'il soit l'heure de partir.

Page 147 : « *Stars* », de Janis Ian

Les étoiles, elles vont et viennent
Rapides ou lentement
Elles s'éteignent comme le dernier éclat
Du soleil, en brasier

Page 154 : « *Colors* », de Donovan

Blonds sont les cheveux de mon véritable amour,
Le matin, lorsque nous nous levons,
C'est le moment, c'est le moment,
Que j'aime le plus.

Page 168 : « *Who knows where the time goes?* » de Sandy Denny

Je n'ai pas peur du temps
Car qui sait comment mon amour grandit ?
Et qui sait où va le temps ?

Page 169 : « *Baba O'Riley* », de The Who

L'exode est là,
Les heureux sont proches
Retrouvons-nous avant de trop vieillir
La terre dévastée de l'adolescence,
Ce n'est que la terre dévastée de l'adolescence.

Page 185 : « *Song for Ireland* », de June et Phil Colclough

Vivant sur ta côte ouest, j'ai vu des couchers de soleil d'été et j'ai voulu en voir plus.
Je me suis tenu face à l'Atlantique, et j'ai chanté une chanson pour l'Irlande.

Page 214 : « *So long, Marianne* », de Leonard Cohen

Viens à la fenêtre, ma petite chérie,
J'aimerais essayer de lire les lignes de ta main.
Je pensais être une sorte de bohémien
Avant que je te laisse me ramener à la maison.

Cet ouvrage a été imprimé en utilisant des papiers composés de fibres naturelles, renouvelables, recyclables et fabriquées à partir de bois issus de forêts qui adoptent un système d'aménagement durable. En outre, les fournisseurs de papier s'inscrivent dans une démarche de certification environnementale reconnue.

Achevé d'imprimer en juillet 2022
par CPI Bussière
À Saint-Amand-Montrond (18)
Dépôt légal : septembre 2022
N° d'impression : 2064716
Imprimé en France